Suzette Mayr

Drei Witwen und ein Wasserfall

Roman

Aus dem Englischen von
Christine Strüh und Ursula Wulfekamp

Schneekluth

Die Deutsche Bibliothek – CIP-Einheitsaufnahme
Mayr, Suzette: Drei Witwen und ein Wasserfall.
Roman / Suzette Mayr
Aus dem Englischen von
Christine Strüh u. Ursula Wulfekamp
München: Schneekluth, 1999
ISBN 3-7951-1706-2

Die kanadische Originalausgabe
erschien unter dem Titel
The Widows
bei NeWest Press, Edmonton

ISBN 3-7951-1706-2

Gesetzt aus der 10/12,5 Punkt Bembo
Satz: FIBO Lichtsatz München
Druck und Bindung: Clausen & Bosse, Leck
Printed in Germany 1999

Für Luise Mayr, Dorle Riedl,
Elisabeth Krischker und Nicole Markotić

Dank

Ich danke Aritha van Herk, Nicole Markotić und Rosemary Nixon für ihre Betreuung. Mein Dank gilt außerdem Rose-Marie Mayr, Ulrich Mayr und Margarete Markotić für ihre Hilfe in Fragen der Geriatrie und der deutschen Kultur. Für die wichtigen Kleinigkeiten ein großes Dankeschön an Renée Lang, Lisa Brawn, Denise Groulx, Donna Tozzi, an alle Teilnehmer des One Yellow Rabbit Summer Lab Intensive 1997, an Julien und Friedrich Mayr sowie an meine Eltern.

Außerdem möchte ich der Alberta Foundation for the Arts und dem Alberta College of Art and Design für die finanzielle Unterstützung dieses Projekts danken.

Teile dieses Romans erschienen in einer früheren Fassung bereits in *West Coast Line.*

Bei diesem Buch handelt es sich um einen Roman; jede Ähnlichkeit mit lebenden oder toten Personen ist rein zufällig.

Da stand sie, nur wenige Meter vom strudelnden Wasser entfernt – eine stämmige Gestalt mit einem Puddinggesicht, resolut, furchtlos und voller Vertrauen darauf, daß sie mit ihren dreiundsechzig Jahren etwas vollbringen konnte, was keinem anderen menschlichen Wesen bislang gelungen war und wovor sogar viel jüngere, sportlichere Draufgängernaturen zurückschreckten. Was hatte sie nur vor, daß sie – eine »kultivierte Frau«, wie sie der Presse gegenüber mehrfach betonte – diese vulgäre Tollkühnheit beging, die später vorwiegend zur Unterhaltung in den ihr verhaßten Kabaretts dienen würde? Was Annie Edson Taylor tat, als sie sich anschickte, in ihr Faß zu steigen, war, der viktorianischen Moral den Fehdehandschuh hinzuwerfen – einer Moral, nach der einer mittellosen Frau jenseits eines bestimmten Alters nur das Armenhaus blieb.

Pierre Berton, *Niagara: A History of the Falls*

Niagara Falls, Kanada:
Donnerstag, 24. Oktober 1996, 6.07 Uhr

Als die Schwestern vor über zwanzig Jahren die Niagarafälle zum ersten Mal besucht hatten, waren sie als Touristen gereist, beladen mit Souvenirs, Indianerpuppen aus Plastik, Postkarten. Sie brauchten sich nicht an der Hand zu halten, wollten es auch nicht. Beim Reisen hielten sie sich nie an der Hand, hakten sich nie unter, weil sie ihre Souvenirs festhalten mußten, ihre Regenmäntel, ihre Handtaschen. Sie waren patente, kluge Reisende. Schließlich hatte man Hannelore vor vierzehn Jahren auf der Kreuzfahrt in Griechenland beinahe die Handtasche gestohlen, weil sie nachlässig, mit baumelnden Armen und unbedeckten Schultern in der Sonne herumspaziert war.

»Du solltest den Riemen über die andere Schulter nehmen«, hatte Clotilde gesagt. »So.« Der Riemen von Clotildes Tasche lag über ihrer Schulter, als würde sie eine Gitarre tragen, und sie drückte die Tasche an ihren Körper wie ein Repetiergewehr. Hannelore hörte nicht auf Clotilde, und was passierte? Um ein Haar wäre ihr die Tasche von der Schulter gepflückt worden wie eine reife Olive vom Baum.

»Hab ich's dir doch gesagt. Siehst du?« sagte Clotilde, während Hannelore den Riemen der Tasche über die andere Schulter schlang, so daß er quer über ihrer Brust verlief, wie bei Clotilde.

»Das wollte ich sowieso tun«, verteidigte Hannelore sich. »Hör auf, mich ständig zu kontrollieren, und paß lieber auf, wo du hingehst. Gleich trittst du in einen Haufen Pferdeäpfel. Schon passiert.«

Nicht, daß in den Taschen irgend etwas Wichtiges gewesen wäre: Pässe oder Herztabletten in der Tasche herumzutragen, wäre dumm gewesen. Die wichtigen Sachen bewahrten sie unter der Bluse in einem Lederbeutel auf, der sich an ihren Busen schmiegte.

Sich an den Händen halten? Das brauchten sie nicht, wollten sie nicht. In Niagara Falls vor über zwanzig Jahren war das absolut nicht nötig gewesen. (Hannelore hatte gerade Freddys Platte *Freddy auf hoher See* gekauft. Das war im selben Jahr gewesen, deswegen erinnerte sie sich an das Datum des ersten Besuchs. Eine sehr gute Platte war das. Und dieser Freddy, ein ausgezeichneter Sänger.)

Aber heute, zwanzig Jahre später, halten die Schwestern sich so fest an der Hand, daß Hannelore Clotildes Finger zu einem Klumpen zusammenpreßt.

»Ihr zerquetscht mir die Knochen!« brüllt Clotilde über das Tosen des Wassers hinweg, über das Rauschen und Donnern des Niagara River.

Also lassen Hannelore und Frau Schnadelhuber Clotildes Hand los. Frau Schnadelhuber ist keine Schwester, sie kommt nur so mit. Ihr ist es egal, ob *Freddy auf hoher See* vor zwanzig Jahre beliebt war, sie hat Deutschland schon früher verlassen. Frau Schnadelhuber kennt »The Hustle« besser als Freddys Seemannslieder, seine adrette Fünfziger-Jahre-Frisur und seinen hübschen, jungenhaften Mund. Für Frau Schnadelhuber ist es lebensnotwendig, Clotildes Hand zu halten. Und ihr dabei unbeabsichtigt die Fingerknöchel zu quetschen, als wollte sie Seifenblasen zum Platzen bringen.

Wie der Niagaraball über das felsige Flußbett hopst und strudelt, während er auf die Klippe zutreibt. Wie die Frauen trotz der Sicherheitsgurte, die an den Innenwänden des immensen Balls befestigt sind, hin und her geschleudert werden, wie ihre verschwitzten Leiber gegeneinander prallen. Jede verschluckt die Luft der anderen. Das Wirbeln, Schleudern, Schlingern des Balls, die Frauen, die in der Kapsel Haut an Haut aneinandergegurtet sind, durch die Wellen, über die Felsen. Ab und zu spült Wasser über den Ball hinweg, und wenn sie die Hälse recken, können sie durch das winzige Fenster das grüne, trübe, schaumige Wasser des Niagara River sehen.

»Meine Hände. Meine *Hände!*« brüllt Clotilde wieder, und wieder lassen Frau Schnadelhuber und Hannelore sie los. Clotilde versucht, die Hände zu ringen, damit sie aus ihrer Totenstarre erwachen, aber die eingepferchten Körper lassen keinen Platz zum Händeringen.

»Ach, Clotilde«, stöhnt Frau Schnadelhuber und zerknüllt ihre Schürze zwischen den Fingern. »Ich brauche meine Zigaretten.«

»Dann halt dich an meinem Handgelenk fest«, sagt Clotilde. »Aber reiß mir nicht die Hand ab. Heiß, mir ist so *heiß*.«

Also erdrosselt Frau Schnadelhuber Clotildes Handgelenk, oder was sie für Clotildes Handgelenk hält. Eine panische Handschelle. Warum muß es so dunkel sein? Und das Wasser singt, ein hoher, mörderischer Gesang. Erbarmungslos, unerbittlich, mörderisch. Mörderisch. Ein überaus zutreffendes Wort für Wasser, das ohne Ende auf sie zuströmt und immer weiter strömen wird, selbst wenn sie alle tot sind, ihre Haut aufgedunsen und zerfressen von Unterwassermaden.

Mord. Ein Wort, rauschend wie Wasser, das den Abfluß hinuntergurgelt.

Die weiche, Delicatessen-warme Haut von Frau Schnadelhuber an der weichen, fünfundachtzigjährigen Haut von Clotilde an Hannelores weicher, fünfundsiebzigjähriger Haut in der sauren Wolke ihres Atems.

Hannelore schmollt. Hannelore schlingert. Der Haltegurt über ihrer Brust schneidet ihr in den Busen wie damals auf der Kreuzfahrt vor vierzehn Jahren ihre Tasche. Hannelores Schmollen ist greifbar, wie eine Autoabgaswolke. Wegen ihres Schmollens husten Clotilde und Frau Schnadelhuber sich gegenseitig ins Gesicht. Sogar Hannelore muß vom Geruch ihrer eigenen üblen Laune husten.

»Also gut, verdammt noch mal, Hannelore«, brüllt Clotilde.

Stück für Stück streckt sie ihrer Schwester die Finger entgegen. Ein Ruck, und ihr Kopf knallt gegen Hannelores Helm. Es ist Clotildes Aufgabe, sich um ihre kleine Schwester zu kümmern, schon seit dem Krieg. Diesen Befehl hat ihre Mutter ausgegeben mit vor Unterernährung aufgesprungenen Lippen, über einer Schüssel wäßriger Steckrübenpampe. Da bildet der heutige Tag, ihr Todestag, keine Ausnahme. Als Clotilde in der Dunkelheit Hannelore an der Hand packt, umklammert sie die Hand auf Leben und Tod, ihrer Mutter zuliebe. Eingepfercht wie zu viele Matjesheringe im Glas, kein Halt außer einander, und die abgrundtiefe Dunkelheit, Frau Schnadelhubers panische Atemstöße und der Lärm des Wassers. Ständig das Wasser.

Drei Frauen, die sich in der Dunkelheit an den Händen halten, als wären sie acht und nicht achtzig plus minus ein paar Jahre.

Das leise Summen des Wassers, das direkt neben dem Ohr mordet. Wie ein Gespenst.

Sie war eine kinderlose Witwe von unscheinbarem Äußeren, eine Lehrerin aus Bay City, Michigan, die hundertfünfzig Pfund wog und das Alter von dreiundvierzig Jahren erreicht hatte, ohne in ihrem Leben je etwas Abenteuerliches unternommen zu haben. Bis sie eines Tages beschloß, in einem Faß die Niagarafälle hinabzufahren.

Percy Rowe, *Niagara Falls & Falls*

Deutschland, 1971

An dem Tag, an dem Hannelores Schwiegertochter ein Kind bekam, lernte Hannelore Englisch.

Sie summte »Seemann, deine Heimat ist das Meer« und dachte an Freddy, ihren Lieblings-Schlagersänger, während sie in nagelneuem Englisch »My Name is Frau Hannelore Schmitt« auf ein Blatt Papier schrieb.

Die ersten englischen Wörter, die sie niederschrieb, die ersten englischen Wörter, die sie in ihrem Leben laut aussprach. Water, schrieb sie. The cat. Monday Tuesday Saturday. One two three.

»Sree«, wiederholte Hannelore. Sie wischte sich den Mund ab.

»Three«, sagte Fräulein Nickel. »Thhhhh.«

In der Kirche prahlte Hannelore vor ihren zahlreichen Bekannten mit ihrer schwangeren Schwiegertochter, hoffentlich würde es ein Junge werden, ihr Vater hatte immer Jungen lieber gehabt, und Hannelore mochte Jungen auch lieber. In drei Monaten würde Hannelore Großmutter werden, und hoffentlich würde es ein Junge werden. Die anderen Frauen in ihrer Kirchenbank nickten zustimmend. Ja, ein Junge. Gut, ein Junge.

Frau Drechsel, die in der Reihe vor Hannelore und Clotilde saß, beäugte Hannelore. »Anstatt Ihre Enkelin unglücklich zu machen, noch bevor sie überhaupt geboren ist«, sagte sie, »sollten Sie vielleicht darum beten, daß sie nicht mit zwei Köpfen rauskommt.«

Aber es war zu spät. Hannelores Enkelin hörte Hannelore auf der anderen Seite des Atlantiks und kniff die Augen vor Wut noch fester zusammen. Ihre Hände, die seit dem Augenblick der Zeugung zu Fäusten geballt waren, hämmerten zornig gegen die feste, dunkle Uteruswand. Würde sich nie etwas ändern? Als sie durch den Geburtskanal glitt, hinaus über den Abgrund, verfluchte sie ihre Oma mit lautem Gebrüll.

»Ach, ein Mädchen«, sagte Hannelore. Sie hielt das Telegramm in der Hand, während sie sich für den Kirchgang fertig machte.

»Ein Mädchen«, grinste Frau Drechsel zwischen den Kirchenliedern.

One two thhhhree. Als Hannelores Enkelin Cleopatra Maria Eadburgha drei wurde, bekam Frau Drechsel aus Hannelores und Clotildes Kirche Lungenentzündung. Frau Drechsel nahm so viele Sonntage nicht ihren Platz in der Kirchenbank ein, daß der Klatsch erstarb, und Hannelore weigerte sich, daran zu denken, daß Frau Drechsel je zur Kirche gekommen war, bis Clotilde in der Zeitung die große, schwarz umrandete Todesanzeige las. Frau Drechsels kleine, johannisbeerrote Augen, die sich in das harte Holz der Kirchenbänke bohrten, fehlten Hannelore nicht.

Das war zwei Wochen vor Cleopatra Maria Eadburghas viertem Geburtstag.

»Einfach aus den Stiefeln gekippt«, sagte Clotilde bloß. Frau Drechsel hatte immer Stiefel getragen.

Clotilde griff um die Zeitung herum nach ihrem Kaffee. Ihre Finger waren dick und fleischig. Der kühle Goldrand der Porzellantasse. Clotilde konnte ein Getränk abkühlen, einfach indem sie die Spitze ihres Zeigefingers hineintauchte. Ein interessanter Zaubertrick beim Kaffeeklatsch.

Clotildes Hände können kein Leben spenden, dachte Hannelore. Alte Jungfern, nutzlose Gebärmütter.

Hannelore stockte der Atem angesichts Clotildes frivoler Bemerkung mit den Stiefeln. Clotilde war fünfundsechzig Jahre alt, Hannelore erst fünfundfünfzig. Hannelore verbuchte Clotildes miesepetrige Laune unter der Kategorie »dumme alte Nörgeltante«. Dann leckte Hannelore den Rand des Couverts, um den Klebstoff zu befeuchten, und klopfte den Umschlag mit der Faust zu. Eine Geburtstagskarte zu Cleopatra Marias viertem Geburtstag. Sie legte die Karte oben in das Paket, auf das Marzipan mit Schokoladenüberzug, die Lebkuchenherzen mit Schokoladenüberzug, das Holzspielzeug, das sorgsam in gebrauchtes, zerknittertes Geschenkpapier gepackt und mit verknotetem Goldband von Clotildes sechzigstem Geburtstag verschnürt war. In dem Paket lag mehr Spielzeug, als Hannelore und Clotilde in ihrer Kindheit je besessen hatten. Buntbemalte Holzeier gefüllt mit Häusern und Tieren. Cleopatra Maria liebte Eier, steckte sie sich hinten in ihre stinkende kleine Kordhose und tat, als würde sie die Eier legen. Ein komisches Kind. Hannelore wickelte das Paket in braunes Papier und band eine Schnur darum.

»Cleopatra Maria Schmitt«, schrieb sie vorne drauf. Der Name war so lang, daß er quer über das ganze Paket ging. »KANADA«, schrieb sie und unterstrich das Wort zweimal. Einmal hatte sie den Namen zu »Cleopatra« verkürzt. Beim letzten Mal zu »Maria«. Der Name war weniger exotisch, passender. Kinder konnten unter einem falschen, zu langen Namen ersticken – lange Namen waren wie eine Katze, die sich einem aufs Gesicht setzt. Als Hannelore sich schließlich damit abgefunden hatte, daß das Kind ein Mädchen war, schlug sie als Namen für die neue, kleine Enkelin »Traute« vor. So hatte ihre Großmutter geheißen.

»Klingt zu sehr wie Trout, Forelle«, sagte Rosario. »Vorschlag abgelehnt.«

Nach der »Maria«-Geburtstagskarte schrieb Rosario, Hannelores Schwiegertochter, prompt zurück, der Name laute Cleopatra Maria. Ihr Kind solle keinen Spitznamen bekommen. Rosario würde auch nie »Rose« genannt.

Hannelore verdrehte die Augen. Niemand würde Rosario je für eine Rose halten, eine wunderschöne, süß duftende Blume. Da brauchte sich Rosario keine Sorgen zu machen.

Also war Frau Drechsel an Lungenentzündung gestorben. Hannelore und Clotilde saßen in ihren frischgebügelten schwarzen Röcken in der Kirche. Immer wieder tupfte sich Hannelore die Augen mit dem Stofftaschentuch ab. Sie sah andere, die sich ebenfalls die Augen mit dem Taschentuch abtupften, aber nicht viele, und ganz bestimmt nicht Clotilde, die über gar nichts weinte. Hannelore fragte sich, ob bei ihrer Beerdigung Röcke frisch gebügelt und Augen getupft werden würden. Natürlich. Sie fragte sich, ob es bei ihrer Beerdigung auch regnen würde. Hoffentlich nicht. In letzter Zeit gab es so viele Begräbnisse, daß sie Hannelore schon über wurden. Aber Hannelore und Clotilde hatten noch lange, lange nicht vor zu sterben.

Nach dem Trauergottesdienst gingen alle Trauergäste zu Kaffee und Apfelkuchen in ein Lokal. Clotilde bestellte sich lieber Rollmops, und dann stocherte sie mit der Gabel in dem gepökelten Hering und dachte an Frau Henriette Drechsel. Ein Stück Zwiebel hing ihr aus dem Mund, wie die Barten bei einem Wels. Hannelore versuchte, sich an die Rückseite von Frau Drechsels Kopf zu erinnern, während sie den Apfelkuchen verdrückte, an die tiefen Falten um den Mund, die Frau Drechsel beim Singen bekam, ihre Mundhöhle, die dunkle Innenseite ihres Kehlkopfs wie die feuchte, gerippte Bauchhöhle eines Fischs. Rote Augen wie ein Unterwasserschwein. Der blauweiße Schal, den Frau Drechsel immer um ihren faltigen Greisinnenhals trug. Frau Drechsel, eine nunmehr verstorbene alte Bekannte der Familie, hatte seit 1946 kein freundliches Wort mehr an sie gerichtet. Hannelore erinnerte sich vage an den Streit, irgend etwas mit einer geklauten Lebensmittelkarte, oder nein, es war eine Kartoffel gewesen. Frau Drechsel hatte Hannelores Familie beschuldigt, eine Kartoffel geklaut zu haben, und das war in der Zeit der Lebensmittelknappheit nach dem Krieg ein großes Verbrechen. Hannelore kann sich an keine geklaute Kartoffel erinnern, sondern nur an Mais; es gab nichts zu essen als Mais. Die Erde wird ausgehoben, um Frau Drechsel aufzunehmen, und in zwei Wochen wird Hannelores Enkelkind vier. Und der Regen. Der Regen macht alles noch trauriger. Hannelore bleibt drei Tassen Kaffee und zwei Stück Apfelkuchen lang traurig. Sie leckt ihren Zeigefinger und stippt die letzten Kuchenkrümel von ihrem Teller mit der Fingerspitze auf. So alt war Frau Drechsel gar nicht gewesen. Nur erbittert.

»Zeit für eine Reise«, sagt Hannelore zu Clotilde.

Clotilde nickt mit vollem Mund. Sie steckt sich noch ein Stück Rollmops in den Mund und beißt das Fischfleisch durch.

Kalt und schal ist der Kaffee in Hannelores Tasse. Kalt und schal wie Schmerz.

Sie lebte von der Barmherzigkeit ihrer Verwandten, aber weil die Almosen nur sehr widerwillig gegeben wurden, beschloß Annie Taylor, dem ganzen ein Ende zu bereiten. Zwei Jahre lang hatte die Frage des Geldes sie verfolgt, das Problem, wie sie genug bekommen konnte, um den Schein zu wahren – denn der Schein bedeutete ihr sehr viel. Ich war immer gut gekleidet, schrieb sie, ein Mitglied der Episkopalkirche und regelmäßige Kirchgängerin, und selbst meine nächsten Nachbarn hatten nicht die leiseste Ahnung, woher ich mein Geld bekam …

Pierre Berton, *Niagara: A History of the Falls*

Edmonton, Kanada, 1975

Nach Frau Drechsels Ableben besuchten Hannelore und Clotilde die Familie in Edmonton. Die größte Shoppingmall in Nordamerika. Hannelore und Clotilde waren die einzigen Badehaubenträgerinnen. Hannelore und Cleopatra Maria, ganze viereinhalb Jahre alt, hopsten im Wellenbad im Rhythmus der Wellen auf und ab. Auch Clotilde mit ihrem fülligen Spinnenbauch und den spindeligen Armen und Beinen hopste.

Auf Hannelores Badehaube floppten Plastikblumen, floppten und klatschten gegen ihren Schädel wie rohe Heringe, die auf den Küchenboden auftreffen. Unter der Haube lugten weiße Haarsträhnen hervor.

Clotilde hüpfte grimmig durch das heranspülende Wasser. Natürlich hatte Clotilde Spaß, obwohl dieser *wave pool* nicht so gut war wie die Wellenbäder in Deutschland. Später würde sie mit Cleopatra Maria in Spielzeugläden gehen, wo es Spielzeug aus schlechtem Plastik gab, längst nicht so gut wie das Holzspielzeug aus Deutschland, und sie würden Kaffee trinken und Kuchen essen, der die verbrauchte Energie zurückbrachte. Canadischer Kuchen, weich, süß und viel zu üppig. Canadischer Kaffee, zu schwarz gebrannt und bitter.

Beim Umziehen bedeckte Hannelore ihre Brüste, sogar vor ihrer Enkelin. Cleopatra Maria wuselte im Umkleideraum zwischen ihren Füßen herum. Rutschte über die Bänke zwischen den Spindreihen, kletterte ihre Beine hinauf wie ein munterer Wasserläufer.

Hannelore mühte sich mit Cleopatra Marias feinem, krausem Haar ab.

»Du hast die Haare deiner Mutter«, zankte Hannelore.

»Nein, das sind meine Haare«, widersprach Cleopatra Maria. »Oma, du machst das *verkehrt.«* Ihre winzigen Händchen fuchtelten verzweifelt durch die Luft. Sie brüllte. Wegen der Haare, wegen der schrecklichen Stimme ihrer Großmutter.

»Wir gehen schön Kuchen essen«, versprach Hannelore, während sie den Kamm rhythmisch ziepend durch die Haare des schreienden Mädchens zog und schließlich die blaue Spange, die die Form eines Kaninchens hatte, zuschnappen ließ. Unterdessen packte Clotilde Cleopatra Marias orangefarbene Schwimmflügel und das Spielzeug in eine Kinder-Aktentasche. Made in Germany, natürlich. Wie alles, was wirklich gut war, da waren die Schwestern sich einig. Cleopatra Maria wäre derselben Meinung gewesen, wenn man sie gefragt hätte. Aber natürlich wurde sie nicht gefragt. Sie brüllte weiter.

Vor dem Schwimmbad nahm Clotilde Cleopatra Marias eine Hand, Hannelore die andere.

Später trug Clotilde das müde, lärmende Kind an ihrem wogenden Tantenbusen.

»Wie das?« fragte Dieter. »Die Mall und der *wave pool* wurden erst in den achtziger Jahren gebaut. Da war Cleopatra Maria schon fast ein Teenager.«

Das blöde Gedächtnis. Dann muß es ein deutsches Wellenbad gewesen sein und ein besonders schlechter Kuchen, dachte Hannelore. Na ja. Letztlich sind alle Wellenbäder gleich. Dumm und unnütz, Pseudo-Unterhaltung. Sie sah Dieter von den Stufen aus zu, wie er Laub vom Rasen aufklaubte.

Sie haßte es, wenn Dieter recht hatte.

Sie haßte es, wenn er im Garten mit dem Rechen herumfuhrwerkte, als würde es ihm Spaß machen. Beinahe hätte sie ihm etwas zugerufen, aber dann blieb sie reglos stehen und rief ihm nur in Gedanken etwas zu, weil Rosario sie gerade malte. Rosario malte gern, und Hannelore ließ sich gerne malen.

Deutschland, 1971

Zuerst war es in Ordnung, daß Dieter ihr fehlte. Er war zwar immer sehr lange fort an der Universität, aber das war in Ordnung, weil er in den Ferien heimkam. Nachdem sie ihn vom Bahnhof abgeholt hatte, setzte sie ihm etwas zu essen vor, bezog sein Bett mit frischer Bettwäsche und schüttelte das Kissen in seinem Lieblingssessel auf. Beim Fernsehen lachten sie zusammen. Dieselben Witze. Sentimental.

Es war gut, wieder einen Mann im Haus zu haben. Heinrichs leeres Bett an der anderen Zimmerwand – manchmal liebte sie es nachts im Schlaf, und wenn sie aufwachte, war ihr Mittendrin ganz feucht. Aber mit Dieter im Haus waren ihre Gedanken beschäftigt, keine Zeit, an das leere Bett auf der anderen Seite des Zimmers zu denken. An ihre Sehnsucht nach ihm.

Aber als er nach Canada zog, mit Rosario, einer Austauschstudentin, die er mit fünfundzwanzig kennenlernte, war es nicht mehr in Ordnung. Das Zusammenleben mit Rosario in Deutschland, dann der Umzug nach Canada, die Hochzeit ohne jede Zeremonie in Canada, mit Rosario, die halb Mexikanerin war, halb Afrikanerin, halb Chinesin und halb

Canadierin (halb Bastard, dachte Hannelore insgeheim, aber das behielt sie für sich. So was würde sie *nie* sagen). All das war nicht mehr in Ordnung. Und dann das Kind, kein Junge – hoffentlich würde das nächste ein Junge werden. Und ihre kleine Enkeltochter, die nie in Deutschland leben würde, die nie ihre Herkunft kennenlernen würde, die nie *getauft* worden war – das war wie ein Schlag in Hannelores Magen, den der Arzt anfangs als heftige Magenverstimmung diagnostizierte. Hannelore schluckte ein Fläschchen bittere Medizin nach dem anderen. Meditierte im Yogakurs. Schluckte und meditierte, aber die Schmerzen gingen nicht weg, wie ein Rieseninsekt, das sich durch ihre Eingeweide fraß. Hannelore konnte den Gedanken nicht ertragen, daß Dieter ganz fort war. Sie konnte es nicht ertragen, ganz allein zu sein, nur mit der unzuverlässigen Clotilde zur Gesellschaft.

»Der Doktor hat gesagt, daß du mich umbringst«, schrie Hannelore ins Telefon. Ihr Rücken war stramm durchgedrückt.

»Sei nicht so dumm, Mutti«, sagte Dieters Stimme. »Komm das Baby besuchen. Bring Tante Clotilde mit. Rosario kann Hilfe mit dem Baby brauchen.«

(Hannelore hörte Gezeter durchs Telefon. »*Ich* soll Hilfe mit dem Baby brauchen«, kreischte Rosario auf deutsch und englisch im Hintergrund. »Du hast sie wohl nicht alle!«)

»Mutti?« plärrte Rosario ins Telefon. Hannelore erschauderte beim Gedanken, biologisch mit Rosario verwandt zu sein. Von wegen Mutti.

»Du solltest das Baby besuchen!« schrie Rosario.

»Rosario!« brüllte Hannelore in ihr bohnengrünes Telefon. »Geht es dir gut! Ist alles in Ordnung!«

»I'm feeling awful, aber komm trotzdem! Ich mußte genäht werden, weil Cleopatra Maria so schnell rausgeflutscht ist.«

Rausgeflutscht, was für ein merkwürdiger Ausdruck, dachte Hannelore. Ein offensichtlich amerikanischer, blödsinniger Ausdruck.

»Bring Tante Clotilde mit«, sagte Dieters Stimme.

»Wenn ich sie aus Schönbachtal rauskriege. Sie ist stur wie ein Bock.«

»Ist sie wieder im Pflegeheim?«

»Ja. Wir hatten einen Riesenkrach. Lange Geschichte, nicht so wichtig.«

Hannelore legte auf und holte den Badeanzug von der Wäscheleine im Keller. Canada. Sie und Clotilde waren noch nie in Canada gewesen.

Clotilde. Hannelore würde ihr beim Schwimmen von der Reise nach Canada erzählen. Sie gingen jeden Sonntag zum Schwimmen, die beiden Schwestern, zogen nebeneinander, mit langsamen, synchronen, froschähnlichen Bewegungen ihre Bahnen, die Köpfe hoch übers Wasser gereckt, wie Schwäne.

»Wir fahren nach Canada«, sagte Hannelore atemlos. Auf ihren Lippen perlten aufgeregte Wassertröpfchen. »Du mußt wieder nach Hause kommen, damit wir alles vorbereiten können.«

»Ich bin erst eine Woche im Schönbachtal«, sagte Clotilde. Aber als sie wieder im Heim »Zum Schönbachtal« war, fing sie gleich nach Kaffee und Kuchen an, ihre Strümpfe, Stricknadeln und Wolle in den Koffer zu packen. Im »Schönbachtal« standen Leute aufgereiht an den Wänden und warteten auf Besucher, die nie kommen würden. In den Gängen roch es nach Urin. Hannelore konnte das Schönbachtal nicht leiden, konnte es nicht ertragen, daß ihre Schwester im Schönbachtal war. Immer, wenn sie sich stritten, ging Clotilde ins Schönbachtal. Das Pflegeheim war Clotildes Territorialanspruch, ihr Hotel.

»Ich gehe wegen *dir* ins Schönbachtal«, sagte Clotilde immer. »Damit du Platz hast, um darüber nachzudenken, was für Dummheiten du machst.«

Hannelore blieb allein im Haus zurück, mit nichts als dem Stampfen ihrer Füße treppauf treppab zur Gesellschaft, und dachte an ihre Schwester, die im Heim vorzeitig vermoderte. Hannelore stand vor dem Gebäude, im Freien, wo es nicht mehr stank, und wartete, daß Clotilde ihren Koffer zuschnappen ließ. Zum Schönbachtal, At The Pretty Creek. Goodbye At The Pretty Creek, hello Canada.

Niagara Falls, Kanada, 1971

Schon als sie die Niagarafälle zum ersten Mal sah, damals bei ihrem ersten Besuch in Canada, wußte Hannelore, daß die Wasserfälle alles und nichts bedeuteten. Alles, weil sie mit ihrem Sohn und seiner kleinen Familie da war; nichts, weil sie mit ihrem Sohn und seiner kleinen Familie da war. Ihr ganzes törichtes Sehnen richtete sich auf ihren Sohn, und es zerriß ihr die Mutterbrust, als er sie wegen eines fremden Landes verließ, wegen einer Frau. Nicht dasselbe wie bei Heinrich, als er im Krieg gefallen war, aber doch ein Verlust, der ihr fast permanent erschien. Sie fragte sich, was sie tun sollte, wenn sie alt und auf Hilfe angewiesen war. Würde er wegen ihr nach Deutschland zurückkommen? Würde er von ihr erwarten, Deutschland zu verlassen? Manchmal hätte sie schwören können, daß ihr Bauch ihn immer noch vermißte, daß ihr Körper sich noch immer nicht damit abgefunden hatte, daß er fort war. Und dann Cleopatra Maria.

»Aber man kann das Wasser fast nicht sehen«, murrte Hannelore von hinten. Ihr Rücken krumm vor Schmerzen, die Knie steif wie ein Stock. »Sie schauen gar nicht aus wie auf den Bildern.«

Daß Rosario den Beifahrersitz für sich beansprucht hatte mit der Lüge, auf dem Rücksitz würde ihr schlecht, während Hannelore eingepfercht hinten sitzen mußte! Und das Baby stank nach dreckigen Windeln.

»Wie soll ich denn durch den ganzen Nebel einen Wasserfall sehen?« fragte Hannelore.

Rosario sah zu Dieter. Hannelore las die Verachtung auf Rosarios Gesicht wie die Morgenzeitung.

»Wart's ab«, sagte Dieter.

Das Wichtigste, was Hannelore und Clotilde bei diesem ersten Besuch in Canada sahen, waren die Wasserfälle – die Niagarafälle waren das einzige, was sie wirklich wahrnahmen, weil man alles andere auch in Deutschland bekommen konnte, und zwar besser. Aber in ganz Deutschland gab es keine so wunderbaren, monströsen Wasserfälle, umrahmt von einem leuchtendgrünen, uralten Wald und der Wildnis. Allerdings waren die Wälder in Deutschland weniger dicht. Den Wäldern hier würde eine Aufräumaktion nicht schaden.

»Monströs«, sagte Clotilde. Das Baby Cleopatra Maria erbrach sich pfauenblau auf das Tuch über Clotildes Schulter.

»Ja, monströs«, stimmte Hannelore zu.

Bei dem Besuch schaute Hannelore die Wasserfälle fünf Minuten lang an. Sie starrte auf das Wasser, das auf die Klippe zutoste und dann über den Rand schwappte.

»Ja, sie sind großartig«, sagte Hannelore

und empfand einen traurigen Schmerz im Bauch.

»Wir können noch mal herkommen«, schlug Dieter vor.

»Sehr schön, very nice«, sagte Hannelore schläfrig. Ihr Gehirn war wie ein Ahornblatt, das auf der Wasseroberfläche treibt und über den Abgrund in den Schlaf gleitet. Ein Ahornblatt wie auf der canadischen Flagge. Doch, Canada gefiel ihr sehr gut. Das Blatt auf dem Wasser schlief, kurz vor dem rasanten Absturz. Vielleicht war es wie eine Art Infektion, wenn Canada einem gefiel. Es machte so müde.

Hannelore bemerkte die braunen Schaumlachen am Ufer unter den Niagarafällen. Sie sah die Möwen, die sich wie Mückenschwärme auf dem Wasser niederließen, umherschwammen und wieder aufflogen. Dieter erklärte ihr, daß einige Möwen ihre Feinde durch Projektilwürgen vertreiben.

»So genau wollen wir das gar nicht wissen, Dieter«, zwitscherte Rosario.

»Die Landschaft in Kanada ist wirklich wunderschön«, sagte Hannelore. »Und was du alles über die Möwen weißt! Du bist ein kluger Junge.«

»Das machen nicht *alle* Möwen, Mama«, sagte Dieter, stolz auf sein Wissen.

Auf dem Vordersitz äffte Rosario: »Nur wenn du willst, Dieter.« Am liebsten hätte Rosario ihrem Mann mit den Fingern die Augen ausgestochen. Sie konnte verstehen, daß das Wasser faszinierend war, der überwältigende Anblick, wenn sich das Wasser über den Rand ergoß, das animalische Brüllen des Flusses. Was sie nicht ertragen konnte, war Muttis »Ich bin zu alt, um selbst zu denken«-Nummer. Oder wie ihr Mann sich in einen Zehnjährigen verwandelte, sobald seine Mutter ins Zimmer kam. Rosario hatte gesehen, wie ihre Schwiegermutter Walnüsse mit der bloßen Hand aufknackte, wenn Dieter nicht da war. So war das bei deutschen Hausfrauen. Nicht wie bei Rosario, die meinte, man müsse die Männer bei den Ohren packen und ihnen einen Tritt in den Hintern geben.

Auf Hannelores und Clotildes Flugticket damals stand »zwei Wochen«. Sie blieben zweieinhalb Monate. Ihr erster Besuch in Canada, in Toronto, war so aufregend. Vielleicht war die Wohnung etwas klein für vier Erwachsene, ein gesundes Kleinkind und Waldmann, den Dackel, aber Hannelore kochte und putzte; die Wohnung konnte einen Frühjahrsputz vertragen, der ganze Dreck tat Hannelore regelrecht weh. Clotilde kümmerte sich um die Wäsche, um die verschmutzten Windeln, die tonnenweise anfielen. Aus Versehen wusch sie Rosarios roten Seidenbüstenhalter mit den Windeln. Rosa ist doch eine viel festlichere Farbe für einen Babypopo, nicht?

Und wie Rosario Essen vergeudete! Warf gutes Schmalz weg, Knochen, an denen noch Fleisch und Fett hing, Toastkrümel, die eher

Kanten als Krümel waren. In ihrem ganzen Leben hatten Hannelore und Clotilde noch nie eine solche Verschwendung erlebt.

Dieter und Rosario, vor allem Rosario, sagten ihnen, sie sollten wieder nach Hause fahren, nach Deutschland. Sie, Rosario, würde jetzt gut allein mit dem Baby zurechtkommen.

»Haben sie kein eigenes Leben?« fragte Rosario, die Hände in die schmalen Hüften gestemmt, schmal genug für eine knallrote, knallenge Hose, von Schwangerschaftspfunden so gut wie keine Spur mehr, die Haare ein wunderbar duftiger Afro-Look.

»Nein«, sagte Dieter.

Dieter rührte mit dem Holzlöffel Teig für einen Marmorkuchen und ließ den Dackel Waldmann Mehl und Zuckerkörnchen von seinen Fingern und den nackten Zehen schlecken. Marmorkuchen am Sonntagnachmittag beruhigte Dieter. Half ihm, sich auf die Woche vorzubereiten. Dieter war zweieinhalb Monate aus der Küche verbannt gewesen. Zutritt für Männer verboten, hatte Hannelore gesagt. Ihm fehlte das Gefühl von Teig unter den Fingernägeln; Rosario fehlte das Gefühl von Boden unter den nackten Füßen. »Man läuft nicht barfuß durchs Haus«, hatte Hannelores mißbilligende Hausfrauenmiene gesagt.

Rosario flocht Kleenextücher zwischen ihre Zehen und begann, sich die Nägel mit »Foxy Red« zu lackieren. Zum ersten Mal seit zweieinhalb Monaten konnte sie sich die Zehennägel anmalen, wie sie wollte, egal wie nuttig. Genüßlich schnupperte sie den Geruch des Nagellacks. Legte ihre Füße auf den Küchentisch neben Dieters Teigschüssel und wackelte mit den Zehen. Wenn sie mit den Zehen fertig war, würde sie mit dem Bild anfangen. Ihr Motiv war Hannelore.

Auf Baumwollstrümpfen war sie 1,62 Meter groß – eine korpulente, aus der Form geratene Gestalt mit fleischigen Zügen in einem sackartigen schwarzen Kleid, das ergraute Haar unter einem breitrandigen Hut verborgen. Sie war entschlossen, den Traum von Ruhm und Reichtum zu verwirklichen.

Pierre Berton, *Niagara: A History of the Falls*

Deutschland, 1916

Hannelore schnupperte am Dampf, der aus der Schüssel mit Steckrübenpampe aufstieg, und zog mit dem Löffel Muster in den Brei. Sie probierte die Pampe, nahm eine Löffelspitze voll Pampe aus der Schüssel, probierte die Pampe mit der Zungenspitze, tat den Löffel in die Schüssel zurück. Sie blies auf die Pampe. Dann faltete sie die Hände im Schoß und summte vor sich hin, schaukelte in ihrem kleinen gelben Stuhl und wartete, daß die Pampe abkühlte.

Clotilde starrte Hannelore an. Clotilde die Ältere, die Erstgeborene. Clotildes Schüssel mit Steckrübeneintopf war schon leer. Clotilde leckte ihre Schüssel aus, den Löffel, den Topf, in dem der Eintopf gekocht worden war, den Kochlöffel, mit dem der Eintopf umgerührt worden war, die Gabel, mit der die Steckrüben zerquetscht worden waren, das Messer, mit dem sie geschnitten worden waren. Sie sammelte die Brotkrümel vom Tisch auf und leckte sie von der Handfläche ab, sie leckte den Tisch methodisch sauber, manchmal blieben Krümel zwischen den Ritzen stecken. Clotildes und Hannelores Mutter gab Clotilde einen Klaps und brach dann verzweifelt in Tränen aus. Ihre Mutter war auch hungrig. Müde. Clotilde leckte weiter, bis ihre Mutter fertiggeweint hatte.

Was Clotilde wirklich wollte, war ein Ei. Sie träumte von einem glatten, glitschigen Ei. Es hatte schon so lange keine Eier mehr gegeben. Sie wollte ein hartgekochtes Ei für sich allein, wollte das krümelige Eigelb herauslösen, die Zunge um das glänzende Weiß glitschen lassen, wollte die Schale zerbrechen und mit der Zunge auslecken. Clotilde wollte mehr zu essen. Sie wollte mehr, mehr, mehr. Sie wollte Hannelores Pampe essen. Sie packte Hannelore um den Hals. Natürlich bekam Clotilde einen Klaps, aber der Schmerz machte ihr nichts, sie tat es um der Pampe willen. Sie wußte, dieses zusätzliche bißchen Pampe würde sie warmhalten, wenn sie mit dem Glas vorm Milchladen in der Schlange stehen mußte, während die Erwachsenen sich vordrängten, sie mußte Schlange stehen für Milch, die schon ausverkauft war, wenn sie an die Reihe kam. Das zusätzliche bißchen Pampe bewahrte sie davor, sich in Nichts aufzulösen. Hannelore stand mißmutig neben Clotilde in der Schlange, preßte die Lippen aufeinander und war ganz starr vor Kälte.

Pech, wenn Hannelore hungern mußte. Clotilde war größer. Kein Zweifel, wer mehr Essen brauchte.

Schließlich griff ihre Mutter ein. Eines Tages sperrte sie Clotilde aus der Küche aus, während Hannelore langsam ihre kleine Schüssel mit Steckrübenpampe auslöffelte und Clotilde sich auf der anderen Seite der Tür das Herz aus dem Leib brüllte.

»Du liebst Hanne mehr als mich!« schrie Clotilde. Ihre Stirn war rot und verschwitzt und schon von bleibenden Falten durchzogen, obwohl sie erst zwölf war.

Hannelore schluckte Löffel um Löffel, so langsam, daß ihre Mutter es nicht mehr ertragen konnte und die Küche verließ. Sie schloß die Tür hinter sich und starrte Clotilde an.

»Gieriges Mädchen«, sagte sie.

»Nicht gierig«, brüllte Clotilde. »Hungrig. Ich bin größer.«

»Wir haben alle Hunger«, sagte die Mutter. »Aber du bist immer schon stark gewesen. Deine Schwester ist klein und schwach. Die Stärkeren müssen sich um die Schwächeren kümmern. Du mußt dich um deine Schwester kümmern, anstatt ihr immer alles wegzunehmen. Eines Tages werde ich nicht mehr da sein, und dann bist du die einzige, die sich um sie kümmern kann. Dann hat sie nur noch dich und das, was du ihr freiwillig gibst.«

Hannelore öffnete die Küchentür. In ihrer Schüssel war endlich keine Pampe mehr. Clotilde starrte Hannelore so wütend an, daß Hannelore in Tränen ausbrach.

»Es ist deine Pflicht, sie zu trösten, wenn sie weint«, sagte ihre Mutter zu Clotilde. »Jetzt mach schon.«

Am nächsten Tag hielt Clotilde in der Kälte beim Schlangestehen Hannelores Hand, schützte Hannelore mit ihrem Körper und ihren Worten, während die Erwachsenen um sie herum drängelten.

Der Rübenwinter 1916. Das Jahr, in dem Clotilde ihre Aufgabe als Beschützerin für Hannelore begann.

»Aber das kann doch gar nicht sein«, sagte Hannelore. »Ich bin erst 1920 geboren. Und außerdem hat Mutter nie geweint. Daran würde ich mich erinnern. Davon abgesehen, bin ich größer als du. Seit Jahren schon.«

»Dann bin ich eben ein bißchen geschrumpft«, sagte Clotilde hinter ihrer Zeitung. Einer Berliner Zeitung.

Edmonton, Kanada, 1973

Dieter hatte denselben Schlendergang wie immer, schwang die Hüften wie ein Hippie, um die Stirn ein perlenbesetztes Lederband. Die Welt gehörte ihm, diesem jungen Mann, aber er war so dürr, seitdem er nach Canada gegangen war. Hannelore hätte auf seinen Rippen Klavier spielen können.

»Ich mache eine Diät«, sagte er.

»Du mußt doch nicht abnehmen«, widersprach Hannelore.

»Aber natürlich muß er das«, sagte Rosario, die immer das letzte Wort haben wollte. »Er frißt wie ein Schwein.«

»Du siehst krank aus!« rief Hannelore.

»Ein kleines deutsches Schweinchen«, säuselte Rosario und tätschelte Dieters Bauch.

»Rosario!« sagte Hannelore.

Dieter ging mit Hannelore und dem Baby Cleopatra Maria in den deutschen Delicatessen in der Shoppingmall, in den Deli. Als Cleopatra achtzehn Monate alt war, war die Familie wegen Dieters Arbeit von Toronto in dieses Nest gezogen. Ein bayerischer Deli. Welche Enttäuschung. Hannelore hatte sich so darauf gefreut, mit den Deutschen dort Deutsch reden zu können, und jetzt stellten sich diese Deutschen als Bayern heraus.

Aber die Kellnerinnen und Köchinnen in den Dirndlkleidern, die aus den Boxen eingespielte Musik – Marinemärsche aus den zwanziger Jahren und schmalzige Volkslieder – gefielen Hannelore. Sie und Clotilde waren erst eine Woche in Edmonton und fühlten sich schon etwas unwohl, oder vielmehr, sie fühlten sich von der Familie nicht richtig gewürdigt. Die Kunden mit ihren gefiederten Hüten schienen klebrige, glänzende Gedankenfäden auszuwerfen, die wie Angelhaken an Hannelores Augenlidern und Gliedmaßen zerrten und sie zur großen Theke zogen, wo es nach fünfzehn verschiedenen Wurstsorten roch, nach frisch gebratenem Bauernschnitzel, Rotkohl und Kartoffelsalat mit kleinen Speckwürfeln in tiefen Metalltöpfen. Packungen mit Lebkuchen, Mozartkugeln, Glückskäfern. Die Stimmen der Kellnerinnen waren wie sauberes, klares Wasser, das in Hannelores Gehirn sprudelte wie in einem Glas.

»Richtiges Essen«, seufzte Hannelore und deutete auf eine große, saftige Blutwurst.

»Gutes Essen«, seufzte Hannelore beim Klappern von Pfannen voll dicker Bratwürste, die sie sich jederzeit in den Mund schieben konnte.

»Von Bayern gemacht«, seufzte Hannelore und faltete die Hände über ihrer Tasche, während die Bayerinnen die trockene ungarische Salami, Rosarios Lieblingsaufschnitt, einpackten.

»Ist das alles?« fragte die Frau hinter der

Theke. Ihr Haar war zu beiden Seiten des Kopfs zu Schnecken aufgesteckt, als käme sie geradewegs aus einem Hummel-Bild. »Frau Schnadelhuber«, stand auf dem Namensschild. Starker süddeutscher Akzent, den Hannelore mit dem Messer schneiden, mit der Gabel aufspießen und in Sahnemeerrettich wenden konnte.

Hannelores Mann war aus Süddeutschland gewesen. Er war Bayer – und wenn schon? Sie hatte den Mann in ihm gesehen, nicht nur den Bayern. Leichte Verachtung gegenüber den Süddeutschen. Sie erinnerte sich, einmal einen Artikel im *Spiegel* gelesen zu haben mit dem Titel »Sind Bayern dumm?« Und obwohl ihr Ehemann Bayer war, mußte sie zugeben, daß die Bayern im allgemeinen vielleicht nicht dumm, aber eindeutig anders waren, und manchmal einfach nicht sehr sauber. Ihr Ehemann war natürlich die Ausnahme von der Regel gewesen. Sie sagte nie laut, daß die Bayern anders waren, aber sie dachte oft über ihre Andersartigkeit nach, und so, wie die Frauen hinter der Theke in diesem Deli redeten, kamen sie eindeutig aus einem anderen Teil Deutschlands, und sie sahen *sehr* anders aus in den Kleidern, die nicht einmal richtige Dirndl waren, sondern nur ein deutsch-amerikanisches Mischmaschkostüm mit einer Fleischerschürze darüber. Frauen mit Federhüten? Obwohl Hannelores Mann für ihren Geschmack nicht immer ernst genug gewesen war und seine Neckerei sie manchmal geärgert hatte. Leichte Verachtung war immer schon Hannelores Spezialität gewesen. Bayern waren lächerlich, aber sie waren die einzigen Deutschen in diesem canadischen Kaff, und Hannelore würde mit Clotilde noch öfter zum Mittagessen in diesen Deli kommen.

Auf der Rückfahrt im Auto, Dieter am Steuer, ahmte Hannelore die Bayern nach, die Frau namens Frau Schnadelhuber. »Grüß Gott«, äffte sie und ließ die G's in ihrer Kehle rollen, als wollte sie eine ganze Blutwurst hochbringen.

»Grüß Gott«, echote Cleopatra Maria – ihre allerersten Worte. Dieses Kind war ein Wunderkind, die ersten Worte aus seinem Mund. Ein Kind ganz nach Hannelores Herzen. Sobald sie zu Hause waren, würde Hannelore dem Kind ein extragroßes Stück Kuchen geben, über das es schreien konnte.

1942 wurde im Staat New York eine Werbekampagne für den Verkauf von Kriegsanleihen veranstaltet, bei der Porträts von Hitler, Mussolini und Hirohito in einem »Bondmobil« saßen. … Unter dem Beifall von fünftausend Anwesenden wurden die Bilder in ein Holzboot gesetzt, mit Diesel übergossen, angezündet und direkt oberhalb der American Falls der Strömung übergeben.

Andy O'Brien, *Daredevils of Niagara*

Niagara Falls, Kanada:
Donnerstag, 24. Oktober 1996, 5.56 Uhr

Prosit«, sagen sie, bevor sie in die Kapsel einsteigen. Die glasklare Luft ist höllisch kalt, der Morgen graut gerade erst. Cleopatra Maria ist bei ihnen und wird unten am Ufer auf sie warten, sagt sie, um sie in Empfang zu nehmen, wenn sie aussteigen, und ihnen zu helfen, den Niagaraball wieder in den Truck zu laden, damit sie ins Hotel fahren und den Rest des Urlaubs genießen können. Frau Schnadelhuber will ihr Glück im Kasino versuchen. Sobald sie mit dem Ball abgelegt haben, wird Cleopatra Maria den Krankenwagen alarmieren, aber nicht die Polizei. Die Notrufzentrale wird sowieso die Polizei rufen.

Hannelore setzt nicht allzu großes Vertrauen auf Cleopatra Marias Fähigkeit, den Truck zu fahren. Cleopatra Maria brennt etwas zu sehr darauf, sich hinter das riesige Lenkrad zu setzen, als wäre das alles nur Spaß. Cleopatra Maria (nennt mich Patty, sagt sie, aber das tut niemand) holt eine Flasche Sekt und vier Plastikbecher aus dem Kofferraum des Kombi, sie hat das ganze Taschengeld dieser Woche dafür ausgegeben – sechsundzwanzig und immer noch Taschengeld, ja, sie weiß, daß das lachhaft ist. Der Sekt schäumt in den Bechern wie das Wasser unten an den Horseshoe Falls, wo die wirbelnde Gischt Hunderte von Metern in die Luft schießt. Cleopatra Maria sieht so jung aus, Hannelore ist erstaunt, daß man sie in einen Liquorstore zur Eingangstür hereingelassen hat, ganz zu schweigen davon, daß man ihr eine Flasche Sekt verkauft hat. Sogar in Alberta wird Cleopatra Maria nach ihrem Ausweis gefragt. Hannelore würde sich von Cleopatra Maria auch den Ausweis zeigen lassen, wenn sie sie nicht kennen würde. Nicht wie in Deutschland, wo man in jedem Alter trinken darf, ganz legal – deutsches Bier ist nahrhafter als Wasser.

Frau Schnadelhuber ist enttäuscht, weil sie kein Bier für ihren Sekt hat. Am liebsten mag sie Sekt mit Bier gemischt. Hannelore wäre ein Malteser lieber als Sekt, aber Cleopatra hat ja recht, Sekt ist anregender, symbolischer als Malteser. Sie hätten noch eine Flasche mitbringen sollen, um sie an der Seite der Kapsel zu zerschlagen. Ja, aber die Scherben. Wer würde die Scherben aufklauben? Hannelore würde keine Zeit haben, die Scherben einzusammeln. Cleopatra Maria könnte die Scherben aufheben, aber sie würde bestimmt welche übersehen. Hannelore würde für die Scherben feuchte Papiertücher brauchen. Es ist schon gut, daß sie keine zweite Flasche zum Zerschlagen haben, außerdem, so eine Verschwendung, wie dumm, eine zweite Flasche mitzubringen, denkt Hannelore. Nur gut, daß sie nicht Hannelore in den Liquorstore geschickt haben. Cleopatra Maria ist ein Geschenk Gottes. Hannelores Gesicht rötet sich vor Stolz auf ihre wunderschöne, kluge Enkeltochter, die ihnen geholfen hat, es bis hierher zu schaffen.

»Warum trinkt ihr denn nicht?« fragt Cleopatra Maria. »Schmeckt's euch nicht? Ich habe mein ganzes Taschengeld für diese blöde Flasche hingelegt. Himmel noch mal!«

Clotilde freut sich über ihr Glas Sekt so bald nach dem Morgenkaffee. Sie ist noch nie wählerisch gewesen und leckt sich mit ihrer Amphibienzunge einen verirrten Tropfen vom Kinn.

»Prosit«, sagen die vier Frauen wieder und stoßen mit den Bechern an. Sie haben Tränen in den Augen. Sentimental. Hannelore hat zweifellos die meisten Tränen in den Augen. Nur Clotilde weint nicht, natürlich nicht. Clotilde weint nie, über nichts, weil sie sich für einen Mann hält. Frau Schnadelhuber hat im Laufe ihres Lebens genügend Männer weinen sehen, also ist sie froh über Clotildes hagere, trockene Wangen, über das breite Lächeln, das Clotildes Gesicht verzerrt. Also weinen alle Frauen außer Clotilde, und Hannelore weint am meisten, weil es schließlich ihre Idee war, in einem Faß aus dem Raumfahrtzeitalter die Niagarafälle hinabzufahren. Das ist der beste Grund, warum ihr die Tränen so übers Gesicht kullern, aus den Augen und der Nase in die Kleenextücher in ihrer Hand. Das Wasser des Niagara River schwappt über die Klippe, als hätten Hannelores Tränen nichts mit dem Schaum und dem Donnern des Wassers über den Felsen in dem uralten Flußbett zu tun.

Überhaupt nichts.

Hannelore spricht ein kleines Gebet über dem schäumenden Sekt in dem Becher, den verschütteten Tropfen am Plastikrand, an ihren Fingern. Ihre Finger werden klebrig und zuckrig sein. Schon der Geruch des Sekts macht sie betrunken.

»Auf Annie Edson Taylor«, sagt Hannelore unvermittelt und laut.

»Auf wen?« fragt Clotilde.

»Die erste Person, die in einem Faß die Niagarafälle runtergefahren ist«, sagt Cleopatra Maria. »Kannst du dich denn an gar nichts mehr erinnern? Was trinkt ihr so lang? Ich glaube, euch schmeckt der Sekt nicht. Ich glaube, ihr findet ihn schrecklich. Ich weiß nicht, warum ich mich überhaupt bemühe, nett zu sein.«

»Die verrückte Nudel in ihrem lächerlichen Faß«, sagt Frau Schnadelhuber und schwenkt den Sekt in ihrem Becher. »Wie wir.«

»Unser Faß ist *viel* zuverlässiger als das von Annie Edson Taylor!« schreit Cleopatra Maria. »Ich hab's berechnet!«

»Also gut«, sagt Clotilde. »Prosit! Auf die verrückte Frau Annie und auf uns Verrückte.«

»Reservieren Sie an Ihrem Tisch einen Platz für mich, Missis Taylor«, sagt Hannelore leise. »Prosit«, flüstert sie und weint so heftig, daß sie schnauben muß. Anna Edson Taylor. Die Königin der Nebel. Dann trinkt Hannelore den Sekt ganz schnell, weil sie weiß, daß er fürchterlich schmecken wird. Hannelore weiß aus ihrer zehnjährigen Erfahrung als Barkellnerin/Platzanweiserin, daß junge Leute wie Cleopatra Maria immer pappsüßen Sekt mögen.

»Dieser Sekt ist köstlich!« sagt Frau Schnadelhuber, und Cleopatra Maria errötet.

Nachdem die drei Frauen im Niagaraball festgeschnallt sind, werden ein paar hilfsbereite Touristen mit Turbanen, leuchtenden Saris und Krawatten sehen, wie Cleopatra Maria sich mit dem Ball abmüht, und ihr helfen, ihn ins Wasser zu befördern. Dann werden sie sich wieder auf ihren frühmorgendlichen Touristenweg machen.

Annie Edson Taylors Knochen drehen sich ein bißchen im Grab. Ein Stück nach Norden.

Im Royal Auditorium, Kanada, 1995

Wegen der Beerdigungen. Das war die Antwort, die Hannelore immer gab.

Dann reihte sie die Gläser auf der Theke auf und füllte sie mit Wein. Die Hälfte mit Rot, die Hälfte mit Weiß. Sah nach, ob genug Eis für Highballs und Limo da war. Hannelore war stolz auf ihre Effizienz als Barkellnerin. Die Frauen im Royal Auditorium, wo Hannelore arbeitete, wollten immer wissen, warum sie nach Kanada gekommen war. »Das ist so weit weg«, staunten sie, als ob Hannelore das nicht wüßte. Natürlich war Deutschland weit weg. Das war ja der Sinn der Sache.

»An einem Tag mußte ich auf drei Beerdigungen gehen«, sagte Hannelore. »Aber ich konnte nicht auf alle drei gehen und wußte nicht, welche ich versäumen sollte. Ich wußte nur, daß ich eigentlich auf alle drei gehen sollte. Zwei waren Bekannte aus meiner Mädchenzeit, die dritte eine Freundin meiner Mutter. Und es war niemand mehr auf der Welt, den ich mochte. Ein Weltkrieg und das Alter, da bleiben nicht viele liebenswerte Menschen übrig.«

»Ja, aber trotzdem«, sagte dann jemand, vermutlich Dot. Dot und Hannelore arbeiteten zusammen an der Bar im dritten Stock.

»Nach Ilses Beerdigung hatte ich die Nase voll«, sagte Hannelore, lehnte sich zurück und erzählte ihre Geschichte.

Hannelore war ganz anders als Ilse, die verblühte Rosen aus dem Garten im Altenwohnheim pflückte. Die Blüten in Ilses Hand zitterten so heftig, daß die Blütenblätter abfielen und sanft auf dem Boden zwischen Ilses und Hannelores orthopädisch beschuhten Füßen landeten.

»Die Rosen sind tot«, sagte Hannelore sanft. »Du solltest die frischen Knospen pflücken.«

»Aber kurz bevor sie sterben, duften sie am schönsten«, antwortete Ilse.

Und das Lächeln auf Ilses winzigem, faltigem Gesicht, die Augen tief hinter den untertassendicken Brillengläsern. Ilse, eine uralte frühere Freundin von ihrer und Clotildes Mutter. »Zart wie ein Vögelchen«, sagten die Pflegerinnen immer. Hannelore wird auf ewig diesen Vergleich hassen, den Vergleich von alten Frauen und Vögeln.

»Wenn ich meine Brille nicht aufhabe und den Mond ansehe«, erzählte Ilse einmal Hannelore, »sehe ich vier Monde, die wie ein Kleeblatt angeordnet sind.« Die Vorstellung eines Klee-Mondes fuhr Hannelore in den Magen und bohrte sich in ihr Gedärm, sie mußte würgen, um sich nicht zu übergeben, sich nicht von höchst ärgerlichen Tränen überwältigen zu lassen.

»Grauer Star«, unterbrach Dot dann immer. »Dann sieht man vier Monde. Mein Bob hat sich den grauen Star stechen lassen.«

Hannelore ignorierte Dot. Hannelore war Bobs grauer Star egal, vor allem mitten in ihrer Geschichte.

»Es reicht!« In ihrem Kopf ließ Hannelore einen schweren Kochtopf auf den Boden knallen. Ilses Tod war der letzte, sie hatte vom Tod die Nase voll. Ihr Hirn war wie ein bröseliges weißes Brötchen. Zu viele Tode, zu viele kranke Frauen, zu viele tote Ehemänner, zu viele Beerdigungen und zu viele Leute, die in der Kirche nicht an ihrem gewohnten Platz saßen. Zu viele Steine in ihrem Garten. In ihrem Garten wuchsen Steine statt Blumen, zu viele tote Blumen.

Hannelore hatte noch viele Jahre vor sich, sie war nicht alt, sie hatte den Zweiten Weltkrieg überlebt, und Ilse war nicht alt und hatte *beide* Weltkriege überlebt, aber jetzt war Ilse tot. Und jetzt war die junge Hannelore von der Vergangenheit begraben. In ihrem Haus standen die Stühle an genau der Stelle, wo ihr Großvater sie vor hundert Jahren hingestellt hatte. Die Bilder an den Wänden hingen genau dort, wo sie gehangen hatten, als Hannelore und dann Dieter geboren wurden. Dieselben Bilder, dieselben Wände. Alles war dasselbe geblieben, nur gab es im Haus keine Kinder und außer Clotilde niemanden, der sich um Hannelore kümmern würde, wenn sie krank wurde. Und Clotilde war beinahe zehn Jahre älter als sie, es gab keine Garantie, daß sie noch da sein würde, um Hannelore zu pflegen. Nicht wie damals, als Hannelore und Clotilde ihren Vater bis zu seinem Tod pflegten, nicht wie damals, als ihre Mutter *ihren* Vater, Hannelores und Clotildes Großvater, bis zu dessen Tod pflegte. Es war niemand mehr da. Alles war noch dasselbe, aber die Rosen, die Hannelores Vater gepflanzt hatte, wimmelten vor Blattläusen und lösten sich zu körnigem Sirup auf. Der Garten, in dem Grabsteine statt Iris wuchsen. Hannelore hatte genug von Iris. Sie sehnte sich nicht nach Blumen, sondern nach ihrem Jungen und seinen canadischen Ahornbäumen.

Ilse war also tot, und Hannelore war heiß im Kopf. Hannelore und Clotilde stapften an den Grabsteinen auf dem Friedhof vorbei, an den rechteckigen Flächen, von denen manche so neu waren, daß sie noch nicht einmal Grabsteine trugen. Andere mit alten, grasüberwucherten Gedenktafeln, junge Männer, die in den Kriegen gefallen waren, zum Teil gerade mal sechzehn Jahre alt, die Söhne ihrer Nachbarinnen. Als Kinder hatte Clotilde Hannelore von der Schaukel gestoßen, in den Schrank gesperrt, zum Spaß die Treppe hinabgeworfen, bis ihre Mutter Clotilde befahl, sich um Hannelore zu kümmern. Jetzt kann Hannelore den Gedanken nicht ertragen, in ein Grab gestoßen zu werden. Oder ihre ältere Schwester ins Grab zu stoßen.

Clotilde und Hannelore gingen zu allen Beerdigungen, obwohl sie sehr, sehr müde waren, und auf dem Heimweg blieb Hannelore auf dem Rathausplatz mit einem ihrer Absätze zwischen zwei Pflastersteinen hängen, Pflastersteinen, die sich unter den Füßen, unter den Knien so hart anfühlten, und sie fiel hin. Fluchend klammerte sie sich an den Rand des Steinbrunnens.

Das eiskalte Wasser des Brunnens spiegelte sich grün auf Hannelores Haut.

Auf Wiedersehen, Ilse. Die müde Romantik verblühter Rosen. Die Überreste von Ilses Klee-Mond-Geruch schmeckten in Hannelores Mund nach.

Clotildes Augen unter den faltigen Lidern, ihr zusammengepreßter Mund, ihr Haar in Nackenhöhe gerade abgeschnitten wie mit einer Axt, aber Clotilde und ihr Stock sind alles andere als eine Axt, wie sie versucht, Hannelore von den rauhen Pflastersteinen aufzuhelfen und gleichzeitig ihren Stock, ihre Handtasche und Hannelore festzuhalten.

»Ich schaff's schon«, sagte Hannelore. »Ich will nicht, daß du auch noch hinfällst.«

Hannelores Sturz, das Geklapper der Töpfe, die in ihrem Kopf zu Boden fallen.

»Keine Zeit«, sagte Clotilde.

Am nächsten Morgen schwammen sie nebeneinander im Schwimmbecken, die Köpfe mit den Badehauben hoch erhoben, ihre Arme kreisend wie die Zeiger einer Uhr, aber Hannelores Trauer schwamm nicht davon.

Hannelore beschloß, daß sie beide zu Dieter fahren und bei ihm leben würden. Zeit für eine Reise. Eine lange Reise.

»Nein, ich komm nicht mit«, sagte Clotilde. »Vergiß es. Wenn du mich nicht in Ruhe läßt, ziehe ich ins Schönbachtal. Für immer.«

Die Schwestern würden in Cleopatra Marias Zimmer schlafen, das war bei jedem Besuch so. Hannelore mit ihren Ersparnissen und ihrer Witwenrente würde Dieter und Rosario helfen, ein größeres Haus zu mieten.

»Vergiß es«, sagte Clotilde. »Kein Interesse.«

»Aber dann bist du ganz allein«, wandte Hannelore ein.

Clotilde schwamm einige Zentimeter voraus. Die Wellen, die sie mit ihren Armbewegungen machte, schwappten über Hannelore. Unter Clotildes rosa Gummihaube lugten graue Haarsträhnen hervor. Hannelore sah, wie sich die blauen Streifen von Clotildes Badeanzug unter dem Wasser bewegten. Sie roch das Chlor.

Dot sagte: »Aber natürlich ist sie doch mitgekommen.«

»Natürlich«, sagte Hannelore.

»Das ist gut so«, sagte Dot.

»Ich bin wegen der Wildnis nach Kanada gezogen«, sagte Hannelore. So beantwortete sie die Frage auch manchmal. Meist, wenn ein Gast im Royal Auditorium sie wegen ihres Akzents fragte.

»Natürlich wegen der Wildnis«, wiederholte Hannelore dann.

Der glücklichste Tag ihres Lebens war, als Dieter und Rosario ihr einen Pelzmantel schenkten, Bisamratte, ein verrückter, wunderbarer Mantel made in Canada. Sie zog ihn vor den beiden an und fühlte sich wie eine Königin.

»Jetzt wirst du nicht mehr frieren, wenn du uns besuchst«, sagte Rosario.

Hannelore stolzierte in dem Mantel durchs Wohnzimmer und fühlte, wie das glänzende braune Futter des Mantels mit ihrer Haut verschmolz.

»Wo soll ich ihn tragen? Ich weiß nicht, wann ich einen solchen Mantel anziehen soll.«

»Zieh ihn hier an, wenn du uns im Winter besuchst, dann frierst du nicht«, sagte Dieter.

»Das habe ich doch gerade gesagt«, sagte Rosario.

Hannelore lächelte Dieter an und sah dann demonstrativ auf Rosarios leuchtendrote Zehennägel an Rosarios sehr nackten Füßen.

Hannelore trug den Mantel, wenn sie ins Deli ging. Sie zwängte sich und ihren Mantel in eine der winzigen Nischen, das Tablett mit Bauernschnitzel, Kartoffelsalat und Sauerkraut in der Hand, und nachdem sie Cleopatra Maria ihren Teller vorgesetzt hatte, fiel sie wie ein Wolf über das Essen her. Cleopatra Maria war noch keine sechs, las aber ohne Hilfe jeden Tag die Zeitung von vorne bis hinten. Jetzt saß sie am Tisch, die Zeitung schlampig neben sich auf der Bank ausgebreitet. »Das ist die Liebe der Matrosen« dröhnte aus dem Lautsprecher in der Ecke über ihrem Kopf.

»Du siehst aus wie ein Saskwutsch, Hannelore«, sagte Clotilde von der anderen Tischseite. »Sasquatch«, ein neues canadisches Wort, das sie in der Zeitung gelesen hatte. »Was zum Teufel ist ein Saskwutsch?« hatte Clotilde gefragt, und Rosario erzählte ihr von dem Monster mit den riesigen Füßen, wie ein Yeti.

»Du siehst aus wie ein Saskwutsch«, sagte Clotilde jetzt und lachte wüstentrocken. Cleopatra Maria verschüttete etwas Milch auf dem Wirtschaftsteil der Zeitung und fing zu schreien an. Clotilde trank den letzten Schluck von ihrem Kaffee, ganz guter Kaffee für canadische Verhältnisse, und sah sich nach der Kellnerin um, damit sie ihr nachschenkte.

»Guten Tag, Frau Schnadelhuber!« rief Clotilde, und die Bayerin mit dem Namensschild Frau Schnadelhuber füllte Clotildes Kaffeetasse auf. Clotilde rang sich ein Lächeln ab.

Frau Schnadelhuber sah durch ihre Brille auf Clotilde, auf die schreiende Cleopatra Maria, auf Hannelores Mantel. Frau Schnadelhuber hatte schon Seltsameres gesehen. Die Inhaberin des Deli war seltsamer als der Mantel. Frau Schnadelhuber und alle, die in dem Deli bedienten, arbeiteten für eine Madame in Los Angeles, die dieses Deli aus Sentimentalität gegenüber der alten Heimat betrieb, so weit weg von Los Angeles wie möglich. Ihr kleines Geheimnis. Es hieß, die Madame betreibe das Deli und ihre vielen Bordelle vom Bett aus, tue nichts, als den ganzen Tag zu telefonieren und Mozartkugeln und Marzipan in Schweinchenform zu essen. Die dumme Norddeutsche mit ihrem verrückten Akzent in dem überdimensionalen Pelzmantel ist nichts Ungewöhnliches, dachte Frau Schnadelhuber. Frau Schnadelhuber schenkte Kaffee nach, als seien Bordellbesitzer nichts anderes als eine neue Sorte Meerrettich.

»Schöner Mantel«, sagte Frau Schnadelhuber, und sie und Clotilde sahen sich mit hochgezogenen Augenbrauen an.

Frau Schnadelhuber ging, um mehr Kaffee zu holen. Sie roch, daß das Wiener Schnitzel zu lange gebraten war.

Hannelore trug den Mantel, wenn die Familie in die Berge fuhr. Ihr Mantel paßte zu den Bergen und den Bäumen, gut angezogen.

Bei den heißen Quellen wollte sie ihn in den Schwimmbereich mitnehmen, aber das erlaubten die Angestellten nicht. Sie konnte das Wasser der Quellen gar nicht genießen, weil sie sich ständig Sorgen um den Mantel machte.

Hannelore trug ihn jedesmal, wenn sie in das Deli ging, um damit vor den anderen Deutschen anzugeben, aber sie nahm ihn nie nach Deutschland mit. Zu voluminös für ihr Gepäck. Zu großspurig.

»Ich bin wegen dem Mantel nach Canada gekommen«, sagte Hannelore. »Ich habe gewußt, mein Sohn und seine Frau wollten, daß ich bei ihnen wohne. Mein Sohn hat seine Mutti um Hilfe gerufen. Ich konnte nicht nein sagen.«

»Das ist eine sehr interessante Geschichte«, sagte der Gast dann und suchte durchs Foyer so schnell wie möglich das Weite.

Wegen Clotilde. Diese Antwort gab Hannelore, wenn sie sich selbst fragte, warum sie nach Canada gezogen und eine Immigrantin mit Grundbesitz geworden war.

Hannelores kleine Enkelin war zehn Jahre alt und hatte ihrer Oma und ihrer Tante in dem Jahr kein einziges Mal geschrieben, nicht einmal, um sich für das Geld zu Weihnachten und die Geschenke zu bedanken. Clotilde saß zusammengesackt am Frühstückstisch, ihre knochigen Schultern bohrten sich durch die Strickjacke. Sie kaute ihr Müsli mit Joghurt, Zähne wie ein Pferd hatte sie, schmatzte auf den Getreideflocken herum, aber Hannelores kaputtes Hörgerät lag oben auf der Anrichte. Hannelore sah, wie Clotilde ihr Müsli zermalmte, wie sie mit den verhutzelten Lippen eines Schimpansen Kaffee aus der Tasse schlürfte, den glänzenden Speichel auf Clotildes Unterlippe, als sie wieder an der Tasse lutschte. Clotildes langsame, aber präzise Bewegungen, die Knochen in ihren knotigen Fingern, die dicken grünen Adern auf Clotildes Handrücken unter dem Pünktchenmuster brauner Flecken auf schlaffer Haut.

Heutzutage machte Clotilde alles sehr langsam. Sie trocknete das Geschirr langsam ab, und nicht einmal ordentlich, aber das machte nichts, weil sie so lange mit dem Geschirrtuch herumfuhrwerkte, daß das Geschirr in ihrer Hand an der Luft trocknete. Früher einmal war Clotilde groß und stark gewesen. Sie hatte andere Mädchen und kleinere Jungen blutig geschlagen, hatte riesige Milcheimer geschleppt, Säcke mit Mais. Eine Frau wie ein Panzer. Wie der amerikanische Panzer, der 1945 durch die Hecke fuhr. Wenn man Clotilde in der alten Zeit betrachtete, dachte man unwillkürlich an Rehragout mit Spätzle. Herzhaft.

Jetzt sah Clotilde mehr nach Steckrübenpampe aus. Ihre Haare standen wie ein grauer Tüllrock von der Stirn ab.

»Du ißt nicht genug«, sagte Hannelore. »Iß noch ein Brötchen mit dem guten Pflaumenmus. Und hier ist noch etwas Quark zum Draufstreichen.«

»Nö«, brummte Clotilde hinter ihrer Zeitung. Einer Frankfurter Zeitung.

Hannelore stellte die Frühstückssachen auf das Tablett. Clotilde stand langsam von ihrem Stuhl auf, umklammerte mit ihrer knochigen Hand die Tischkante. Sie wischte die Krümel vom Tischtuch in die Handfläche und stapfte in ihren festen schwarzen Schuhen in die Küche.

Hannelore beobachtete, wie langsam Clotilde war. Sie wandte sich mit dem beladenen Tablett in der Hand zur Küche.

»Wir vermodern hier«, sagte Hannelore laut.

»Worauf hast du gestarrt?« fragte Clotilde,

das Geschirrtuch in der Hand, bereit für die nassen Teller.

»Wir sollten einen Geschirrspüler kaufen«, sagte Hannelore. »Einen Geschirrspüler, der das dumme Geschirr ganz von allein wäscht und trocknet.«

»Man muß das Geschirr trotzdem noch abspülen, bevor man's reintut. Doppelte Arbeit.«

»Das stimmt«, sagte Hannelore.

Langsam trocknete Clotilde eine Gabel, eine Zinke nach der anderen.

»Aber man braucht es nicht mehr abzutrocknen«, sagte Hannelore und sah zu, wie die Gabel in Clotildes Händen von selbst trocknete. »Die Maschine trocknet es.«

»Ich trockne gerne ab. Es ist beruhigend«, meinte Clotilde.

Beruhigend für dich, dachte Hannelore.

»Wo hast du hingestarrt?« fragte Clotilde. »Hab ich mir Essen ins Gesicht geschmiert?«

»Ich habe darüber nachgedacht, wie wir hier vermodern.«

»Du hast nachgedacht. Denken liegt dir nicht, Hannelore. Das ist ja ein morbider Gedanke mit dem Vermodern.«

Clotilde ging langsam zum Küchenschrank hinüber, legte die Gabel in die Besteckschublade, ging zur Spüle zurück.

»Heute brauch ich meinen Stock«, sagte Clotilde. »Ich bin ganz steif.«

Morgen nachmittag würden sie zu ihrem jährlichen Besuch nach Kanada fliegen. Auf dem Ticket stand »drei Wochen«, sie planten einen Urlaub von drei Wochen. Dieses Mal würden die Schwestern nur sechs Wochen bleiben.

Abends am Tisch beladen mit Geschenken, die sie am nächsten Tag nach Canada mitnehmen würden – ganze Salamis für Rosario, in Schirmhüllen gepackt, um den Zoll zu überlisten, taillenhohe Unterhosen in Plastikpackungen für Dieter, Schokoladeneier für Cleopatra Maria –, bemerkte Hannelore, daß sich in Clotildes Augen weißer Schlaf angesammelt hatte, wie bei ihrem Vater, und bei Frau Drechsel. Die Zierde des Alters.

»Wisch dir die Augen aus!« sagte Hannelore. »Reiß dich einen Moment von deiner vermaledeiten Zeitung los und wisch dir die Augen aus.«

Clotildes triefende Tränensackaugen.

»Wisch dir doch deine eigenen aus!« gab Clotilde zurück.

Hannelore nahm die Brille ab und fuhr sich mit dem Zeigefinger in den Augenwinkel. Weißes Zeug in den Augen, wie bei alten Leuten. Wäßrige, müde Augen. Aber sie war nicht alt.

Hannelore stand auf, um das Fenster zuzumachen, damit keine kalte Zugluft hereinkam. Wisch dir doch deine eigenen aus. Die Worte machten sie traurig. Dabei hatte sie gar keine Zeit darauf zu verschwenden, traurig zu sein.

Morgen würden sie im Flugzeug nach

Canada sitzen. In Canada würde Hannelore Clotilde zusehen, wie sie die Gabeln aus dem Geschirrspüler holte und abtrocknete. Und sie würde denken, Zeit für eine Reise.

Das einzige Lebewesen, das den Sturz angeblich überlebte, war ein weiblicher Bullterrier, dessen jähzorniger sadistischer Besitzer ihn im November 1856 von der Goat Island Bridge in die Strömung warf. Die Terrierhündin wurde im darauffolgenden Frühjahr am Ufer gefunden; sie hatte den Winter mit Hilfe einer toten Kuh überlebt, die über die Fälle gespült und von der Kälte konserviert worden war.

Andy O'Brien, *Daredevils of Niagara*

Niagara Falls, Kanada, 1980

Als Hannelore die Niagarafälle zum zweiten Mal sah, nachts und rein zufällig, war sie allein.

Sie war auf dem Weg nach Edmonton, um bei Dieter, Rosario und der mittlerweile fast zehnjährigen Cleopatra Maria zu leben, in diesem Nest auf der anderen Seite des Landes, weit weg von den Niagarafällen. Clotilde war in Deutschland geblieben, in ihrem Haus, schmorte in ihrem eigenen Saft und verfluchte das Versprechen, das ihre Mutter ihr abgenommen hatte.

Natürlich wußte Hannelore, daß Clotilde nachkommen würde. In einigen Monaten. Clotilde konnte das Alleinsein nicht ertragen.

Hannelore buchte einen einfachen Flug und packte einen Koffer. Ihre wichtigsten Sachen, Fotoalben und ihre Sammeltassen, wickelte sie in braunes Papier und packte sie in Kartons, ließ sie abholen und verfrachten, damit sie bei ihrer Ankunft in Canada auf sie warteten. Canada, zweimal unterstrichen. Tischdecken. Das Silber ihrer Mutter und ein Porträt ihres Vaters. Kleidungsstücke.

Das Bild ihrer Mutter. 1906. Ihr Ehemann Heinrich. 1940. Auf Fronturlaub im Krieg. In ihrem Kopf schrieb sie ihm jeden Tag einen

Brief, auch einen an ihre Mutter, um den beiden zu sagen, sie könnten mit ihrer baldigen Ankunft rechnen. Das waren keine Selbstmordbriefe, nur Reservierungen für einen Platz am Tisch, und um sie daran zu erinnern, daß sie noch immer keine Steckrüben mochte.

Gefangen unter der Oberfläche des Fotopapiers. Die großen braunen Augen ihrer Mutter, die wundersamerweise in Cleopatra Marias braunem Gesicht wiedergekehrt waren. Die Menschen sind ein Patchwork ihrer Erbanlagen.

Beim Zwischenstop in Toronto ging Hannelore nicht wieder an Bord, ließ ihre bequemsten Hausschuhe im Flugzeug zurück, weil sie die Niagarafälle sehen wollte. Was sie an Canada neben der Familie ihres Sohnes am meisten liebte, waren die Niagarafälle. Wie schade, daß sie aus der Region fortgezogen waren. Mit ihrem schlechten, ungeduldigen Englisch brauchte Hannelore einen halben Tag, um herauszufinden, wie man mit dem Bus zum Wasser kam. Dorthin, wo es weich über den Klippenrand schwappte.

Abgase wehten zur offenen Bustür herein, Hannelore hustete, die Abgase bereiteten ihr Kopfweh, also nahm sie eine Tablette, aber die Abgase waren nicht wichtig. Die Busfahrer schrien sich etwas zu über Hot dogs; sie verstand das Wort »Hot dogs«, sie war in Canada, aber nicht mit ihrem Sohn. Das Quietschen der Scheibenwischer, das Surren des Motors, als der Bus vom Bahnhof abfuhr. »Nous parlons français & Wir sprechen Deutsch.« In dem Hotel würde sie übernachten. Das Husten und Räuspern der anderen Fahrgäste, eine schimmernde schwarze Straße. Die Herbstbäume kahl oder orange verfärbt.

Der Busfahrer half Hannelore beim Aussteigen über die Stufen des Busses. Sie umklammerte seinen Arm, die starken Muskeln unter dem Hemd.

»Need help finding a cab?« fragte er.

»What?« fragte sie.

»Help? Taxi?«

»No«, sagte sie.

Verrückte alte Schachteln. Verrückte deutsche Touristen.

Sie ging die River Road entlang, auf müden Füßen mit dicken Knöcheln folgte sie dem Fluß. Sie trauerte um ihre Knöchel, um die Berge von orangefarbenen, durchweichten nordamerikanischen Ahornblättern, die Pfützen vom Herbstregen. Das tiefe Grün des Flusses, khakigrün, und einmal waren drei Beerdigungen gewesen, drei, und sie ging auf alle drei, so daß ihr schwarzer gebügelter Rock fast zu einer ständigen Uniform wurde. Sie haßte es, sich schwarz anzuziehen. Der Trauerstoff klebte an ihrer Haut wie ein giftiger Geruch. Natürlich würde sie sterben, Clotilde auch, aber nicht so, nicht mit diesem *Geruch* auf der Haut. Tinktur zum Einbalsamieren.

Sie ging langsam, und die Gischt der Wasserfälle war weit weg, aber das machte nichts, sie war es gewohnt, den steilen Berg die Pieperstraße hinaufzugehen oder die Kirchbergstraße durchs Dorf. Zu Hause ging sie manchmal eineinhalb Stunden lang spazieren. Der Arzt hatte ihr gesagt, das sei gut für sie, und dann kam sie nach Hause und schlief ein, noch bevor sie sich hinsetzen konnte, so müde war sie.

Ihr Nacken war kalt und feucht. Am Weg die silbernen Glupschaugen von Aussichtsfernrohren. Hannelore blieb stehen und spähte in eins der dunklen Löcher. Ihre Brille stieß gegen das Metall des Fernglases.

Ein Möwenschwarm flog unten am Fuß der Fälle über das Wasser.

Sie warten auf den Abfall, dachte Hannelore. Projektilwürgen, dachte sie angewidert.

Das Grün, dann die Klippe, dann der Wind. Von ihrem Standort aus konnte sie nur die Gischtsäule sehen, die riesige Schimäre.

Dort, wo sich das Wasser über die Klippe ergoß, beugte Hannelore sich über das Geländer. Dieselbe Stelle wie damals, als das Kind an ihrer Schulter geschrien hatte. Aber dieses Mal blieb sie eine Stunde stehen, mit steifen Beinen, die Haare unter der Plastik-Regenhaube kaum zerzaust. Ein Stück weiter stand eine andere Frau am Geländer. Ihr Gesicht war von einer ausladenden Feder auf ihrem Hut verborgen, bis auf das Kinn, das Hannelore an einen Dr. Oetker-Zitronenkuchen erinnerte. Der Saum am langen Rock der Frau war mit Schlamm bespritzt. Hannelore hatte keine Ahnung gehabt, wie kalt und schwer und naß Wasser sein konnte. Ein durchweichtes Abendkleid. Der durchweichte, cremefarbene Satin ihres Hochzeitskleids, das an ihrer Haut klebte und sie zu Boden zog. Die Frau mit dem Kinn und dem schlammigen Rock ging flußaufwärts davon. Hannelore war froh. Sie wollte den Blick für sich haben.

Drei Beerdigungen, vier fünf sechs, sechstausend, sechs Millionen, achtzehn Milliarden.

Nicht Wasser, sondern graues Licht, wirbelnde Nebelschwaden.

»Clotilde!« rief sie. Sie beugte sich über das geschwungene Metallgeländer und saugte soviel Wasser wie möglich mit den Augen auf.

Ihre Stimme fiel in den Fluß und rutschte über die Klippe.

»Heiliger Jesus«, stöhnte Hannelore. Sie fuhr sich mit den Händen übers Gesicht, sie wollte nichts als schlafen im Bus, Schlaf war wie eine schwere Decke, die sich um ihren Körper legte. Der Bus von Niagara Falls nach Edmonton rumpelte weiter, jagte der untergehenden Sonne nach.

Das war der zweite Besuch bei den Niagarafällen. Als Hannelore schließlich in Edmonton ankam, wußte sie, daß sie alt wurde, weil ihr kleiner Sohn sie anschnauzte. Um seinen

Mund hing ein grauer Schnurrbart wie bei einem Hund, und er bellte sie an, laut und hartnäckig, sie sei wohl völlig taub geworden, und außerdem dumm, daß sie absichtlich ihr Flugzeug verpaßt habe.

»Aber mit dem Bus ist es einfacher«, verteidigte sich Hannelore. »Ich mag die riesigen Flughäfen nicht. Außerdem hättest du nicht so weit von den Niagarafällen wegziehen dürfen«, sagte Hannelore. »Die Landschaft dort ist einfach wunderschön.«

Während Dieter sie anschrie, summte sie »Seemann, deine Heimat ist das Meer« und machte sich daran, die rotkarierten Geschirrtücher zu bügeln, die sie mitgebracht hatte. In die Ecken waren in Rot ihre Initialen gestickt.

Als sie im Bus schließlich einschlief, träumte sie, sie und Clotilde würden in langen, wunderschönen Abendkleidern und Federhüten zwischen den Möwen schweben. Sie trugen schwarzen Samt mit Wassertropfen-Perlen, die Röcke bauschten sich wie Ballons, und dann wachte sie auf, das Gesicht schweißnaß, die Lippen rauh und mit getrocknetem Speichel verkrustet.

Sie log und behauptete, sie wäre zweiundvierzig, weil sie glaubte, die Presse würde lieber eine jüngere Frau auf Tauchfahrt gehen sehen. Einige Journalisten spielten das Spiel mit. Einer beschrieb sie als »agil, athletisch und stark«; ein zweiter sagte, sie wirke kräftig und anmutig. Andere waren skeptischer und schätzten sie auf fünfzig. In Wirklichkeit war sie noch einmal dreizehn Jahre älter.

Pierre Berton, *Niagara: A History of the Falls*

Niagara Falls, Kanada:
Donnerstag, 24. Oktober, 6.08 Uhr

Oma? denkt Cleopatra Maria. Cleopatra Maria hat noch nie allein einen Truck gefahren, nie einen, der so hoch über dem Boden steht, obwohl sie Auto fährt, seit sie zehn ist, das einzige Kind in der Straße, das in dem Alter schon Auto fahren durfte. Ihr kleiner Po thronte auf dem Kissenberg, und der Sicherheitsgurt schnalzte ihr immer wieder gegen die Stirn. Und hier fährt sie jetzt, zu hoch über dem Boden, Bei dem Geschlingere und Geholpere werden wir uns noch die Schädel einschlagen, trotz Helm, denkt Hannelore, und Frau Schnadelhuber in ihrem Dirndl, den Rock praktisch über den Kopf geworfen. Wer trägt schon ein solches Kleid auf einem solchen Ausflug? Ewig im Dirndl. Dabei ist es gar nicht mal ein richtiges Dirndl, sondern die L.A.-Madame-Version eines Dirndls.

Frau Schnadelhuber hat gesagt: »Klar, ich bin zu alt für solchen Unsinn, okay. Ich bin zu alt, um die ganze Zeit wie Heidi rumzulaufen, aber der Job war mein Leben. Diese Uniform ist meine zweite Haut, okay?«

Und Hannelore muß

und sucht nach einem Telefon, um den Krankenwagen anzurufen, obwohl sie weiß, daß sie ihn nicht brauchen werden. Sie weiß es, sie hat eine Eins in Physik, und die Kapsel ist unzerstörbar, ihre Oma und Tante und Frau Schnadelhuber sind völlig sicher in dem riesigen, mit Schaumstoff gepolsterten Ei. Aber Cleopatra Marias Nerven sind gespannt wie ein Flitzbogen. Eine Komplizin, das ist sie. Wenn die drei sterben, ist nur noch sie da, als einzige Verantwortliche. Fünf Sprachen fließend zu sprechen, wird ihr wenig helfen, zugeben, das kann sie verstehen. Vielleicht hätte Hannelore ihre Platzanweiserinnen-Uniform tragen sollen. Hannelore, Clotilde und Frau Schnadelhuber blasen sich ihren Atem gegenseitig ins Gesicht. Der Sekt am Ufer war ja eine nette, symbolische Geste, aber ihr Atem ist sauer vom Alkohol, und vor Angst ist ihnen der Mund wie ausgedörrt. Es riecht wie in einer Brennerei. Wie in einem Stall. Herumgeschleudere und Geholper; die Gurte hindern sie daran, gegen das verstärkte Glas zu krachen wie griechischer Salat an eine Windschutzscheibe. Hannelore hat Gemüse nie sonderlich gemocht. Die Canadier geben *nie* genug Sauce oder Zucker an ihren Salat. Synthetische Öle. Hannelore hat Sicherheitsgurte schon immer gehaßt. Am liebsten

wenn sie in der Knastwäscherei Unterwäsche sortiert. Vielleicht sollte sie sich gleich jetzt tätowieren lassen, damit die anderen Gefängnisinsassen sie für tough halten.

911. Neun-eins-eins, die beiden Einser als Einser ausgeschrieben und nicht als elf wie in Seven-eleven, weil Leute in einem Notfall versuchen würden, eine Elf zu wählen, und auf dem Telefon natürlich keine Elf finden. Gilt die 911 auch in Niagara Falls? Natürlich, dumme Frage. Schließlich ist Cleopatra Maria würde sie diesen Gurt *jetzt* aufmachen.

»Ich glaube, wenn ich ertrinken müßte, würd ich's so machen«, keucht Frau Schnadelhuber. »Besser so, als allein in einem Pflegeheim oder Krankenhaus.«

»Wir ertrinken aber nicht, wir brechen einen Rekord«, widerspricht Hannelore.

»Und das Gesetz«, ergänzt Clotilde.

»Was werden sie uns schon tun, Clotilde?« fragt Frau Schnadelhuber. »Uns zu lebenslänglich verknacken?«

Die Frauen lachen, und plötzlich ist Frau Schnadelhuber guter Laune.

»Du hättest Komikerin werden sollen, Friedl«, sagt Clotilde.

Hannelore hat sich nie überlegt, daß Frau Schnadelhuber einen Vornamen haben könnte. Friedl. Viel zu poetisch für eine Kellnerin.

erst sechsundzwanzig, obwohl sie schon seit zehn Jahren studiert und fünf Sprachen fließend beherrscht, und dazu kann sie Latein und Altgriechisch schreiben.

Doch, ihre sozialen Fähigkeiten haben unter ihrer beschleunigten Ausbildung gelitten, aber die gleichaltrigen Jungs sind grottenlangweilig, Sinn hat das nur evolutionär gesehen, und vielleicht sind ihr frühreifes Gehirn und ihr leicht überdimensionaler Schädel der Grund dafür, warum ihre besten Freundinnen fünfundsiebzig und älter sind. Aber Hannelore könnte Frau Schnadelhuber nie »Friedl« nennen. Das würde heißen, daß sie Freundinnen wären; es würde bedeuten, daß Hannelore Clotildes und Frau Schnadelhubers Freundschaft billigt. Nun ja. Wahrscheinlich ist es besser, an seinem Todestag ein neues Blatt in Sachen Freundschaft aufzuschlagen, als überhaupt nicht. Hannelore lächelt Frau Schnadelhuber zu und ist ziemlich gekränkt, als sie Frau Schnadelhubers schockierte Miene sieht.

Grandmère? denkt Hannelore.

Abrupt und mit Getöse kommt der Niagaraball zum Stillstand. Hannelores Mund verzieht sich zu einem makellos runden O, ihre Hände wollen vor ihren Mund fahren, aber Clotildes und Frau Schnadelhubers Körper pressen Hanne-

Sie wird die restlichen neunzig Prozent ihres Gehirns darauf verwenden, ihre telepathischen Fähigkeiten anzuzapfen und mit ihrer Oma in der Kapsel Kontakt aufzunehmen.

Oh, oh. Die deutschen telepathischen Kabel sind offenbar defekt. Sie kann nur Französisch denken.

»Grandmère!« schreit Cleopatra Maria.

Factotum Alvarez in seinem langen gelben Arbeitsmantel springt über das Geländer und stochert mit seinem Besen heftig gegen das riesige orangefarbene Ei. Ein Riesenei, das lores Arme an Hannelores Seiten. Frau Schnadelhuber und Clotilde schweben über ihr, an die Wand gegurtet, und von Frau Schnadelhubers Kinn tropft Schweiß auf Hannelores Wange. Beinahe muß Hannelore sich übergeben. Und nirgendwo ein Kleenex in Sicht.

Der Niagaraball liegt gespenstisch ruhig. Immer noch das Geräusch des Wassers. Hannelore fühlt sich wie ein Riesen-Omelett.

»Wo sind wir denn?« fragt Hannelore. »Ich versteh das nicht.«

Hannelore ist das Herz in den Mund gerutscht, sie kaut wie wild, ihr Herz besteht aus Kaugummi, der an ihrer Zahnprothese klebt, weil sie weiß, daß der Ball sich festgesetzt hat, die Windschutzscheibe ist von ihrem Atem beschlagen, und eine der Tunnelöffnungen hinter den Wasserfällen verstopft. Er stößt dagegen, tritt dagegen, hämmert mit der Faust dagegen, stemmt sich mit den Ellbogen dagegen. Der Betonboden ist glitschig vom Wasser der Wasserfälle, die Touristen gehen mit den Tunnels um wie mit den mexikanischen Stränden. Ja, der Müll gibt ihm Arbeit, aber das heißt nicht, daß er vom Müll nicht die Nase voll hat, vom Müll, Müll, Müll, so unentwegt wie das ganze verdammte Wasser, es kommt immer noch mehr, immer noch eine Ladung, ohne Ende, sie sieht nur die Farbe von Wasser; wo ist der Himmel? Eingeklemmt irgendwo hinter den Fällen; beim Whirlpool können sie noch nicht sein, der Alptraum ist wahr geworden, sie hat das Schicksal herausgefordert, und jetzt werden sie an Sauerstoffmangel sterben. Hannelore wird im Mundgeruch ihrer Schwester ertrinken, so war das nicht geplant, tot mit diesen zwei Lesbierinnen, ja, jetzt hat sie das Wort endlich ausgesprochen, hat eingestanden, daß ihre fünfundachtzigjährige Schwester wohl nicht bloß eine Phase durchmacht. Sie weiß es seit dem schrecklichen Tag im Krieg, als Hannelore Clotilde beim Küssen erwischte mit dieser, dieser *Frau.*

»Ich habe ihr gerade eine Gräte aus dem Hals geholt«, sagte Clotilde, den Arm noch immer

nie ist es das letzte Getröpfel, das bedeuten würde, daß er heimgehen kann und nie, nie mehr Touristendreck zu sehen braucht. Und jetzt ist hier schon wieder ein riesiges Müllteil, das seinen Tunnel blockiert und ihm das Leben zur Hölle macht. Er ist es leid, seine harte Arbeit immer wieder von nordamerikanischen Dreckschweinen zerstört zu sehen.

Wasser sprüht um den riesigen Ball auf und bespritzt Factotum Alvarez, läuft ihm in den Kragen und zwischen die Hinterbacken. Und dazu immer der große Witz, um die Freundin gelegt.

»Ihr habt Fisch gegessen und keinen für mich aufgehoben?« stieß Hannelore hervor. Und dann wurde ihr bewußt, daß Clotilde gelogen hatte.

Als sie jünger waren, hatte Clotilde Hannelore immer für ausnehmend dumm und nutzlos gehalten und ihre Meinung auch nicht verschwiegen. Die Familie hatte seit Jahren keinen Fisch gegessen.

Aber jetzt ist kein geeigneter Zeitpunkt, um zurückzublicken.

Hannelore hört, wie der Ball gegen die Felsen poltert, der Lärm ist entsetzlich, sie hat Angst, daß das Gehäuse kaputtgeht, sie hat Angst, sie hat Angst.

Hannelore wird sich nie verzeihen, daß sie nicht nur ihre Schwester getötet hat, sondern auch Frau Schnadelhuber, daß heißt Friedl, in ihrer lachhaften Heidi-

daß er mit Vornamen wirklich Factotum heißt. Ein Scherz, den sein Vater ihm mit auf den Weg ins Leben gab. Sein Vater war ein Schwein der übelsten Sorte.

»Schweine!« schreit Factotum Alvarez und hebelt den gigantischen Müllball mit dem Besenstiel und einem kräftigen Tritt frei. Mit einem Plopp schießt das Riesenei aus dem Tunnel hervor, wie ein Korken aus einer überdimensionalen Sektflasche.

Factotum fällt auf den Hintern, auf den harten, nassen Beton, in die eisigen Dreck-Uniform, den Federhut fest auf den Kopf gesteckt. Sie hat sich geweigert, den Helm aufzusetzen. Bei dem Kleid und dem Hut könnte Hannelore gleich losweinen. Hannelore *haßt* es, zu weinen.

Ein entsetzlicher Ruck, und Hannelore, Clotilde und Frau Schnadelhuber schreien so laut, daß ihre Stimmbänder beinahe zerreißen. Sie schreien um ihr Leben.

Der trübweiße Wasservorhang. Nicht Wasser. Nathan T. Boya in seinem Plunge-o-Sphere wußte nicht einmal, daß er die Niagarafälle überwunden hatte, bis die Polizei ihn an seinem Draufgängerarsch an Land zog und ihm eine saftige Strafe aufbrummte. Hannelore wird die Tiefe des Wassers nie begreifen, so intim und kühl sind die riesigen wasserlachen. Wenn er ausgerutscht wäre, hätten die Möwen auf den tieferliegenden Felsen ihn zum Frühstück verspeist. Er steht auf und zieht die Socken in seinen Gummistiefeln hoch.

»Volare«, summt er und springt über das Geländer zurück.

»Grandmère!« schreit Cleopatra Maria. Sie weint, weil sie auf dem Tastentelefon die Ziffer elf nicht finden kann.

Die Sanitäter werden ihr eine braune Papiertüte über Mund und Nase streifen, damit sie nicht hyperventiliert.

Wasserfälle, umgeben von Hirngespinsten und Neongefunkel aus Menschenhand. Die sinnliche weibliche Rundung des Wassers über der gigantischen hufeisenförmigen Klippe. Der Niagaraball hängt in der Luft, die voller Gischt ist, voll vom Geruchs des Verlangens und dem Geist Annie Edson Taylors in ihrem Faß. Geh unter oder schwimm, du mußt untergehen oder schwimmen, flüstern Annies Gebeine. Rosen duften immer am süßesten, wenn sie sterben. Die Blütenblätter, die in Hannelores, Clotildes und Friedls Hände gesteckt wurden, Blüten auf ihre Finger gepropft. Das Wasser schwappt über den Rand der Klippe, schwappt immer weiter. Es hypnotisiert einen, Hannelore muß an ihren alten Liebhaber Hamish denken, an ihren Mann Heinrich, an

Dann werden sie die Leichensäcke ausrollen.

ihre Hände auf dem eigenen Körper. Das Wasser läßt Hannes Mittendrin feucht werden.

Annie suchte jedes Holzstück eigenhändig aus und überprüfte alle einzeln auf ihre Tauglichkeit – solide Dauben aus Kentucky-Eiche, jeweils vier Zentimeter dick und einzeln geölt, um wasserabzuweisend zu sein. Das fertige Faß war 1,35 Meter hoch, die Dauben wurden von zehn 5 Zentimeter breiten Eisenreifen zusammengehalten, die in Abständen von 10 Zentimetern an das Faß genietet waren. Das Faß wog siebzig Kilo.

Pierre Berton, *Niagara: A History of the Falls*

Im Royal Auditorium, 1996

Hannelores Füße in schwarzen Lederschuhen. Der lilafarbene Teppich. Schwarzes Leder vor lilafarbenem Hintergrund. Die Schuhe passen gut zum Teppich des Konzertsaals. Das Management hatte schwarze Schuhe vorgeschrieben, und als Hannelore vor zehn Jahren erfuhr, daß sie die Stelle als Barkellnerin/Platzanweiserin im Royal Auditorium bekommen hatte, kaufte sie sich die bequemsten schwarzen Schuhe, die sie finden konnte.

»O Oma«, kreischte Cleopatra Maria. »Jetzt bist du aber schick.«

So redeten Leute, vor allem junge Leute, mit Frauen, die sie für alt hielten, als wären alte Frauen frisch gebadete Hundewelpen mit großen Schleifen um den Hals. Die Schuhe waren nicht schick. Sie waren nur neu. Sollten Leute über zwanzig nichts Neues bekommen? Hannelore hatte die Schuhe nicht gekauft, um *schick* zu sein. Sie hatte sie gekauft, weil das Management es angeordnet hatte.

Die Schuhe betonten ihre dicken Knöchel, die wulstigen Hautfalten. Hannelores Füße sahen in ihnen aus wie Kanupaddel, aber es war die bequemste Schuhmarke, die Canada zu bieten hatte. Die Bedienung im Schuhgeschäft hätte sie bestimmt nicht angelogen, sie sah nicht aus wie die Art junger Frau, die lügen konnte. Und hilfsbereit war sie gewesen, die Frau mit ihren langen, blonden, zu einem Knoten frisierten Haaren, und sie hatte ihr Deutsch an Hannelore geübt.

Die Verkäuferin fragte Cleopatra Maria, ob sie adoptiert sei. Cleopatra Maria antwortete *nein.* Die Verkäuferin warf Hannelore ein verständnisvolles Lächeln zu. Hannelore schnürte geschäftig ihre Schuhe zu, dann wieder auf und wieder zu. Cleopatra Maria ließ polternd einen Plateauschuh fallen.

Cleopatra Maria war verstimmt. Hannelore hätte bessere Manieren von ihr erwartet, denn demnächst würde Cleopatra Maria die Universität besuchen, sie war ein Wunderkind. Cleopatra Maria maulte etwas, das nach »fucking Aryans« klang, aber Hannelore tat, als hörte sie es nicht. Hannelores Cleopatra Maria würde so etwas nie sagen, obwohl Hannelores Cleopatra Maria zweifellos ihre Persönlichkeit der jeweiligen Umgebung anpassen konnte. Hannelores Cleopatra Maria wäre ein Wort wie Arier nicht geläufig.

Hannelore probierte die Schuhe im Geschäft an und hätte sich am liebsten von ihren großen, dicken Füßen losgesagt. Aber ihre Füße kümmerten sich nicht darum, wie sie aussahen, sondern lächelten Hannelore durch das Leder hindurch an. Bequem wie die Hausschuhe, die sie vor vielen Jahren im Flugzeug nach Canada zurückgelassen hatte. Hannelore hätte nie gedacht, daß sie je wieder solche Schuhe finden würde, aber hier waren sie, an ihren wulstigen Flipperfüßen. Nicht, daß Hannelore je wirklich vier Stunden am Stück stehen mußte; sie und die anderen Platzanweiserinnen im Royal hatten ihre kleinen Tricks. Vier Stunden am Stück zu stehen, das brauchte sie nur beim jährlichen Schwarz-Weiß-Ball. Aber der Ball fand nur einmal im Jahr statt, und dabei verdienten sie und die anderen Platzanweiserinnen viel Geld, weil die Schicht zehn anstatt vier Stunden dauerte. Die hektischste Nacht des Jahres, in der die Gäste den Platzanweiserinnen Trinkgeld in die Hand drückten, obwohl das eigentlich verboten war, weil das Royal ein staatliches Theater war. Hannelore wollte das Trinkgeld immer zurückgeben und rief den Gästen laut nach: »Das ist ein staatliches Theater!« aber das funktionierte nie, und sie blieb stirnrunzelnd mit der Ein- oder Fünf-Dollar-Note in der Hand zurück. Dieses Jahr würde sie wieder beim Schwarz-Weiß-Ball arbeiten. Das Trinkgeld bereitete ihr Kopfzerbrechen, aber nur ein bißchen, solange das Management es nicht herausfand.

Dot, die auch als Platzanweiserin arbeitete, trug schwarze Sandalen, weil sie im Jahr zuvor an den Füßen operiert worden war. Hannelore betrachtete die Sandalen skeptisch; sie paßten nicht zur Uniform und machten die Wirkung der adretten Fliege und des knappen Bolerojäckchens zunichte. Dot sollte geschlossene Schuhe tragen, aber das ließen ihre Füße nicht zu. Sie hatte als Bankangestellte zu viele schlimme Jahre lang zu viele schlechte Schuhe getragen, das hatte ihre Füße ruiniert. Mit ihren einundsiebzig Jahren hatte Dot anstelle von Füßen verkrüppelte Stümpfe.

Hannelore billigte die Sandalen nicht, sie taten ihren Augen weh. Genauso wie die klumpigen, übelriechenden Stümpfe, die Dot anstelle von Füßen hatte. Der Geruch stieg im Dunkeln auf wie der Mief feuchter Gummihandschuhe, die zu lange unter der Spüle lagen. Käsefüße und Moder.

Hannelores Füße auf dem Teppich. Es war ein neuer Teppich; das ganze Theater, auch das Foyer war mit neuem Teppichboden ausgelegt, lilafarben mit winzigen roten Dreiecken. Hannelore konnte sich nicht erinnern, wie der alte Teppichboden ausgesehen hatte, obwohl sie seit zehn Jahren hier arbeitete, also fragte sie Dot, wie der alte Teppich ausgesehen hatte; Dot war seit fünfundzwanzig Jahren da.

»Das weiß ich nicht mehr«, sagte Dot. »Aber ich weiß, daß er mir besser gefallen hat.«

»Mir auch«, stimmte Hannelore zu.

Was war mit dem alten Teppich passiert? Vielleicht hätte Hannelore etwas davon für ihr Haus mitnehmen sollen. Für den Keller.

Aber der neue Teppichboden war sauber und flauschig, wenn auch nicht so schön wie der alte, der verblichen und teilweise abgetreten gewesen war, vor allem vor den Türen zum Theatersaal, wo die Zuschauer vor dem Einlaß Schlange standen. An drei Abenden die Woche (außer beim Schwarz-Weiß-Ball, bei der Karfreitagsmesse und beim Festival des Kiwanis-Clubs) nahm Hannelore die Eintrittskarten entgegen und riß sie entlang dem perforierten Streifen in der Mitte ab. Heute gab es *Niagara! The Musical* – die Karten für das Parkett waren die allerteuersten, sechzig und achtzig Dollar. Hannelore mit ihrer Zweistärkenbrille nahm die Karten entgegen, Dot mit ihrer Dreistärkenbrille verteilte Programme und zeigte den Leute ihre Plätze, wedelte mit den Händen wie eine Stewardeß im Flugzeug, Mitte links, vierte Reihe von vorne, Sir, sagte Dot. Drei Blöcke weiter auf der anderen Seite des Theaters, am Gang, Miss. Hannelore war schnell mit dem Kartenabreißen, zehn Jahre schnell, Dot fünfundzwanzig Jahre schnell mit den Programmen. Das Management sagte, die Platzanweiserinnen sollten die Zuschauer zu ihren Plätzen führen, und früher hatte Dot das auch getan. Sie hätte es gern immer noch getan, aber wie, mit ihren Füßen?

»Heiliger Bimbam, ich hab dem Theater meine Füße gegeben«, sagte Dot. »Die heben sie in einer Metallkiste in den Katakomben neben den Zusatz-Scheinwerfern auf!«

Heute abend gab's *Niagara! The Musical.* Letzten Monat war *Phantom of the Opera* zum letzten Mal gelaufen, wie regelmäßig etwa alle vier Jahre. Hannelore liebte die Niagarafälle. Sie hatte sie schon zweimal gesehen. An diesem Abend, weil die Show sehr gut war, eine mitreißende Show, würden Hannelore und Dot Stühle vom Rollstuhl-Bereich holen, um Platz für die Rollstühle zu machen, und ganz hinten im Theater aufstellen, um die Vorführung mit anzusehen. Das Management zahlte ihnen zehn Dollar die Stunde fürs Zuschauen. Hannelore und Dot zahlten keine achtzig Dollar, auch keine sechzig Dollar, sie zahlten keinen Cent für ihre wunderbaren Achtzig-Dollar-Plätze im Parkett. In der Dunkelheit würde Dot ihre schwarzen Sandalen abstreifen, Hannelore würde den obersten Blusenknopf unter der Fliege öffnen. Beide Frauen hatten ihre Taschenlampen in der Tasche. Beim Trockeneis-Nebel und dem schönen Gesang würde Hannelore gänsehäutig werden; in den großen Shows gab's immer Trockeneis und phantastische Songs, die Platzanweiserinnen wären zutiefst enttäuscht gewesen, wenn eine Show drei Monate lief und das Trockeneis nicht mindestens einmal den Feueralarm in Gang setzte.

Das heutige Musical sollte sieben Monate laufen. Es erzählte mit Musik die Geschichte von Annie Edson Taylor, der ersten Frau, die in einem Faß die Niagarafälle hinabgefahren war und überlebt hatte, und es war von allen Musicals, die Hannelore in ihrer Zeit beim Royal gesehen hatte, das beste überhaupt. Zum Teil, weil es ein Happy End hatte, und zum Teil, weil der Star dieser Show die singende Superdiva Sharon-Lee Silver aus New York war, die Hannelore an Caterina Valente erinnerte, eine ihrer heißgeliebten Schlagersängerinnen der fünfziger Jahre. (Bonnie, die auf dem zweiten Stock arbeitete, sagte, Sharon-Lee Silver stamme gar nicht aus New York, sondern aus Stettler, Alberta, und hieße in Wirklichkeit Ingeborg Kavorkian. Bonnie kam auch aus Stettler und kannte Sharon-Lees Familie von alters her. Aber Hannelore glaubte ihr das nicht. Bonnie wollte sich nur wichtig machen.) Das Musical war auch deswegen Hannelores Lieblingsshow, weil es von den Niagarafällen handelte, und ihr gefielen die Kulissen, die fast wie die richtigen Wasserfälle aussahen, nur eben trocken. Sharon-Lee Silver sang wirklich wunderschön; beim Klang ihrer Stimme schnürte es Hannelore vor Rührung fast die Kehle zu.

Hannelore war froh, daß es endlich einmal ein Musical gab, das gut ausging. Nicht wie *Les Misérables,* nicht wie *Phantom of the Opera,* nicht wie *Jesus Christ Superstar* und nicht wie *Evita.* Und kein dummes gutes Ende wie in *The Sound of Music. The Sound of Music* ärgerte Hannelore. Wie Haare, die auf der Suppe schwammen. Aus irgendeinem Grund erwarteten die anderen Platzanweiserinnen, daß *The Sound of Music* Hannelores Lieblingsmusical wäre.

»Edelweiß ist eine Pflanze, kein Lied«, sagte Hannelore dann immer naserümpfend.

Einmal war Hannelore auf dem Weg zum großen Theater an Sharon-Lee Silvers Garderobe vorbeigegangen, um sich die Diva anzusehen – solange Hannelore ihre Platzanweiserinnen-Uniform trug, konnte sie im Theater fast überall hingehen –, aber Sharon-Lee Silver war nicht dagewesen. In der Garderobe hatte nur eine korpulente grauhaarige Frau gesessen, die Kostüme flickte und vor sich hin summte.

Hannelore und Dot saßen auf ihren sündhaft teuren Sitzplätzen und konnten den Blick nicht von der Bühne losreißen.

»Au revoir«, sang Annie Edson Taylor – »Au Revoir« war der berühmteste Song des Musicals – »Au revoir«, sang Sharon-Lee Silver, »Ich sag nicht Adieu, weil ich wiederkohomme!«

Die weltberühmte Schauspielerin Sharon-Lee Silver kniete in einem simulierten Niagara River, Trockeneis-Nebel umwogte sie, ihre Lippen rot und üppig, die Locken ihrer blonden Perücke wie steifgeschlagene Sahne.

»Ich hätt' meinen Hut aufsetzen sohollen«, sang Sharon-Lee Silver und machte einen kleinen Can-Can-Hopser.

Hannelore konnte sich die Szene genau vorstellen: Anna Taylors Haare lösten sich bereits aus dem Knoten und fielen wie Spinnweben über ihr Gesicht. Sie hätte ihren großen Federhut aufsetzen sollen. Unnütz, natürlich, aber er wäre eine kleine Hilfe gewesen, hätte ihren Kopf aufrecht gehalten.

Für Hannelore war es nachvollziehbar, daß ein Hut ihr geholfen hätte. Wie wenn man sich beim Friseur die Haare richten ließ, eine rein kosmetische Prozedur, aber überaus wichtig für das Selbstbewußtsein.

Hannelore versuchte sich vorzustellen, wie sie in das Faß stieg. Sie dachte an die Niagarafälle, wie wunderschön und gigantisch sie waren, das Brüllen des Wassers. Sie würde die Wasserfälle gern noch mal besuchen. Sie würde Clotilde zu einer Reise dorthin überreden.

Die Kissen in Annies Faß waren naß, die flockige Füllung zusammengequetscht. Sharon-Lee Silver sang von ihren Händen und Füßen, wie kalt sie waren; sie ließ die Hände durch die Luft flattern, drehte auf Zehenspitzen eine Pirouette, wenn sie von ihren Füßen sprach. »So kalt, fast schon elektrisch«, sang Sharon-Lee und tanzte auf Zehenspitzen eine reizvolle Acht, »So kalt, fast schon ee-le-ektrisch!« Sharon-Lee stampfte mit dem Fuß auf, und die Musik stoppte abrupt. Kalt vom Wasser, kalt vor Grauen, die Aufregung verschlang sie, wie eine Ratte, die kopfüber den elastischen Schlund einer Schlange hinunterrutscht. Der erste Mensch, der die Niagarafälle hinunterfährt und überlebt. Oder der tausendunderste Selbstmord. Tot im Sarg, den sie sich selbst gebaut hat.

Im Programm stand, daß Anna Edson Taylor eine Überschwemmung des Chattanooga, das Erdbeben in Charleston 1886, einen Brand und mehrere bewaffnete Raubüberfälle überlebte. Und daß sie einmal verheiratet war.

»Was ist schon dieses kühle Naß?« intonierte der Chor. »Fix ist sie unten, und mit Spaß!«

»Au revoir«, sang Sharon-Lee Silver in einer Stimme so hoch wie eine Meise. »Au revoir«, flüsterte sie tief wie ein Rhinozeros. »Au revoir aurevoiraurevoirauREVOIR« gellte sie in die verbrauchte Theaterluft. Ihre Stimme sank in die plüschigroten Samtvorhänge, in die weichen roten Sitze der Fans. Ihre Hände rieselten durch die Luft, und mit ihren zarten, spitzen Zehen überließ sich Sharon-Lee Silver dem choreographierten Trockeneis-Nebel, der Verdunkelung des Theaters, dem irrwitzigen Klirren der Becken und Pauken.

Das Publikum auf den Achtzig-Dollar-Sitzen, die Studenten mit ihren Ferngläsern auf ihren Plätzen im Olymp vergaßen zu klatschen, so wunderschön war sie, so überwältigend ihre Darbietung. Statt dessen seufzten die Zuschauer laut und lang auf, trockneten sich die Tränen und warteten darauf, daß die Platzanweiserinnen mit ihren Fliegen die Türen zum Foyer und zur schlechtgeführten Auditorium-Bar öffneten, wo die Pausengetränke bereitstanden.

Hannelore seufzte ebenfalls. Fuhr sich durchs Haar und zupfte ihre Fliege zurecht. Sie liebte ihre Arbeit.

Auch Hannelore hatte abenteuerliche Geschichten zu erzählen, zwar nichts so Aufregendes wie eine Fahrt im Faß die Niagarafälle hinab, aber durchaus berichtenswert.

Einmal hatte ein Mann in Hanneleores Block mitten in *Les Misérables* einen Herzanfall gehabt. Das Management hatte gesagt: Während der Verdunkelung dürfen keine Türen geöffnet werden. Aber Hannelore hatte ihren Job wagemutig aufs Spiel gesetzt und den ganzen Abend Türen geöffnet und geschlossen; zum ersten Mal in ihrem Leben hatte sie 911 gewählt und eine Herzmassage gemacht. Das Gesicht des Mannes war wächsern, wie ihr Vater, als er starb. Am Ende stellte es sich zwar nur als Verdauungsstörungen heraus – zuviel Kentucky Fried Chicken –, aber trotzdem.

Einmal warf sie einen Mann in Frack und frischpolierten schwarzen Cowboystiefeln hinaus, weil er so sehr nach Alkohol roch.

»Weißt du, wer das war?« fragte Dot.

»Nein.«

»Railroad Ronnie, der berühmte Country-Sänger.«

»Und selbst wenn's mein Lieblings-Schlagersänger Freddy wäre, der im Matrosenanzug singt – so kommt der mir nicht ins Theater.« Hannelore atmete schwer, ihre Hände zitterten. Sie mochte es gar nicht, Zuschauer zurechtweisen zu müssen. Außerdem saß sie lieber auf ihrem Achtzig-Dollar-Platz und sah sich die Show an, als Polizistin zu spielen.

Was für ein Theater!

Aber die meisten Zuschauer defilierten

vorbei, warteten, bis ihre Karten abgerissen wurden und eine Platzanweiserin sie den Gang entlang zu ihren plüschroten Sitzen führte. Sogar Ida, die in einem Monat einundneunzig wurde und die dienstälteste Platzanweiserin im Royal war, geleitete die Zuschauer zu ihren Plätzen, oft zu den falschen und ganz, ganz langsam, aber immerhin. Außerdem war Ida Jüdin. Hannelore fiel es unwillkürlich immer auf, wenn jemand Jude war. Ida arbeitete seit fünfzig Jahren in ihrem vom Auditorium gestellten Bolerojäckchen, seit der Eröffnung des Theaters, im letzten Monat hatten die Zeitungen ein Foto und einen kleinen Artikel über sie veröffentlicht.

Während der Vorstellungen, die sie sich nicht ansahen, häkelte Dot immer. Das waren Shows, die sie zu oft gesehen hatten oder die schlecht waren. Manchmal setzten Hannelore und Dot sich auch ins Foyer und unterhielten sich. Gespräche, die Hannelore verstehen konnte. Dot häkelte und redete, während Hannelore dasaß und zuhörte. Der fünfundvierzigste Hochzeitstag von Dot mit ihrem Mann und ihre Reise nach Las Vegas. Dots Tochter Elaine, die in Taber mit ihrem Ehemann lebte, der sie schlug, wenn er trank.

Dot stöhnte: »Sie hat's genauso gemacht wie ich. Hat den Erstbesten genommen, der sie nicht riechen konnte.«

Hannelore schüttelte den Kopf und erzählte von ihrem Sohn und seiner übellaunigen und, obwohl Hannelore das nur ungern sagte, egoistischen, ja, seiner egoistischen Frau Rosario. Eine gute Malerin, aber launisch und egoistisch. Wie die meisten Künstler.

»Ich würde jederzeit deine Schwiegertochter gegen meinen Schwiegersohn eintauschen«, sagte Dot.

Dann widersprach Hannelore ihr immer, aber an diesem Abend brauchten sie kein Gespräch im Foyer, um die Zeit totzuschlagen. Diese Show war großartig, die großartigste Show überhaupt, die beleuchteten Miniatur-Niagarafälle mitten im Foyer, wo auf dem Wasser winzige Fässer umherschwammen. Daneben eine lebensgroße Wachsfigur von Annie Taylor, recht ansprechend, wie eine von Cleopatra Marias alten Barbiepuppen. Sie stand in ihrem Faß, eine Leihgabe des Niagara Falls Museum in Ontario.

An diesem Abend wußte Hannelore auch, daß der Beleuchter der Show unter der Bühne war, in den Katakomben, und darauf wartete, daß sie vorbeiging, damit er für sie seine Baseballmütze antippen konnte, wie jeden Abend, seit *Niagara!* zum ersten Mal gespielt wurde. Am ersten Abend war sie in den Katakomben forsch an ihm vorbeigegangen. »Er hat sich gerade an die Mütze getippt für dich, Hannah«, sagte Ida.

Und Hannelore sagte: »Was?«

Ihr Hand floh zu ihren weißen, aufgesteckten Haarwellen.

»Hamish der Beleuchter hat sich für Hannah an die Mütze getippt«, feixte Ida, und die anderen Platzanweiserinnen/Kellnerinnen kicherten.

»Vor zwei Abenden hat er's auch schon gemacht«, sagte Bonnie. »Und Hannah ist an ihm vorbei, als hätte sie ihn nicht gesehen.«

»Ich *habe* ihn auch nicht gesehen«, verteidigte sich Hannelore.

Am nächsten Abend eilte Hannelore an Hamish dem Beleuchter vorbei, versuchte, ihn nicht anzusehen, versuchte, nicht zu sehen, wie er die Hand an die Mütze hob, aber sie sah es, sah, wie er die Hand hob, sie konnte den Gruß nicht übersehen.

»Aber er trägt ja einen Kilt!« rief Hannelore. »Ein ausgewachsener Mann in einem Rock!«

»Das ist Hamish«, sagte Dot. »Der Beleuchter bei allen großen Shows.« Dot stopfte die Häkeldecke, die sie gerade in Arbeit hatte, in ihre Tasche. »Du gefällst ihm«, sagte sie. »Das heißt wohl, daß es Sex auch für über Siebzigjährige gibt. Für mich leider nicht«, fügte sie traurig hinzu.

»Das ist *lächerlich«,* sagte Hannelore. Aber am nächsten Abend beantwortete sie Hamishs Gruß mit einem Nicken, einem knappen Geh-mir-aus-dem-Weg-Nicken, und sie spürte ihr Herz durch den Stoff ihres guten beigefarbenen Mantels schlagen.

Hannelore dachte so viel an ihn, daß sie ganz vergaß zu antworten, wenn Leute mit ihr redeten. Dot starrte Hannelore an und fragte: »Auf welcher Wolke schwebst denn du?«, und da erst fiel Hannelore ein, daß sie etwas sagen mußte. Hannelore dachte auch darüber nach, daß Hamish nichts sagte. Sie wußte nicht, was sie dachte. Heinrich war seit 1940 tot, dachte sie. Und Hannelore war als Witwe mit einem Kleinkind zurückgeblieben. Aber Heinrich hatte immer viel geredet.

Männer.

Es war Hannelore egal, ob die anderen Platzanweiserinnen wußten, daß Hamish sie beobachtete, ob sie es dem Management sagten, ob Hannelore deswegen ihren Job verlor. Hannelore war zu alt, um sich darum zu scheren. In einem Monat war sie fünfundsiebzig, und sie arbeitete jetzt seit zehn Jahren am Royal Auditorium, war kein einziges Mal zu spät gekommen, hatte sich immer freiwillig für zusätzliche Schichten gemeldet.

Wer war dieser Hamish überhaupt? Irgendeiner aus dem Showgeschäft. »Flaky«, so bezeichnete Rosario Leute aus dem Showgeschäft. Hannelore würde ihre Uniform so stolz wie immer tragen, nichts, dessen sie sich schämen müßte. Nichts. Sie würde ignorieren, daß sie rot anlief, daß ihr Herz schneller schlug, wenn sie an ihn dachte, daß ihr angst und bange um ihren Blutdruck wurde.

Hamish der Beleuchter. Sein schmuddeliger grüner Kilt und die braunen Zigarren-Zähne. Jetzt lächelte er ihr zu, und da wußte sie, daß er Zigarren rauchte. Oder Tee trank, wie die Engländer. Vielleicht war es auch die schlechte Ernährung im Krieg, sie hatte schlechte Zähne vom Krieg, mußte wegen des Kriegs eine Zahnprothese tragen und machte sich Sorgen wegen ihrer echten Zähne. Wer hatte schon je etwas von einem Beleuchter in einem Kilt gehört? Und ewig diese Baseballmütze. Hannelores Ehemann war sein Leben lang adrett gewesen. Sogar morgens gleich nach dem Aufstehen. Sein Haar war gekämmt, von Natur aus gekämmt, und glatt, seine Kleider sauber und gebügelt. Sogar seine Pyjamas behielten immer ihre Bügelfalten. Adrett eben.

Die Katakomben unter der Bühne, wo die Platzanweiserinnen auf dem Weg zum und vom großen Theater durchgingen. Das größte Theater in Westkanada, das modernste. Die Katakomben waren ein Überbleibsel aus der Zeit vor der Renovierung, ein Relikt aus einer häßlicheren, schäbigeren Vergangenheit. Es erinnerte Hannelore an Luftschutzkeller, und deswegen machte es sie nervös, allein da durchzugehen. Aber es erinnerte sie auch an den heißen Kaffee, der ihr morgens die Kehle wärmte und ihren Kreislauf in Fahrt brachte, als wäre sie unter Wasser getaucht. Jetzt, wo Hamish für sie jeden Abend die Mütze antippte, waren die Katakomben, als würde sie durch Adrenalin waten.

Vorsicht in den Katakomben, warnte das Management. Es war dort zwar nie zu Zwischenfällen gekommen, aber die Platzanweiserinnen sollten nicht allein durchgehen.

Am Ende jeder Schicht gingen Hannelore

und die anderen Platzanweiserinnen durch die Katakomben, manche Arm in Arm und so müde, daß sie sich am liebsten auf den kalten Betonboden gelegt hätten und nie mehr aufgestanden wären. Ihre Schritte hallten durch die Katakomben, die Frauen redeten und lachten laut, seufzten laut und ließen die Türen laut ins Schloß fallen, um die Gespenster zu vertreiben, die Menschen.

»Ich hab mich gegen Grippe impfen lassen«, erzählte Marlene.

»Hat's weh getan?« fragte Bonnie.

»Gar nicht.«

»Ich kenn ein paar Leute, die haben sich impfen lassen, und dann hat ihnen tagelang der Arm weh getan«, sagte Bonnie. »Es heilt nicht, aber es beugt vor.«

»Es heilt nicht, aber es beugt vor«, sagte Ida.

»Aber es beugt vor«, sagte Ruth.

Ihre Stimmen prallten an den Betonwänden ab und fielen zu Boden.

»Da war 'ne Maus!« schrie Gertrude. »Igitt!«

»Nur 'ne Maus.«

»Die müßten hier unten Fallen aufstellen«, meinte Estelle.

Da hatten die Platzanweiserinnen das andere Ende der Katakomben erreicht und traten überirdisch in die Nacht hinaus.

Sie waren alle mindestens sechzig – jüngere Frauen blieben nie lange als Platzanweiserin/Barkellnerin beim Royal. Viele der älteren Frauen waren mit Gespenstern so vertraut, daß sie einen Kaffeeklatsch mit ihnen abhielten oder sie auf einen Drink trafen. An ihren Wänden hingen zwischen Familienfotos ganze Galerien von Gespenstern. Gespenster so alt wie der Hut auf Idas Kopf.

»Mode ist mir schnuppe«, sagte Ida. »Solang mein Kopp warm ist.«

Die anderen Platzanweiserinnen lachten. Ida, ihr Maskottchen, um das sie sich kümmern mußten.

Marlene fuhr nach Hause zu Vince, Marian zu ihrem Sohn Peter und ihrem Mann Lance, Estelle zu Frank. Gertrude ging heim zu ihrem leeren Haus. Ihr Mann war seit fünf Jahren tot. Zu den Wänden voller Bilder und den endlosen Tassen Tee mit dem Fernseher und der Warterei auf den Anruf ihrer Schwiegertochter. Ihr Sohn hatte immer zu viel Arbeit, keine Zeit, um sie anzurufen. Idas Tochter holte Ida nach den langen Schichten ab und steckte sie ins Bett, als wäre Ida ein Jahr alt und nicht einundneunzig. Ihre Tochter Sarah sagte, sie brauche nicht mehr zu arbeiten, aber Ida konnte nicht vergessen, wie Sarah damals ihre Stelle als Ingenieurin verloren und Ida sie beide mit ihrem Platzanweiserinnenjob über Wasser gehalten hatte. »Ich kippe irgendwann beim Kartenabreißen um und bin tot«, sagte Ida.

Marjory nahm den Bus zu ihrer Junggesellinnenwohnung, die sie sich kaum leisten konnte. Sie arbeitete als Platzanweiserin im Royal und außerdem für sechs Dollar die

Stunde im Commercial Theatre im Stadtzentrum. Tagsüber putzte sie. »Putzen ist gar nicht so schlecht«, sagte sie immer. »Meistens ist man allein.« Sie sparte auf eine Reise nach Florida mit ihrer Schwester im nächsten Jahr.

Bonnie fuhr mit dem Zug zu ihrem leeren Haus, aber es war *ihr* Haus. Nach der Scheidung hatte sie es behalten dürfen. Die Leute sagten ihr ständig, sie sollte sich einen Wachhund zulegen, zum Schutz und zur Gesellschaft, aber als ihr Mann sie verließ, hatte sie fünfzig Jahre lang seinen Dreck weggeputzt, wozu also jetzt einen Hund? Ruth ging nach Hause zu ihrer uralten Mutter und verbrachte den Rest der Nacht damit, Anrufe von ihren Töchtern abzufangen, die sie baten, kostenlos für sie babyzusitten. Dot ging auf ihren schlimmen Bankangestelltenfüßen den Berg hinunter; ihr Mann hatte zu schlechte Augen, um Auto zu fahren, aber er hatte sie auch nicht abgeholt, als seine Augen noch gut waren. Und sie durfte den Wagen nicht benutzen, außer wenn er neben ihr saß. Er sagte, sie fahre zu unsicher.

»Das kommt daher, weil er Deutscher ist«, sagte Dot, wenn Hannelore nicht da war. »Mein Dad hat zu mir gesagt, Dotty, sagte er zu mir, ich hab ja nichts dagegen, daß du einen Vertreter heiratest, aber muß es unbedingt ein Deutscher sein?«

Die anderen Platzanweiserinnern machten sich Sorgen, Dot könnte bei Glatteis hinfallen und sich die Hüfte brechen, im letzten Jahr hatte sie sich die Hüfte gebrochen und war ewig im Bett gelegen. Jetzt hatte Dot so große Angst vor Eis, daß sie nicht einmal Eis in ihre Limo gab, noch eine gebrochene Hüfte konnte sie sich nicht leisten.

Hannelore nahm auch den Zug. Das tiefe Rattern ihres harten Akzents durchschnitt das unablässige Quietschen von Bonnies Kreischstimme, bis Bonnie an ihrer Station ausstieg. Hannelore blieb bis zur ihrer Station im Zug sitzen, dann ging sie die belebte Straße unter den Bäumen nach Hause. Im Sommer in Halbschuhen, im Winter in Stiefeln. Nach Hause zu ihrer Schwester Clotilde, die fernsah und den Ton so laut stellte, daß die Fensterscheiben klirrten. Vielleicht war Frau Schnadelhuber bei Clotilde zu Besuch und blieb über Nacht, manchmal übernachtete sie, wenn es zuviel Schnaps gab. Frau Schnadelhuber rauchte eine Schachtel nach der anderen, Camel oder Winston, während sie und Clotilde sich unterhielten, aber ihr Gespräch verstummte sofort, wenn Hannelore das Zimmer betrat. Sie hielten Händchen. Hannelore konnte es nicht leiden, die beiden und ihre perversen Gespräche. Das Schweigen im Wohnzimmer, nichts als Zigarettendunst, der Hannelore in den Augen juckte wie Sandpapier. Hannelore mochte Frau Schnadelhuber nicht, obwohl Hannelore ohne Frau Schnadelhubers Hilfe nie die Arbeit als Platzanweiserin bekommen hätte.

Auch ohne die Platzanweiserinnen waren

die Katakomben sehr belebt. Eingelagerte Beleuchtungsgeräte, Reservestühle, Spinnen und Mäuse, Ersatz-Requisiten der laufenden Show, Schauspieler und Bühnenarbeiter bei sorgsam gedämpft vollzogenem Sex. In den Katakomben knisterte die Dunkelheit.

Das Royal Auditorium. Das größte, bedeutendste Theater westlich von Manitoba.

Um der Polizei zu entgehen, die einen halbherzigen Versuch unternahm, die offiziell als »potentiellen Selbstmord« betrachtete Aktion zu verhindern, hatte Russell beschlossen, daß Annie von Grass Island mitten im Fluß, gut zwei Kilometer oberhalb des Katarakts, starten sollte. Dort wurde sie mit ihrem Faß fotografiert, dann zogen sich auf ihre Bitte hin ihre Begleiter und die Presse auf die andere Seite der Insel zurück, während sie sittsam hinter dem Schilf verborgen ihren Hut, die Jacke und den oberen Rock auszog. Dann, nur mit einem kurzen schwarzen Rock, einer blauweißen Hemdbluse, schwarzen Strümpfen und hellbraunen Mokassins bekleidet, erklärte sie sich bereit für das bevorstehende Wagnis.

Pierre Berton, *Niagara: A History of the Falls*

Niagara Falls, Kanada:
Donnerstag, 24. Oktober 1996, 6.08 Uhr

Ja, vielleicht hätte Hannelore ihre Uniform anziehen sollen, sie fragt sich, ob sie drei in Deutschland in die Zeitungen kommen werden. Vielleicht werden die Frauen im Royal ihr Bild in der Zeitung sehen. Hannelore hätte ihre Uniform anziehen sollen, dann könn- Clotilde fragt sich, was zum Teufel sie sich bloß gedacht hat. Das ist genau das, wovor ihre Mutter sie ausdrücklich gewarnt hat, daß Hannelore mit ihren verrückten Ideen endgültig durchdreht.

Sie äugt im gefilterten, wäßrigen Licht zu Hannelore, deren Gesicht unter dem Helm ganz dunkel Frau Schnadelhuber erinnert sich an die Zeit nach dem Krieg, wo rund um Oranienburg die vielen Bomben im Boden lagen. Sie und die anderen überlebenden Mitglieder des Widerstands, die für die Gattin des Generals gearbeitet hatten, machten einen Schnellkurs im Bombenentschärfen. Zuerst hatten alle Angst.

ten die Leute, die sie nicht kennen, ihre Leiche identifizieren. Sie hätte ihr Namensschild anstecken können.

Frau Taylor hatte beim Abschied ihren Hut aufgehabt und sich geweigert, ihren langen Rock gegen den kurzen einzutauschen, bis sie direkt an ihrem Faß stand, weil alles außer einem langen Rock in der Stadt als ist. Unmöglich zu sagen, was sie denkt, sie wird auch hin und her geschleudert, sind sie schon über den Rand? Sie erinnert sich an das Gefühl, als hätte es ihr den Magen im Leibe umgedreht, aber das ist ein paarmal passiert, sie hätten hundert Wasserfälle überwinden können, ohne daß Clotilde es wüßte. Ihr Blut rauscht und schäumt, ihr Herz hat seit Jahren nicht mehr so viel Bewegung bekom- Klüsener wurde bei einer Routine-Entschärfung direkt vor ihren Augen in die Luft gesprengt. Die Härchen auf ihren Unterarmen und im Nacken stellen sich immer noch auf, wenn sie das Heulen eines Flugzeugmotors hört, das metallische Kreischen, das bedeutet, daß gleich wieder eine Bombe eine Straße in Schutt und Asche legen und noch mehr Nachbarn zerfetzen wird. Sie hat die Bom-

ungehörig gegolten hätte. Wo ist Hannelore nur mit ihren Gedanken gewesen? Ein fröhlicher Ihr-könnt-mich-alle-mal-Abschied hätte in Uniform viel besser gewirkt. Und ein Foto, bevor sie in die Kapsel gestiegen sind! Woran haben sie nur gedacht? Sie haben die Kamera vergessen, Hannelore kann die Kamera unmen. Also gut, ein Glas Sekt am frühen Morgen ist vielleicht nicht die schlaueste Art, einen Urlaub in Niagara Falls zu beginnen.

ben überlebt, war Expertin mit Zange und Drahtschere, bis sie schwanger wurde, Karl, einen kanadischen Soldaten, kennenlernte und heiratete. Er war der attraktivste Mann, den sie je gekannt hatte. Seine Wimpern waren für einen Mann etwas zu lang, das weiß sie noch. Schließlich wollte er wieder nach Kanada ziehen. Ihr war nicht klar, was sie damit aufgab. Na ja. Zumindest hat sie ihren

ten in ihrem Koffer voller Filme vor sich sehen.

Das Gesicht der Frau, das plötzlich am Fenster auftaucht, überrascht Hannelore. Die Frau mit einer Schramme auf der Stirn und dem großen Federhut? Durch das verstärkte Plexiglasfenster lächelt Hannelore dem Gesicht zu, einem finsteren, vom Wasser aufgedunsenen Hut. Sie wird stilvoll aus der Kapsel steigen.

Frau Schnadelhuber spürt mit den an die Seite gepreßten Händen, daß ihr Rock fehlt, nichts als nylonbestrumpfte Beine. Sie fährt sich mit den Händen über die Oberschenkel: Der Rock ist eindeutig weg. Irgendwie hat sich ihr Rock in Luft aufgelöst. Gerade, als wäre eine Bombe eingeschlagen. Frau Schnadelhuber ist sicher, daß

Gesicht. Die Königin der Nebel natürlich.

die Kapsel kopfüber schwimmt. Sie sieht die Spiegelung ihres Gesichts im Fenster. Seltsame Winkel und optische Täuschungen können dem Auge alles mögliche weismachen.

Der Niagaraball, der unten an den Fällen zwischen Auf- und Abtrieb schwebt, hält einen Moment neben der schlammbedeckten, aufgedunsenen Leiche von Annie Edson Taylor inne. Sie ist voll bekleidet und wütend. Annie Edson Taylor macht mit ihrer dreckigen, von Fischen angeknabberten Faust eine Drohgebärde vor dem runden Fenster der Kapsel, und als sie spricht, steigen zwischen ihren aufgequollenen Krötenlippen riesige Blasen auf, glänzend und giftig wie Quecksilber.

Zum Teufel noch eins, verschwindet aus meinem Wasser, sagt sie. *Ich war als erste hier, und ich werde auch die letzte sein.*

»Amerikaner!« ruft Hannelore entnervt.

»Amerikaner«, sagt Clotilde. Sie weiß noch, als die Amerikaner ankamen, winkten viele

Leute aus den Fenstern, und die große Wolke des Vergessens senkte sich herab, für immer. Nachbarn, die Hitler und die Partei unterstützt hatten, winkten plötzlich aus den Fenstern und begrüßten die Amerikaner, als wären sie ihre leiblichen Söhne. Biographien wurden verändert, Beziehungen ausgelöscht, jeder war Widerstandskämpfer gewesen. Die Amerikaner mit ihren lautlosen, gummibesohlten Stiefeln. Wie Katzen.

»Meine Tochter ist halb amerikanisch. Sag nichts gegen die Amerikaner«, fährt Frau Schnadelhuber auf. »Und du!« ruft sie zum Fenster, das von ihrem Atem und ihrem Schweiß beschlagen ist. »Verpiß dich! Du verstellst uns die Sicht!«

Edmonton, Kanada, 1985

Ein Jahr, nachdem sie und Clotilde nach Canada gezogen waren, willigte Hannelore ein, mit der Familie in ihr neues Haus auf der anderen Seite der Stadt zu ziehen, fast eine Autostunde entfernt.

»Clotilde und ich würden uns freuen«, sagte Hannelore. »Du bist dir sicher, daß das Haus groß genug ist für uns alle?«

»Mutti«, sagte Dieter und schüttelte langsam den Kopf.

»Ich erzähl's gleich Clotilde«, sagte Hannelore.

»Du solltest sie in Ruhe lassen«, sagte Clotilde hinter ihrem Buch. »Die sind noch jung, die brauchen ihren Platz. Du willst immer anderen Leuten im Weg umgehen. Ich will nicht umziehen. Wenn du mich zwingst umzuziehen, gehe ich ins Heim.«

»Du solltest nicht im Dunkeln lesen«, sagte Hannelore.

Cleopatra Maria lackierte gerade Clotildes Zehennägel purpurrot. Cleopatra Maria sagte nur wenig, sie interessierte sich mehr dafür, zusammen mit den anderen seltsamen Kindern aus ihrem Suburb mit ihrem Vergrößerungsglas in der großen blauen Mülltonne Feuer zu machen, als mit ihren Spielsachen zu spielen. Die Suburbs. Cleopatra Maria war ein Produkt der canadischen Suburbs, und vielleicht war sie deswegen überall woanders fehl am Platz. Hannelore erinnerte sich an das Heulen der Kojoten, die nachts am Rand der Suburbs umherstreunten, und sie drückte Cleopatra Maria fest an sich. Cleopatra Maria von den Kojoten verschleppt.

Clotildes große, wie Klauen gebogene Nägel waren ideal zum Lackieren. Clotilde stieß ihr spontanes Gebrüll aus, ein Gebrüll, von dem Fenster und Türen aufflogen und ihre Füße so heftig zitterten, daß sie die offene Nagellackflasche umstieß, und Cleopatra Maria begann zu schreien wie damals als Baby. Auch Clotilde schrie: »Ich bin schon einmal umgezogen, nämlich von Deutschland, um in dieser Eishölle zu leben! Ich ziehe nicht noch einmal um! Ich bin zu alt zum Umziehen, ich bewege mich keinen Zentimeter von hier fort. Bleib mir vom Hals damit!«

Clotilde ließ ihr Buch fallen. Hannelore hob es hastig wieder auf.

»Bleib mir vom Hals damit!« schrie Cleopatra Maria in ihrem erschreckend perfekten Deutsch. Ihre Augen waren genau wie die von Hannelores Mutter.

Hannelore zerknüllte Zeitungspapier und polsterte damit den Boden von Kartons, die sie aus der Gasse hinter dem Safeway holte. Sie suchte die saubersten, festesten Kartons aus, wischte den Schmutz mit einem Tuch ab, das sie eigens in einer Safeway-Plastiktüte mitgebracht hatte. Zeitungspapierlagen von identischer Größe, die Porzellantassen und Untertassen einzeln eingepackt. Möbelklebeband, um die Kartons zu verkleben. »FRAGIL« schrieb sie obenauf. Um ihre Knie zu schonen, bückte sie sich beim Packen aus der Taille.

»Wir sind wegen dir aus Deutschland weggegangen«, sagte Rosario, die in der Tür stand, trat zwischen die Kartons mit zerknülltem Zeitungspapier und rutschte auf einem grünen Fotoalbum aus.

»Komm nicht zwischen mich und meinen Sohn«, sagte Hannelore.

»Du machst uns verrückt«, sagte Rosario. »Du treibst uns die Wände hoch, verstehst du das denn nicht? Es ist wichtig, daß wir allein leben. Du und dein Sohn«, sagte sie verächtlich. »Komm nicht zwischen mich und meinen Mann.«

Unten drehte Dieter die Musik im Kopfhörer lauter. Er streute Zucker in die Hefe und das lauwarme Wasser, verrührte alles und stellte die Schüssel beiseite.

Die Wände hoch? dachte Hannelore. Die Wände hoch? Was für ein seltsamer Ausdruck, was ist Rosario denn? Eine Fliege? Hannelore ließ sich von Rosarios Worten nicht von ihrem schönen Fleck in der Sonne vertreiben, sie legte drei Fotoalben in einen Pappkarton, in dem Orangen gewesen waren. Hannelore war ein Dackel, der sich in der Sonne ausstreckte, und würde sich nicht vertreiben lassen, weder von Tritten noch Stößen noch lackledernen Stöckelschuhen. Rosarios seltsamer, fremder Geruch, säuerlich, ätzend, ihr magerer, zappeliger Körper unter dem Rollkragenpulli, der zu eng war und unter dem sich ihr winziger Hängebusen abzeichnete, der Rock viel zu kurz, eine Bauchbinde aus Leder, die kaum die Scham bedeckte. Der speckige Vierzigjährigenbauch auf Vogelbeinchen.

Rosario hatte Angst vor dem Altwerden, sie klammerte sich an grelle Farben und einen jugendlichen Stil, obwohl sie siebenunddreißig war. Fast vierzig. Irgendwann würde sie damit große Schwierigkeiten bekommen. Hannelore fiel es nicht schwer, sich anzupassen, sie war gefeit gegen das Alter und seine Klauen. Eine Vierzigjährige in einem ledernen Minirock. Rosario färbte sich die Haare, das war unverkennbar mit den grauen Strähnen, die auftauchten und wie Sternschnuppen wieder verschwanden. Rosario trug Leder- und Wildlederjacken mit Schulterpolstern und dazu passende Miniröcke. Spitze Schuhe mit hohen Absätzen und vorgetäuschten Reißverschlüssen hinten, wie eine Prostituierte, dazu durchsichtige Strümpfe, die ihre knochigen Knöchel und dicken Knie noch betonten. Dieser ätzende Geruch. Alter chemischer Schweiß, Schweiß mit einer Andeutung von Traubensaft, Knoblauch und Putzmittel.

»Du kannst nicht bei uns leben«, sagte Rosario. »Das geht nicht. Du wirst dir eine andere Wohnung suchen müssen. In der neuen Wohnung ist für dich kein Platz. Sie hat nur Platz für drei. Für Dieter, Cleopatra Maria und mich!«

Rosarios Stimme war schrill wie eine Küchenmaschine.

Rosario weinte, die Mundwinkel nach unten gezogen wie ein Clown, ölignasse Tränen liefen ihr über die Wangen. Das erste Mal, daß Rosario vor Hannelore weinte. Hannelore kam sich vor wie ein Ungeheuer. Froh über die Tränen ihrer Schwiegertochter, weil sie bedeuteten, daß sie gewonnen hatte, aber trotzdem ein Ungeheuer.

»Nicht weinen«, sagte Hannelore heiser. »Weinen ist immer ansteckend. Nicht weinen jetzt.«

Hannelore konnte die Hitze, die ihr in den Kopf stieg, wenn sie weinte, nicht ertragen.

Hannelore legte ihre Hände auf eines von Rosarios Schulterpolstern. Das Knarzen von weichem, nachgiebigem Leder und Schaumstoff.

»Jetzt schau, was du angerichtet hast«, sagte Clotilde, die Brille auf der Nasenspitze, die Zeitung in der Hand zerfleddert. »Schau, was du angerichtet hast. Ich hab's dir gesagt, ich hab dir gesagt, daß junge Leute ihr eigenes Leben brauchen, ich hab dir gesagt, daß du dich nicht einmischen sollst, ich hab's dir gesagt, ich hab's dir gesagt. Du mischst dich in das Leben anderer Leute ein, du störst sie in ihrem Leben.«

»Halt den Mund«, sagte Hannelore. »Deinen blöden fetten Schimpansenmund.«

»Jetzt reicht's«, sagte Clotilde. »Dieses Mal komme ich nicht zurück. Ich geh ins Silver Glade. Ich wollte nicht herkommen, du hast mich dazu gezwungen. Ich gehe.«

»Du bist freiwillig hergekommen, aus freien Stücken!« sagte Hannelore.

»Was ist los?« fragte Rosario, das Gesicht naß, die Nase feucht und verrotzt. Diese alten Leute und ihr Theater, dachte sie.

Später half Clotilde Hannelore, die Alben und das Porzellan aus den Kartons zu nehmen. Hannelore würde erst mal im Reihenhaus bleiben und sich nach einer anderen Wohnung umsehen. Sich anständig einrichten. Genug von Rosarios Perlenvorhängen und ihrer Judenkunst. Nicht Judenkunst, Hannelore meinte nicht Judenkunst, die Kunst hatte nichts mit Juden zu tun, nur Bilder mit Leuten, die völlig überflüssigerweise nackt waren, das meinte sie. Sie schlug sich die Hand vor den Mund, obwohl sie nichts gesagt hatte von der Judenkunst. Clotilde wischte die glänzenden Alben langsam mit einem Staubtuch ab und stellte sie wieder ins Regal. Rosario nahm die Kartons in ihr Atelier. Hannelores Augen waren heiß und rot, ihr Herz aufgeweicht und ausgehöhlt.

Zum Essen gab es Pizza mit Paprikasalami. Soviel Käse. Soviel Cholesterin, aber zum Glück hatten sie und Clotilde ihre Cholesterin- und Blutdrucktabletten. Später würde

Clotilde Hannelore bitten, ihr zu helfen, ihren Kulturbeutel zu finden. Clotildes neues Zuhause in Silver Glade.

Hannelore und Rosario saßen sich am Eßtisch schweigend gegenüber, bis Dieter und Cleopatra Maria die Teller abräumten. Um sich zu beruhigen, ging Rosario in ihr kleines Zimmer und entwarf ein Stickbild der Pizza. Sie sah ihre Bündel von pizzafarbenem Garn durch und machte Skizzen einer Pizza.

»Möchtest du etwas trinken?« fragte Hannelore von der Tür.

»Das wäre nett«, sagte Rosario, ohne aufzusehen.

»Saft? Tee?«

»Ein Glas Weißwein«, sagte Rosario.

Mit fahrigen Bewegungen öffnete Hannelore eine Flasche Weißwein und schenkte ein Glas voll. Dann ein zweites für sich. Sie stellte die Gläser auf ein Tablett und ging damit in Rosarios Arbeitszimmer.

Sie tranken den Wein, ohne zu reden, kein Geräusch außer der heißen Luft, die durch die Heizungsklappe hereinwehte.

Hannelore betrachtete die Würste, die ordentlich aufgereiht, im identischen Winkel angeschnitten hinter der Glastheke lagen. Ihre Füße hatten sie ins Deli geführt. Ihre Hände hatten ihren beigefarbenen Mantel um ihren Körper gelegt und die beigefarbenen Schuhe an ihre Füße gezogen, dann war sie zur Tür hinausgegangen. Nichts im Haus. Sie wollte eine Klippe suchen, um sich zu überlegen, ob sie sich hinunterstürzen sollte. Dann würde ihr Sohn sie vermissen. Dann würde es ihm leid tun, sie in einem fremden Land mit einer fremden Sprache allein gelassen zu haben, seine alte Mutter.

Die Würste, die Töpfe mit Rotkohl, Hühnchenschnitzel, Käsekuchen und Bienenstich im Süßspeisenregal. Rotkohl, sie hatte Rotkohl immer geliebt ...

»Mein Sohn verläßt mich«, jammerte Hannelore den Kellnerinnen und Köchinnen vor, allen zusammen in ihren Dirndln mit Rüschenbusen, den Würsten hinter der Theke, dem Kohl, der im Topf dampfte. Ihre Augen und ihr Mund wurden wäßrig.

»Er läßt mich im Stich, und dann bin ich ganz allein.«

Hannelore begann zu weinen, zuerst das Brennen in den Augen, das heiße Wasser, das sie rotkochte, dann liefen sie über. Das Wasser ergoß sich über den Rand ihrer Augen, und dieses Überlaufen war für Hannelore immer das Schlimmste, der peinlichste Moment, nach dem es kein Halten mehr gab. Tränen spritzten an ihre Brille. Hannelore wischte sich mit dem Taschentuch, das eine der Kellnerinnen ihr in die Hand gedrückt hatte, an den Augen herum. Hannelore saß hinter der Theke, hinter den aufgereihten tiefen Metalltöpfen mit Sauerkraut, mit warmem, nur leicht gewürztem Kartoffelsalat, dicken panierten gebratenen Schnitzeln. Die Düfte ließen sie in das bayerische Taschentuch heulen, weil sie wieder einmal allein sein würde, Clotilde war nicht mehr ganz richtig im Oberstübchen und wollte sich in ein Heim einquartieren, und was sollte sie mit einer im Oberstübchen nicht ganz richtigen Clotilde machen? Wie konnte sich Hannelore um diese sture Clotilde kümmern? Wenn Clotilde kochte, lagen im Topf Kartoffeln oder Bohnen oder Kohl wie verkohlte Tumore. Im Januar würde Hannelore fünfundsechzig.

»Guter Gott, Sie müssen aus dem Haus rauskommen. Klingt, als brauchen Sie 'nen Job«, sagte eine der Frauen im Dirndl, Frau Schnadelhuber. »Ich weiß, wie das ist. Kinder. Meine Tochter ruft mich auch nur an, wenn sie kostenlose Eheberatung braucht.«

»Sie meinen, ich soll hier arbeiten?« fragte Hannelore. Eine der verbrannten Kartoffeln fiel vom Rand des Topfes ab, aus dem ihr Herz bestand.

Hannelore blickte zu den Metalltöpfen mit deutscher Minestrone und Piroggen, den Glaskühlschränken und der Mikrowelle.

»Hier?« wiederholte Hannelore.

»Natürlich nicht«, winkte Frau Schnadelhuber ab. »Sie kommen aus Norddeutschland, Sie wissen doch gar nicht, was gutes Essen ist, oder?«

Hannelore schluchzte feucht und heftig auf.

»Eine Freundin von mir ist Platzanweiserin im Royal Auditorium.«

»Platzanweiserin? Ich weiß nicht, wie man Plätze anweist. Ich bin zu alt, um einen Job zu finden, wer würde mich schon anstellen? Ich habe noch nie außer Haus gearbeitet. Ich habe nie eine Arbeit gehabt. Meine Schwester, ja, die hat gearbeitet. Mein Vater sagte, Clotilde könnte arbeiten, ich sollte ...«

Das Royal? dachte Hannelore. Das Theater? Dieter hatte sie dort in *Die Fledermaus* eingeladen.

»Das macht nichts«, sagte Frau Schnadelhuber. »Die Leute da haben alte Hausfrauen am liebsten, die können sie unterbezahlen und ausbeuten. Meine Freundin liebt den Job. So hat sie wenigstens einen Grund, ihr Schwein von Ehemann ein oder zwei Abende die Woche allein zu lassen. Fragen Sie nach, ob's da nicht Arbeit für Sie gibt, ja? Ich sage meiner Freundin, daß sie nach Ihrem Namen Ausschau halten soll.«

Das r in Frau Schnadelhubers »Arbeit« trillerte mit einem bayerischen Trillern, dem ekstatischen Trillern eines Rotkehlchens, das einen zwei Meter langen Wurm aus der Erde zieht.

»Sie suchen sich eine Arbeit, und dann haben Sie so viel zu tun, daß Ihnen gar keine Zeit bleibt, über Ihren undankbaren Sohn nachzudenken. Jetzt hören Sie auf zu heulen.«

Frau Schnadelhuber holte ein Blatt Papier, und während sie gummiartige Schnitzel und Bratwürste auf Teller verteilte und in den Pausen ihre halbe Schachtel Lucky Strike rauchte, setzten sie und Hannelore das Bewerbungsschreiben auf.

»Wie heißen Sie?« fragte Hannelore, und die Asche von Frau Schnadelhubers Zigarette fiel wie ein toter Schmetterling zu Boden.

»He, Schnadelhuberin!« rief eine der Köchinnen, auf deren Namensschild »Oma Hupfel« stand. »Lassen S' wieder was mitgehen?« Sie brach in gackerndes Gelächter aus. »Geben S' bloß Obacht auf Ihre Geldbörse!« rief Oma Hupfel Hannelore durch die offene Tür zu. »Unsere Schnadelhuberin hat lange Finger!«

»Halten S' den Mund, Hupfel!« rief Frau Schnadelhuber. Ihre Zigarette bebte.

Oma Hupfel nahm ihre Arbeit wieder auf und schnitt mit festen, gleichmäßigen Bewegungen Blutwurst in Scheiben. Sie kicherte immer weiter, die kräftigen Hände streichelten die Wurst, ihr hochgezerrter Busen in der

Los Angeles-Version eines Dirndls drückte ihr Doppelkinn zusammen.

»Hören S' nicht auf sie«, sagte Frau Schnadelhuber zu Hannelore. »Die hat nur Schwachsinn im Kopf. Jetzt unterschreiben Sie den Brief mit ›Yours truly‹ auf englisch.«

Also ließ Frau Schnadelhuber gelegentlich etwas mitgehen. Na und? Als ob die Hupfel so ein Unschuldslamm wäre. Es war ja nicht so, daß Frau Schnadelhuber Autos klaute oder in Häuser einbrach. Einmal hatte sie ein Sofa mitgehen lassen, einmal einen vierzig Pfund schweren Käselaib aus einem Lebensmittelgeschäft, aber das waren kleine Fische. Und sie klaute nie anderer Leute Geldbörsen – das war reinster Hupfel-Quatsch.

Frau Schnadelhuber sah Hannelore zu, wie sie ihren Kaffee trank und versuchte, ihr ganzes Leben auf ein Blatt Papier zu bringen.

Das Klauen war nur ein Überbleibsel aus dem Krieg, als es praktisch nichts zu klauen gab, und aus ihrem Leben mit dem Arschloch Karl, ihrem Mann. Die alten Zeiten vor dem Deli, als sie keine Arbeit hatte, kein Geld, nur Karl, der ihr Geld für das Kind gab, aber mehr nicht, und er entschied, wieviel sie für Babynahrung, Milch, Kinderkleidung brauchte. Er ließ sich von ihr die abgetragenen, ausgewachsenen Anziehsachen vorführen, sie mußte sie ihm bringen, damit er sie untersuchen und sich vergewissern konnte, daß sie nicht log. Sie war absolut keine Verschwenderin, und das war das Demütigendste: daß er glaubte, sie würde etwas *verschwenden.* Sie wußte, was Not bedeutete, also klaute sie. Klauen war gar nicht so schwer, wenn man die richtige Einstellung hatte. Einmal klaute sie sieben Tüten mit Lebensmitteln. Stellte sie in den Einkaufswagen und ging zur Tür hinaus, einfach zur Tür hinaus. Alles hing an der richtigen Einstellung, das hatte ihr im Krieg ihre frühere Chefin gesagt, die Gattin des Generals: Einstellung. Die Gattin des Generals, die SS-Pläne schmuggelte, ein ziemlich hohes Tier im Widerstand, sie hatte einfach die richtige Einstellung. Frau Schnadelhuber wäre für die Gattin gestorben, soviel Loyalität empfand sie dieser Frau gegenüber, der größten Spionin aller Zeiten. Frau Schnadelhuber arbeitete als Chauffeuse der Gattin, alle Männer waren im Krieg. Sie fuhr den schwarzen Mercedes der Gattin durch die Straßen, überlistete mit ihren Fahrkünsten mutmaßliche Gestapo-Agenten. Sie war die vertrauteste Angestellte der Gattin. Wenn Frau Schnadelhuber wieder einmal erfolgreich eine Fernsehzeitung aus dem Supermarkt klaute, tat sie es aus Achtung gegenüber der Gattin und aus Verachtung gegenüber Karl.

»Und was jetzt?« fragte Hannelore.

»Unterschreiben Sie mit Ihrem Namen«, antwortete Frau Schnadelhuber. Sie warf ihre Zigarette auf den Boden, so daß sie auf den Parkplatz der Shoppingmall rollte.

Nicht, daß die Welt Frau Schnadelhuber etwas *schuldete,* aber je älter sie wurde, desto kleiner wurde der Teil der Welt, auf den sie Anspruch hatte. Je weniger Raum sie einnehmen durfte, desto leichter wurde sie in Schlangen übersehen. Dann die Arbeit im Delicatessen. Als gebürtige Deutsche hinter den mit Essen vollgehäuften Tellern war sie immer noch unsichtbar, aber nicht, weil sie *alt* war. Sie hatte die *Kontrolle.* Frau Schnadelhuber klaute nie am Arbeitsplatz. Ihre Arbeit war mehr ihr Zuhause als ihr Zuhause. Frau Schnadelhuber putzte sich die Brille an ihrer Schürze ab. Die Arbeit hatte ihr das Leben gerettet. Was konnte die fünfundsiebzigjährige, arbeitslose Chauffeuse einer Spionin aus dem Widerstand in einem fremden Land schon tun? Nicht viel.

»Gut«, sagte Frau Schnadelhuber. »Jetzt bitten Sie die Hupfel, Ihnen das im Hinterzimmer abzutippen, und dann geben Sie's beim Auditorium ab. Hier ist die Adresse. Ich muß jetzt Kartoffelsalat machen. Bald ist Mittags-Stoßzeit, und dann ist die Hupfel allein aufgeschmissen.«

Also zog die Familie aus dem Reihenhaus in den Suburbs in eine winzige Wohnung eine Autostunde entfernt auf der anderen Seite der Stadt, in der Nähe von Rosarios neuer Arbeitsstelle an der städtischen Kunsthochschule. Wegen Rosarios neuem Job.

»Aber brauchst du dann nicht länger zur Arbeit, Dieter?« fragte Hannelore. »Das wird doch anstrengend für dich.«

»Aber Mutti, ich arbeite nicht mehr lange dort. Die brauchen mich nicht mehr. Ich werde arbeitslos, das weißt du doch«, sagte Dieter in seinem canadisch aufgeweichten Deutsch, aber seine Stimme drehte eine Pirouette wie ein dicker Mann, und er lächelte breit und drehte den Schirm seiner Baseballmütze nach hinten. Dann legte er Waldmann II. an die Leine und schlenderte glücklich zur Tür hinaus, kein gebeugter Nacken mehr, fröhlich die Hände schlenkernd.

»Aber du kommst mich doch jeden Tag nach der Arbeit besuchen?« bangte Hannelore. »Ja?«

»Mutti«, sagte er vorwurfsvoll.

»Wo ich in dieses Land gekommen bin, um bei dir zu sein? Eines Tages wirst du mich nicht mehr besuchen können, selbst wenn du möchtest. Du wirst mein kaltes, totes Gesicht sehen, und dann wird es dir leid tun.«

»Jedes Wochenende«, versprach Dieter.

»Jedes Wochenende!« fauchte Rosario in den Spiegel, den Kopf voller grüner, stacheliger Lockenwickler. »Also gut«, sagte sie. »Ab und zu könntest du Cleopatra Maria mitnehmen, dann habe ich Zeit, im Atelier zu arbeiten.«

Fast jedes Wochenende schlief Dieter auf dem Schlafsofa, mähte den Rasen, ging mit Tante Clotilde zum Cappucinotrinken und zum Zeitungsladen und reparierte die Toilette, wenn sie zischte. Samstags um Mitternacht sah er sich im Fernsehen Dr. Who an. Hannelore verstand zwar nicht, was an Dr. Who so spannend war, setzte sich aber trotzdem daneben. Cleopatra Maria weinte, als Rosario ihr sagte, sie würden umziehen, also machte Cleopatra Maria jeden zweiten Tag die einstündige Busfahrt und blieb im Haus ihrer Oma und ihrer Tante. Sie klagte, ihre Eltern seien langweilig und egoistisch. Hannelore wußte, daß die gute Beobachtungsgabe ihrer Enkelin von der Schmitt-Seite der Familie stammte.

»Mutti, du solltest dir einen Hund zulegen, wie Waldmann«, schlug Dieter vor. »Hunde lehren einen zu lieben.«

»Paß bloß auf, daß ich dich nicht dabei erwische, wie du den Hund auf den Mund küßt«, sagte Hannelore.

Clotilde, auf ihren Stock gestützt, stand in der Tür eines Zimmers im Pflegeheim und sah, wie ihre künftige Mitbewohnerin sich umzubringen versuchte.

»Was machen Sie da?« fragte Clotilde.

»Ich versuche, mich umzubringen«, sagte die Mitbewohnerin. Sie saß auf ihrem Stuhl und beugte sich ständig vor, immer weiter und noch weiter.

»Sie werden rausfallen«, sagte Clotilde.

»Ich will mir den Schädel auf dem Boden einschlagen und mich umbringen«, sagte die Mitbewohnerin.

»Das ist keine gute Idee«, sagte Clotilde. »Soll ich eine Schwester rufen?«

»Nein.«

Clotilde sah durch das Fenster auf den Rasen. Wenn sie vor Jahren in dieser Stimmung gewesen wäre, hätte sie ein Thermalbad aufgesucht. Sie hätte ein Dampfbad genommen, sich kalt abgeduscht, sich im warmen Wasser eingeweicht und wäre wieder genesen. Ihr Körper war wie eine ausgetrocknete Iris, die den Dampf aufsog. Hier, in diesem neuen Pflegeheim, gab es nur das Wasser, das aus dem Duschkopf tröpfelte oder in der Badewanne kalt wurde, wo eine Pflegerin sie beaufsichtigte und sie zwang, sich zwischen den Beinen zu schrubben wie eine Hure.

»Sollen wir vielleicht den Gang hinunter zum Fernsehen gehen?« bot Clotilde an. »Ich helfe Ihnen.«

»Wer sind Sie?« fragte die Mitbewohnerin unhöflich. »Ach, ich weiß, Sie sind die, die glaubt, das hier wäre ein Hotel. Sie haben ein richtiges Zuhause.«

Clotilde drückte auf die Klingel.

»Also gut«, sagte Clotilde. »Ich komme mit dir nach Hause.«

»Gut«, sagte Hannelore.

»Heute, als ich am Empfang stand, haben eine britische Frau und ein Jugoslawe mich eine Betrügerin genannt«, erzählte Clotilde. »Sie haben gesagt, mir wäre zu lang Zucker in den Arsch geblasen worden. Sie haben gesagt, ich wäre ein blödes verwöhntes Ding, daß ich hierherkomme, um vor meinen Problemen davonzulaufen.«

»Wie unfreundlich«, sagte Hannelore.

»Ja«, sagte Clotilde. »Das Land ist wunderschön, aber es ist einfach unglaublich, wie unfreundlich die Leute hier oft sind.«

Annie, eine keineswegs unintelligente Frau, auch wenn sie ein behütetes Leben geführt hatte, Nichtschwimmerin und etwas füllig, wurde in das Faß geschnallt und rundum mit Kissen abgepolstert. William Holloran, ein Bootsmann, pumpte mit einer Fahrradpumpe zwanzig Minuten lang Luft ins Faß. Sein Kommentar: »Das reicht für eine ganze Woche.«

Percy Rowe, *Niagara Falls & Falls*

Also brachte Hannelore zuerst Clotilde vom Pflegeheim nach Hause, dann lud sie Frau Schnadelhuber zu Kaffee und Kirschkuchen ein. Total überkandidelt, dachte Clotilde.

»Frau Schnadelhuber, das ist meine Schwester, Fräulein Clotilde Starfinger«, sagte Hannelore, und die drei Frauen gaben sich förmlich die Hand.

Aber dann bemerkte Clotilde Frau Schnadelhubers glatte, ungeschminkte Lider hinter der winzigen runden Brille. Seltsam, Augen sind ohne Schminke so verletzlich, und der symmetrische Scheitel. Total unterkandidelt? dachte Clotilde.

Clotilde beschloß, Frau Schnadelhuber auf die Probe zu stellen.

»Hannelore«, sagte sie. »Du hast den Zucker vergessen.«

»Du brauchst doch gar keinen Zucker.«

»Ich hole den Zucker, Frau Schmitt«, erbot sich Frau Schnadelhuber. »Wo steht er?«

»Nein, Hannelòre, *du* holst den Zucker«, sagte Clotilde. »Meine Schwester holt den Zucker, Frau Schnadelhuber.«

»Aber wir nehmen *nie* Zucker, Clotilde. Ich verstehe dich nicht. Zucker.«

Hannelore ging in die Küche, um den Zucker zu holen, aber als sie in der Küche angekommen war, hatte sie vergessen, was sie suchte. Sie fing an, die Besteckschublade aufzuräumen.

Im Wohnzimmer beugte sich Clotilde auf dem Stuhl vor.

Frau Schnadelhuber lehnte sich zurück und seufzte. Die beiden Frauen sahen sich an.

»Sie haben also nie geheiratet, Fräulein Starfinger?« fragte Frau Schnadelhuber.

»Keinen Mann, nein.« Clotilde fuhr sich mit der Zunge über die Lippen.

»Wen kann man sonst heiraten? Eine Gans?« fragte Frau Schnadelhuber. Sie schnaubte.

»Die Leute sehen, daß ich nicht mit einem Mann verheiratet bin, und hoffen immer, daß ich eine Witwe oder eine Jungfrau bin. Sind Sie mit einem Mann verheiratet?« fragte Clotilde.

»Ich bin Witwe.«

»Oh, das tut mir leid.«

»Das braucht Ihnen nicht leid zu tun. Er ist nicht tot.«

»Wie können Sie dann Witwe sein?«

»Nehmen Sie nicht alles so wörtlich, Fräulein Starfinger. Man braucht den Ehemann nicht zu verlieren, um Witwe zu sein. Er hat mich wegen einer anderen Frau verlassen, und jetzt trauere ich um die vergeudeten Jahre. Ich trauere um mich selbst.«

Frau Schnadelhuber hoffte, daß Fräulein Starfinger ihr noch Kaffee anbieten würde.

»Diese Unterhaltung ist mir zu ernsthaft«,

sagte Frau Schnadelhuber. »Ihre Schwester hat mir Ihren Garten gezeigt. Wunderschön.«

»In diesem Land gedeiht nichts«, sagte Clotilde.

»Das ist nicht wahr. Es gibt hier sehr gutes Rindfleisch. Und Äpfel. Aus Kanada kommen die Macintosh-Äpfel. Kennen Sie Macintosh-Äpfel?«

»Macintosh-Äpfel«, wiederholte Clotilde. »Köstlicher Apfelsaft, wie Wasser.«

»Sie sind also gerade aus dem Pflegeheim gekommen«, fuhr Frau Schnadelhuber fort. »Ich könnte es nicht ertragen, in einem Heim zu leben. Ihre Schwester braucht aber lang mit dem Zucker.«

»Wahrscheinlich hat sie vergessen, was sie holen wollte. Sie sind sehr attraktiv«, sagte Clotilde plötzlich. Ihre Mundwinkel verzogen sich so listig wie ihre Augenbrauen.

»Was?«

Frau Schnadelhuber sang die Frage förmlich. Die Unterhaltung nahm zu viele absurde Wendungen gleichzeitig, und jetzt das, die absurdeste Wendung überhaupt, Fräulein Starfinger sprach über Frau Schnadelhubers Aussehen, als wäre Frau Schnadelhuber eine dralle Achtzehnjährige, reif zum Pflücken. Oder bildete Frau Schnadelhuber sich das nur ein? Vielleicht stieg es ihr zu Kopf, daß jemand ihr Aufmerksamkeit schenkte, auch wenn dieser Jemand nur eine Frau war? Frau Schnadelhubers Kopf fühlte sich verdreht an wie eine Brezel. Sie wußte nicht, was sie sagen sollte, also tat sie, als würde sie aus ihrer leeren Tasse trinken. Der letzte trübe Tropfen Kaffee eierte am Boden der Tasse herum.

»Haben Sie Durst?« fragte Clotilde. »Ihre Tasse ist leer. Eine Frau, die so attraktiv ist wie Sie, sollte nie eine. Leere. Tasse. Haben.«

Vorsichtig schenkte Clotilde Kirschwasser in ein vornehmes Kristallglas. Clotildes dunkelbraune Augen umfaßten Frau Schnadelhubers Kinn.

»Also Clotilde!« rief Hannelore, als sie ins Zimmer stürzte. »Du und dein Zucker. Ich mußte in den Keller gehen und die Tüte holen, um die Zuckerdose nachzufüllen, und jetzt bist du schon beim Schnaps! Konntest du damit nicht warten?«

Fräulein Starfinger hatte Frau Schnadelhuber Sexaugen gemacht. Seit Jahren hatte niemand Frau Schnadelhuber Sexaugen gemacht. Vor Schreck saß sie steif wie eine Mumie auf ihrem Stuhl. Niemand hatte sie angeschaut, seit Jahren nicht mehr. Sie war davon ausgegangen, daß die Unsichtbarkeit zu ihrem ständigen Kostüm geworden war, und der Schock, so angeschaut zu werden, erinnerte sie an die Zeit, als die Männer ihr die ganze Zeit Sexaugen gemacht hatten. Es bestand kein Zweifel, Fräulein Starfinger hatte ihr Sexaugen gemacht, mit Sexaugen kannte Frau Schnadelhuber sich aus, da bildete sie sich nichts ein. Aber jetzt kam sie sich dumm vor, sie war zu alt für Sexaugen, es gefiel ihr nicht, plötzlich so angeschaut zu werden, sie hatte das Gefühl, als würde ein Fadenkreuz genau auf ihren vorstehenden, ungeschützten Bauch gerichtet, und alles würde sich als ein gemeiner Scherz herausstellen. Sie legte die Hand auf den Bauch, setzte die Tasse an die Lippen und kippte sie ganz nach oben, aber der Kaffeetropfen löste sich nicht vom Boden der Tasse, sondern klatschte in die Hände. Ihr Brezelkopf schlang eine weitere Schlinge.

In ihrer Jugend hatte Frau Schnadelhuber sich attraktiv gefunden; ihr Busen waren zweifellos atemberaubend gewesen. Sie hatte Männern erlaubt, ihn anzusehen, manchmal sogar anzufassen, im Arbeitslager während des Kriegs, im Tausch für Zigaretten oder Schokolade. Manchmal setzte sie ihre Brüste heute noch ein, drückte sie hoch und schob sie vor, so daß die Leute vor lauter Schreck ganz vergaßen, Frau Schnadelhuber wegen Ladendiebstahl anzuzeigen – soviel Geld waren Batterien einfach nicht wert –, aber ihre Brüste waren nicht mehr das, was sie einmal gewesen waren. In ihrer Jugend waren sie so phantastisch gewesen, daß Frau Schnadelhuber sich jeden Tag selbst hätte lieben können. Früher einmal hatte sie eine Riesensammlung von Büsten- und Strumpfhaltern gehabt, die Namen der Männer, die ihr die Büstenhalter geschenkt hatten, waren innen in den linken Träger gestickt. Bis ihr Ex-Ehemann Karl das entdeckte und sie zwang, alle wegzuschmeißen. Alle. Dann ließ er sie wegen einer anderen Frau sitzen. Einer jüngeren, natürlich, mit schwebenden Kugeln anstatt Brüsten – Einlagen, so hieß das früher. Mittlerweile hatten Einlagen einen wissenschaftlicheren Namen: Silikonimplantate. Sehr kostspielige Einlagen.

Wenn Frau Schnadelhuber in den Spiegel blickte, sah sie keine attraktive Frau, sondern eine fette. Eine alte.

»Vielen Dank für den Nachmittag«, sagte Frau Schnadelhuber. »Ich muß jetzt gehen. Ich muß zur Arbeit.«

»Das war unhöflich«, sagte Hannelore. »Frau Schnadelhuber hat ein gutes Herz, aber sie scheint ein bißchen dumm zu sein.«

Clotilde stellte langsam die Teller, die Unterteller und Tassen auf das Tablett und trampelte in die Küche.

Als Kind spielte sie lieber mit Jungen als mit Puppen. Sie verschlang Abenteuerbücher, ihr Kopf war voll »romantischer Ideen«. Ihre Ehe mit David Taylor, der über zwölf Jahre älter war als sie, verlief nicht glücklich. Als er an den Verletzungen, die er im Bürgerkrieg erhalten hatte, starb, blieb sie allein zurück.

Pierre Berton, *Niagara: A History of the Falls*

Im Royal Auditorium, 1996

Hamish hat ein Auge auf dich geworfen!« sagte Ida. »Ich hab gesehen, wie er dich angeschaut hat, der Beleuchter. Er ist ein Teufel. Irgendwann haben wir alle mal nach ihm geschmachtet, stimmt's, Dot?«

»Hör auf«, sagte Dot. »Ich bin verheiratet.«

»Dot isses schlimm ergangen«, sagte Ida. »Was hast du eigentlich gemacht, Dot? Damit das Schmachten aufhört?«

»Ich hab ihm mal unter den Kilt geschaut«, sagte Dot.

»Hoho«, gackerten die Platzanweiserinnen.

Hannelore nahm einen Schluck Wasser aus dem Kühlapparat; es war so eisig, daß ihr die Kälte ins Gehirn schoß. Sie richtete sich die Fliege vor dem Spiegel. Ihr war es egal, was die anderen sagten. Es war lächerlich, daß eine Frau in ihrem Alter eine Fliege trug, lächerlich, sich Gedanken zu machen wegen schmutzigem, unbegründetem Klatsch.

Mit raschen, lässigen Bewegungen fuhr sie sich mit dem Kamm durchs Haar. Ein Fehler. Sie kämmte sich nie vor den anderen Platzanweiserinnen, warum also jetzt? Der Kamm war zu engzahnig, so daß er ihr Haare ausriß. Sie hätte den Kamm gerne wie einen Zauberstab geschwungen, damit sie alle den Mund hielten, aber statt dessen riß sie sich nur dicke Haarbüschel aus. Sie sah das Alter zwischen den Kammzähnen hängen, immer zog sie das Alter aus ihrem Kopf, wenn sie versuchte, sich rasch die Haare zu kämmen, erschreckende Büschel weißer Haare, und ihr Schädel wurde immer rosiger. Morgens, oder wenn sie allein in der Toilette des Auditoriums stand, fuhr sie sich mit dem weit gezahnten Schildpattkamm leicht und vorsichtig über die Kopfhaut, anstatt mit der Haarbürste Verwüstung anzurichten. Im Spiegel sah sie das Licht durch die Kumuluswolken von Haar, zu fein und dünn für ein Leben, das noch viel länger währen sollte. Sie zupfte die Haare aus dem Kamm, wickelte sie zu einem Bällchen und steckte sie in die Tasche ihres Bolerojäckchens.

Clotilde hatte Haare wie ein Wischmop, noch genausoviel wie Clotilde als junge Frau. Dick, grau und borstig wie Stroh, gerade abgehackt, zu kurz im Nacken, nachlässig aus dem Gesicht genommen und mit zwei Klammern festgesteckt, eine auf jeder Seite. Die vernünftige, praktische Frisur einer Ex-Kommunistin.

Frau Schnadelhuber sagte zu ihrer Tochter Hedwig, »Hedwig«, sagte sie, »das kann man sich gar nicht vorstellen, wieviel Blödsinn es auf der Welt gibt. Halt bloß immer den Mund, wenn du weißt, daß jemand wieder Blödsinn absondert.« Frau Schnadelhuber rauchte und stellte das Stereogerät lauter.

Hedwig klopfte ihre Zigarette gegen den Rand des Hummel-Aschenbechers, die Geste aller Gelegenheitsraucher.

»Hedwig«, sagte Frau Schnadelhuber. »Nur die richtige Einstellung kann einen retten. Laß sie bloß nie wissen, daß du weißt, daß du bis zum Hals in der Scheiße stehst, weil sonst gibt's nur eins: Erpressung oder Tod.«

»Hat dir die Gattin des Generals das gesagt?« fragte Hedwig.

»Natürlich. Und im Zweifelsfall, Kind, zeig deine Brüste her. Du hast meine Brüste«, sagte Frau Schnadelhuber stolz. »Mit solchen Brüsten bringt man es zu was in der Welt.«

»Ma, ich bin schon über fünfzig. Wenn ich es zu etwas hätte bringen sollen, wär das längst passiert. Ich bin eine verbitterte geschiedene Frau, wie du.«

»Jetzt hör mal auf deine Mutter«, sagte Frau Schnadelhuber. »Willst du noch eine Zigarette?«

Hedwig klopfte wieder die Zigarette gegen

den Aschenbecher und führte sie dann zum Mund. Sie atmete den Rauch oberflächlich ein. Eigentlich rauchte Hedwig nicht, aber heute rauchte sie. Um sich ihrer Mutter näher zu fühlen.

Frau Schnadelhuber starrte auf Hedwig, die mit spitzen Fingern die Zigarette festhielt wie ein Stück Salzhering.

Die Erinnerung an Clotilde Starfingers Augen auf ihrem Körper zwang Frau Schnadelhuber, das Stereogerät noch lauter zu stellen. Hedwig steckte sich Stöpsel in die Ohren.

»Mensch, ich brauch ein Bier«, rief Frau Schnadelhuber. »Willst du auch eins?«

Am folgenden Wochenende schickte Frau Schnadelhuber den Schwestern einen Strauß Blumen. Ich bedanke mich für die Einladung.

Hannelore kam, um Frau Schnadelhuber ihre Platzanweiserinnen-Uniform vorzuführen, und Frau Schnadelhuber nickte.

Oma Hupfel schnitt Wurst auf, weil sie gerne Wurst aufschnitt – das einzige, was sie tat, ohne eigens darum gebeten zu werden –, und hörte dem Gespräch zu. Oma Hupfel, faul wie der Tag lang.

»Zahlen s' da gut?« fragte Oma Hupfel. »Vielleicht sollt ich auch dort arbeiten. Dann bräucht' ich nicht ständig auf meine Geldbörse aufzupassen«, sagte sie und lachte in Frau Schnadelhubers Richtung.

»Hupfel, eines Tages liegt Ihr Kopf im Kühlschrank neben dem Apfelsaft«, sagte Frau Schnadelhuber.

Oma Hupfel summte im gleichen Rhythmus, in dem ihre Hände die Wurst über die Schneidemaschine schoben. Sie war im Lokalfernsehen gewesen, »Tele-Treffpunkt«, eine deutsche Sendung im Kabelfernsehen, sie war ein Fernsehstar. Man mußte sie bei Laune halten.

»Haben Sie meine Blumen bekommen?« fragte Frau Schnadelhuber.

»Ja, sie sind sehr schön«, antwortete Hannelore. Sie erzählte nicht, daß Clotilde wie eine Dreijährige herumgesprungen war, um ein Tischtuch zu finden, das unter den Strauß in ihrer Glasvase paßte, daß sie sich mit Clotilde gestritten hatte, weil Clotilde darauf bestand, das beste goldene Leinentischtuch zu verwenden, das ihrer Mutter gehört hatte.

»Und Fräulein Starfinger, Ihrer Schwester, haben sie auch gefallen?«

»Ja, obwohl sie sich nicht viel aus Blumen macht.«

»Ach, das ist schade.«

»Dann klaut sie ihr halt ein bess'res Geschenk«, rief Oma Hupfel von der Wurstschneidemaschine.

»Ich möchte Sie zu Kaffee und Kuchen einladen«, sagte Frau Schnadelhuber. »Am Sonntag um vier.«

»Sonntag nachmittag. Nach dem Schwimmen. Ja.«

»Gut.«

»Gut«, sagte Oma Hupfel.

»Nur Sie zwei«, sagte Frau Schnadelhuber.

»Gut.«

»Gut.«

»Gut.«

Die Wurstscheiben fielen auf der anderen Seite der Schneidemaschine in Oma Hupfels Hand wie zarter Stoff, der über den Boden des Ballsaals wirbelt.

»Sie sind nicht eingeladen, Hupfel!« rief Frau Schnadelhuber.

Oma Hupfel schob die Wurst über die Schneidemaschine, dachte an die viele Schminke, die sie ihr aufgetragen hatten für ihren Fernsehauftritt vor elf Jahren bei »Tele-Treffpunkt«. Sie hatte ihr bestes Kleid angezogen. Das hellgrüne mit dem Faltenrock.

»Haben Sie Ihre Tochter adoptiert?« fragte Hannelore höflich.

»Nein«, sagte Hedwig, die gerade mit einem Teller aufgeschnittenem Kuchen hereinkam. Die Kaffeekanne voll mit dampfendem, dickflüssigem Kaffee. »Brauchst du noch was, Ma?« Hedwig stützte die Hände in die Hüften.

»Nein«, sagte Frau Schnadelhuber. »Du kannst ruhig gehen, Hedwig.«

»Also, ruf mich, wenn du was brauchst«, sagte Hedwig.

»Ich bin noch nicht tot«, sagte Frau Schnadelhuber.

»Aber bald«, meinte Hedwig und ging aus dem Zimmer.

»Nur, wenn du mich im Schlaf umbringst!« rief Frau Schnadelhuber ihr nach.

»Nein, sie ist nicht adoptiert«, fuhr Frau Schnadelhuber fort. »Ihr Vater war amerikanischer Soldat. Wie sich herausstellte, zum Teil Afrikaner. Ein Afrikaner in Amerika mit weißer Haut. War gar nicht so leicht zu erklären! Dann hab ich meinen Mann Karl kennengelernt.«

»Aber Ihre Tochter ist eine Schwarze«, sagte Hannelore.

»Hannelore, sei nicht dumm«, sagte Clotilde. Ihre Haare waren an den Wurzeln noch feucht vom sonntagvormittäglichen Schwimmen, ihre Hände ruhten neben ihrem Teller auf dem Tisch, ihre Augen auf Frau Schnadelhubers kräftigen Händen. Sehr schöne Hände.

»Das ist ein wunderschöner Ring, Frau Schnadelhuber«, sagte Clotilde und lutschte an ihrer kaffeegefüllten Porzellantasse. Eine sehr kunstvolle Porzellantasse mit filigranem Rand. Ganz offensichtlich vom besten Geschirr. Der Ring. Granat.

»Aus dem Krieg«, sagte Frau Schnadelhuber. »Ein Geschenk von meiner alten Chefin. Sie war eine Topspionin im Widerstand. Die Gattin eines Generals. Sehr wohlhabend.«

Hannelore stopfte sich ein Stück Kuchen in den Mund, um das Wort »Lügnerin«, das ihr auf der Zunge lag, hinunterzuschlucken. Hannelore versuchte, Clotildes Blick auf sich zu lenken, aber Clotilde ignorierte sie.

Hannelore und Frau Schnadelhuber. Beide den Mund voll Kuchen. Frau Schnadelhuber spielte mit ihrem Ring, mit dem Henkel ihrer Tasse. Rutschte auf der Sitzfläche ihres Stuhls herum.

Am folgenden Montag trafen sich Frau Schnadelhuber und Clotilde in der Zentralbibliothek, um zusammen Kaffeetrinken zu gehen. Clotilde las eine Frankfurter Zeitung von vergangener Woche. Frau Schnadelhuber saß neben Clotilde, die Hände im Schoß gefaltet, die Stirn gerunzelt wie Kreppapier.

»Ich bin bereit«, sagte Frau Schnadelhuber.

»Zum Kaffeetrinken?« fragte Clotilde. »Gut. Können Sie mir in den Mantel helfen?«

»Nein, nicht zum Kaffeetrinken.«

»Nicht zum Kaffeetrinken?«

»Zum Küssen. Ich habe darüber nachgedacht, und es würde mir gefallen, wenn Sie mich küssen.« Clotilde ergriff Frau Schnadelhubers Hand, schüttelte sie herzlich und drückte ihr auf jede Wange einen Kuß.

»Neiiiin«, flüsterte Frau Schnadelhuber und begann zu schniefen.

»Also gut«, sagte Clotilde. »Aber nicht hier.«

Clotilde und Frau Schnadelhuber liebten sich das unbeholfene erste Mal in der geräumigen Behindertentoilette mit dem Geländer an der Wand. Frau Schnadelhubers Brille fiel in die Toilette, Clotildes Hörgerät fiel ihr aus dem Ohr. Frau Schnadelhubers Zöpfe lösten sich auf.

»Außer Übung«, entschuldigte sich Frau Schnadelhuber.

»Das ist wie mit dem Fahrradfahren«, sagte Clotilde. »Alles wird schwieriger, wenn man Arthritis hat. Aber Sex heilt alle Wunden.«

»Ich habe nie ein Fahrrad besessen«, hauchte Frau Schnadelhuber.

»Ich auch nicht. Setz die Zweistärkenbrille auf«, flüsterte Clotilde. »Du siehst hübsch damit aus.«

Frau Schnadelhuber kicherte.

Sie gaben sich einen langen, nassen Kuß. Frau Schnadelhubers Rock bauschte sich um ihre füllige Taille. Der Geruch von Toilettenreiniger, der Geruch von Frau Schnadelhuber, der Geruch von Bibliotheksbüchern und Zeitungen.

»Du arbeitest also im Delicatessen«, sagte Clotilde.

»Ja«, sagte Frau Schnadelhuber.

Frau Schnadelhuber versuchte, die Arme nach oben zu halten, damit ihre Brüste voller und runder wirkten. Diesen Trick hatte sie als Mädchen gelernt. Als Mädchen hatte sie wunderschöne Brüste gehabt.

»Du arbeitest also im Delicatessen ...«, hauchte Clotilde. »Du arbeitest im Delicatessen ... im Delicatessen.«

»Ja«, sagte Frau Schnadelhuber. Ihre Arme bewegten sich langsam nach unten, wegen der Wärme von Clotildes Atem, der wie edler Cognac durch ihre Adern pulste. Ihre Arme bewegten sich nach unten, weil sie müde waren, weil es in diesem Augenblick völlig egal war, wie ihre erschlafften alten Brüste aussahen, wegen der hinreißenden Art, wie Clotilde »Delicatessen« aussprach. Frau Schnadelhuber hatte seit fünfundzwanzig Jahren keinen Sex mehr gehabt, seit sie herausgefunden hatte, daß ihr Mann geschlechtskrank war, sein Penis verfault, durch und durch verfault. Er schlief in seinem Zimmer, sie schlief unruhig in ihrem, und dann verließ er sie wegen einer anderen Frau. Schwein.

»Ich arbeite in einem Delicatessen«, flüsterte Frau Schnadelhuber.

Clotildes Körper war eindeutig nicht mehr jung, keine Einlagen, nichts Unechtes bis auf vielleicht etwas Plastik und ein paar Schrauben in der Hüfte. Clotilde füllte ihren eigenen Körper so völlig aus, daß die Blicke anderer ihn nicht in Abschnitte unterteilen konnten. Als Clotilde sie küßte, fühlte Frau Schnadelhuber, wie die Jugendlichkeit aus ihrem Kopf auf die leeren, vertrockneten Teile ihres Körpers überging. Frau Schnadelhuber, die Hände in ihren langen Zöpfen verheddert, fühlte sich geiler und glücklicher als ein ganzer Karnickelbau.

»Magst du Bücher? Zeitungen?« fragte Clotilde. Clotilde, deren Brüste eindeutig nicht unecht waren. Frau Schnadelhubers Zöpfe über Clotildes Schultern.

»Ich liebe sie«, sagte Frau Schnadelhuber. »Einmal habe ich für ein einziges Buch Essen für zwei Tage eingetauscht.«

»Das ist gut«, sagte Clotilde. »Gut, daß wir uns in der Bibliothek getroffen haben.«

Banff, Kanada, 1986

Heute war die Thermalquelle von Banff neununddreißig Grad heiß und so voller Mineralien, daß Hannelore, Clotilde und Frau Schnadelhuber auf dem dampfenden blauen Wasser regelrecht schwebten. Sie setzten sich auf den Absatz und ließen die erhitzten Schultern abkühlen. Die Berge und gigantischen Kiefern, das köchelnde Wasser, die Touristen, die um sie herum garten wie Kröten im Rauchtopf.

Das Wasser war sehr ruhig, aber es bestand immer die Gefahr, zu verkochen. Ein schöner Tod, wenn sie zu Tode kochten hier in den Bergen umgeben von Vögeln und der Wildnis. Von Bären. In Kanada gab es viele Bären.

Sehr poetisch, wie ihre Körper mit dem Gesicht nach unten auf dem Wasser trieben, die Augen weit aufgerissen wie hartgekochte Eier. Graue und weiße Haarsträhnen, die wie Fühler auf dem Wasser schwammen, lange weiße Haare wie die der Furien, bei allen dreien. Frau Schnadelhuber, Clotilde, Hannelore.

»Nein«, sagte Hannelore. Sie faßte sich gereizt an die Lippe.

»Doch«, sagte Clotilde.

»Doch«, sagte Frau Schnadelhuber.

»Das tust du immer, Clotilde«, murrte Hannelore. »Ich dachte, du hättest endlich damit aufgehört.«

»Und?« fragte Clotilde.

»Müßt ihr vor meinen Augen *Händchen* halten? In aller Öffentlichkeit?« fragte Hannelore.

Die weißen und stahlfarbenen Haarsträhnen der Furien waren stärker als Blutdrucktabletten.

Hannelore war überzeugt, daß gewisse Leute in diesem Wasser Verkehr hatten. Die menschliche Perversion kannte keine Grenzen, Menschen konnten nicht anders, als ihre Umwelt zu verschmutzen. Im Auditorium fiel der Lichtkegel ihrer Taschenlampe auf Leute, die sich krümmten wie Würmer, die in der frisch aufgegrabenen Erde von einem Spaten durchtrennt werden. Und jedes Mal war Hannelore überrascht, jedes Mal angeekelt und vielleicht auch ein klein wenig neugierig, aber mit dieser Neugier wollte sie nichts zu tun haben.

Doch dieses Thermalbecken *wirkte* sauber. Frau Schnadelhuber saß da, den Kopf im Nacken, den Mund geöffnet, die Augen über dem Wasser geschlossen. Clotilde hockte auf dem Absatz, bis zum Hals im Wasser, ihr Kopf durch die schimmernde Wasserfläche vom übrigen Körper getrennt, ihre Augen rund und glänzend.

Hannelore beobachtete die Hände der beiden. Vereint im Blau des Wassers.

»Was ist passiert?«

»Das Faß leckt«, sagte Annie.

»Wieviel Wasser ist reingekommen?«

»Ungefähr ein Eimer voll.«

»Das tut dir schon nichts. In ein paar Minuten bist du über die Fälle rüber und wirst geborgen. Das Wasser wird dich wenigstens daran hindern, einzuschlafen. Und jetzt geht's los. Auf Wiedersehen.«

»Auf Wiedersehen«, erwiderte Annie tonlos.

Pierre Berton, *Niagara: A History of the Falls*

Im Royal Auditorium, 1996

Sie langweilt sich«, sagte Bonnie.

»Woher weißt du das?«

»Sie gähnt doch förmlich auf der Bühne.«

In letzter Zeit hüpfte Sharon-Lee Silver nur noch halbherzig über die Bühne, zum großen Kummer der Platzanweiserinnen.

Sharon-Lee Silver langweilte sich, und die Platzanweiserinnen/Barkellnerinnen versuchten, für sie Stimmung zu machen, versuchten, ihre Begeisterung und ihre Energie auf die Bühne zu beamen, aber es nützte nichts. Bei der Nummer »Au Revoir« tat Sharon-Lee nur noch so, als würde sie einen Hitsong vortragen, nuschelte und sang »Tralala«, statt zu versuchen, sich an den Text zu erinnern. Sie wedelte ihren Federhut durch die Luft, als wäre er eine lasche Pizza, und küßte am Ende ihren betuchten Hotelbesitzer, als wäre er ein angegammeltes Stück Rindfleisch.

Andererseits kannten natürlich alle, die am Royal arbeiteten, die Show in- und auswendig, alle Songs, alle Höhepunkte.

»Ich könnte das besser als sie«, sagte Marjory.

»Das vielleicht schon«, meinte Miriam. »Aber wer würde Geld hinlegen, um dich zu sehen?«

Die Platzanweiserinnern lachten.

»Die arme Sharon-Lee«, sagte eine.

»Es ist wirklich schwer, ein Star zu sein, dem die Welt zu Füßen liegt. *Ich* hab bloß Hühneraugen.«

»Ich glaube immer noch, daß Sharon-Lee genial ist«, sagte Hannelore majestätisch. »Und ich wünschte, ihr würdet aufhören, euch über sie lustig zu machen.« Sie ging zur Damentoilette, um aus der Tiefkühltruhe mehr Eis zu holen.

»Sieg Heil!« flüsterte Marjory Hannelore hinterher, und Ida warf Marjory einen schrecklichen Blick zu.

Edmonton, Kanada, Juni 1996

»So geht die Geschichte aber gar nicht!« sagte Cleopatra Maria mit Nachdruck, leckte sich Sauce von den Lippen und nahm noch einen Bissen von ihrem Burrito. Sie kaute und redete und redete, den Mund voll aufgebratener Bohnen.

»Das Musical erzählt einen Scheiß! Annie Taylor war weit über sechzig, als sie die Niagarafälle runter ist«, sagte Cleopatra Maria und schwenkte einen Arm über dem Kopf, als wäre er ein Faß, das einen Wasserfall runtersaust.

Cleopatra Maria kleckerte Sauce auf ihre Bluse. Sie versuchte, die Sauce mit einer Papierserviette abzuwischen, und verteilte sie dabei auf ihrem Schoß. Waldmann, der dritte Familiendackel, leckte ihr die Sauce vom Oberschenkel.

»Wenn ich so essen würde, würdet ihr mich wegsperren«, sagte Clotilde.

»Sie ist mit über achtzig gestorben, arm und vergessen. Das weiß ich hundertpro«, sagte Cleopatra Maria.

»Wie schön, daß du dir das alles merken kannst, mein Schatz«, sagte Rosario. »Jetzt geh und zieh dir eine andere Bluse an.«

»Ich glaube, du hast das falsche Buch gelesen«, meinte Hannelore sanft. Man durfte nie vergessen, wie temperamentvoll Cleopatra Maria war. »Im Musical heißt es, daß Anna Edson Taylor einen Millionär heiratete, einen Hotelbesitzer«, fuhr Hannelore fort. »Als sie starb, war sie reich und berühmt. Sie war keine sechzig, als sie in dem Faß die Niagarafälle runtergefahren ist. Sie war zwanzig. Höchstens neunundzwanzig.«

»Natürlich war sie sechzig!« rief Cleopatra Maria. Sie fühlte, wie ihr Kopf vor Tränen anschwoll. Immer mußte sie heulen, wenn Leute ihr nicht zuhörten. »Du glaubst, ich kann nicht lesen, Oma? Du glaubst, nur weil ich ein Mädchen bin, weiß ich nicht, was ich lese? Ma! Sag ihr, sie soll mich gefälligst ernstnehmen.«

»Mutti«, tadelte Rosario.

»Cleopatra Maria hat ein fotografisches Gedächtnis«, sagte Dieter. »Ich habe sie auf die Probe gestellt. Sie erinnert sich an Einzelheiten aus einem Buch genau so, wie sie da stehen, Mutti.«

»Das Musical würde nie lügen!« widersprach Hannelore.

»Annie Edson Taylor ist an Altersschwäche gestorben!« sagte Cleopatra Maria. »Wahrscheinlich Lungenentzündung oder so was Viktorianisches. Das hab ich in einem Buch gelesen! Ich hab das Buch auch noch.«

Cleopatra Maria legte ihre Gabel beiseite und blinzelte. Wenn sie schnell genug und oft genug schluckte, konnte sie die Tränen zurückdrängen. Am liebsten hätte sie sich eine Tüte über den Kopf gezogen. Sie war eine kostbare Blume, ihre Mutter erzählte ihr jeden Morgen, bevor sie zur Schule ging, daß sie eine kostbare Blume war, aber an diesem Abend behandelte niemand sie wie eine kostbare Blume.

»Wo ist das Buch?« fragte Hannelore. »Dieter, hast du das gewußt?«

Dieters Mund war voll, er stopfte mehr Essen hinein und stopfte immer weiter. Je mehr er sich in den Mund stopfte, desto weniger brauchte er zu sagen. Es war seine Idee gewesen, seine Mutter an einem Schultag zum Abendessen einzuladen. Rosario würde ihn dafür büßen lassen.

»Cleopatra Maria«, sagte Rosario. »Hol doch das Buch und zeig es deiner Oma.«

»Was bin ich denn, eine Dienstbotin?« fuhr Cleopatra Maria auf, und die Tränen zogen sich in ihren Kopf zurück. »Oma glaubt mir sowieso nicht, warum sollte ich mir da die Mühe machen? Soll sie sich's doch selbst holen.«

Aber dann schlüpfte Cleopatra Maria doch vom Tisch. Sah ein bißchen fern, bevor sie wiederkam.

»Und sie war häßlich«, sagte Cleopatra Maria. »Siehst du?« Cleopatra Maria wedelte mit dem Buch vor Hannelores Nase herum. »Schau dir das Bild an. Ein Kartoffelgesicht.«

»Das verstehe ich nicht«, sagte Hannelore. »Das Musical kann doch wohl nicht lügen. Wo ist meine Lesebrille?«

»Alle Musicals lügen«, warf Dieter ein. »Glaubst du, daß die Trapp-Familie auf der Flucht vor den Nazis wirklich die ganze Zeit gesungen hat? Wie soll man im wirklichen Leben wie der Teufel laufen und dabei wie ein Engel singen?«

»Vielleicht hatten sie kräftige Lungen«, meinte Clotilde.

»Also, das Essen war köstlich«, sagte Rosario.

»Wirklich köstlich«, stimmte Clotilde zu.

»War das Essen nicht köstlich?« fragte Rosario Cleopatra Maria.

»Ich kriege davon Pickel.«

»Also, wer ist heute abend Fräulein Mißgestimmt?« sagte Rosario. »Geh und hilf deinem Vater und deiner Tante mit dem Geschirr. Dann kannst du am Computer das neue Spiel spielen, das Frau Schnadelhuber dir geschenkt hat.«

»Was bin ich denn, eine Dienstbotin?« fragte Cleopatra Maria.

»Diese Frau Schnadelhuber«, sagte Hannelore. »Die ist nicht ganz richtig im Kopf. Sie sagt, sie hätte den Computer geklaut, könnt ihr euch das vorstellen? Warum liest du mir das Kapitel nicht laut vor, Cleopatra Maria?« meinte Hannelore. »Und erzählst mir noch ein bißchen von Annie Edson Taylor.«

Nachdem Cleopatra Maria ins Bett gegangen war, ließ Hannelore sich von Clotilde das Kapitel über Anna Taylor noch einmal vorlesen und übersetzen. Clotilde war die Leseratte. Rannte so oft wie möglich in die Bibliothek.

Im Royal Auditorium, Juni 1996

Hannelore liebte *Niagara! The Musical,* liebte es so sehr, daß die weißen Flaumhaare hinten am Nacken sich aufrichteten von dem Trockeneis, daß die Haut auf ihren Unterarmen im Chor mitsang. Jetzt, wo sie die Wahrheit kannte, liebte sie es noch mehr. Hannelore verehrte die Niagara-Draufgängerin Anna Edson Taylor, die 1901 mit ihren dreiundsechzig Jahren die gigantischen Wasserfälle hinuntergeschippert war in einem Faß, das sie mehr oder weniger eigenhändig zusammengebaut hatte, um Königin der Nebel zu werden. Natürlich, im Musical war sie höchstens fünfundzwanzig und heiratete am Ende einen wohlhabenden Hotelbesitzer aus Niagara Falls, aber jetzt kannte Hannelore die Wahrheit.

Dreiundsechzig. Arme, verzweifelte Anna Taylor. Hannelore hatte in ihrem ganzen Leben noch nie auf einer Klippe gestanden, hatte sich noch nie gewünscht, ihre Hausfrauen-, Witwen- und Mutteruniform möge sich von der Tapete abheben. Sie war die glatte, praktische Tapete gewesen, das Teppichmuster, an das sich niemand erinnern konnte. Angeblich hatte sich Hitler bei seinen Wutanfällen am Boden gewälzt und in den Teppich gebissen.

Die unterirdischen Gewölbe. Nur weil sie alt war, bedeutete das noch lange nicht, daß sie keine Gefühle hatte. Sie war nicht wie Dot seit vierzig Jahren mit demselben alten Holzklotz verheiratet. Sie brauchte nicht wie Bonnie nach über fünfzig Ehejahren eine Scheidung zu verwinden.

Vom Kriegsanfang abgesehen, hatte sie in jeder Hinsicht das Leben einer unverheirateten Frau geführt. War das der Grund, warum sie nie wieder geheiratet hatte? Sie hatte immer gedacht, der Grund wären die fehlenden Männer. Es hatte keine Männer mehr gegeben. Anna Taylor hatte auch nur einmal geheiratet. Anna Taylor war auch Anna Edson. Alt und dick und arm und ungeliebt. Hannelore war alt und fast arm und nur zeitweilig geliebt. Außerdem dick. Sohnesliebe am Wochenende. Dieter, der den Rasen mähte und Schindeln aufs Dach nagelte.

Dann, bei der Show mit der Zweitbesetzung, wurde Hannelore von ihrer Liebe für Anna Edson Taylor überwältigt.

Hannelore und Dot auf ihren Sitzplätzen – den besten im ganzen Haus – wußten, daß etwas nicht stimmte, als die Lichter fünfunddreißig Minuten später als sonst erloschen. In der Eröffnungsszene rollte Annie ihr Faß auf die Bühne. Plötzlich wurden Hannelore und Dot von dem Wunsch ergriffen, jemand würde sie aus dem Alptraum, der ihnen eindeutig bevorstand, aufwecken. Sharon-Lee Silver vergaß ihren Text nicht und gähnte auch nicht hinter vorgehaltener Hand: Sharon-Lee Silver war nicht mehr Sharon-Lee Silver, ihre Perücke war verkehrt, ihre Hüften waren falsch, und ihr Busen – ihr Busen war unförmig und riesig wie ein Pudding und schwabbelte so sehr, daß er zu ihrem Kinn hinaufhüpfte und ihr ganzes Gesicht zu einem Pudding verkehrte. Egal, wieviel Schminke der Sängerin ins Gesicht geklatscht worden war, sie konnte ihr wahres Alter nicht verbergen. Alt. Hannelore und Dot wußten, die Frau, die dort auf der Bühne Annie Taylor spielte, war nicht Sharon-Lee Silver. Hannelore zitterte, als die Frau den Mund öffnete und zu singen begann, ein unvergleichlicher Gesang, wie sie ihn nie zuvor gehört hatte.

»Betrunken«, erzählte Ida ihnen in der Pause. Der Inspizient hatte Sharon-Lee Silver in ihrer Garderobe angetroffen, sternhagelvoll; sie hatte das ganze Wochenende in irgendwelchen Cowboybars verbracht. Genauso wie ihre Zweitbesetzung, die mit ihr durch die Bars gezogen war. Sie kamen zu spät von einer Rodeoparty zurück, die sich bis zum Morgen hingezogen hatte, und kippten in der Garderobe des Auditoriums aus den Latschen. »Hamish sagt, jetzt steht die Garderobiere auf der Bühne, und die Produzenten sind außer sich. Sie ist mindestens sechzig, aber sie arbeitet von Anfang an bei der Show mit und kennt die Rolle deswegen in- und auswendig.«

»Ihre Stimme ist nicht so übel«, sagte Dot. »Aber 'ne Sharon-Lee Silver ist sie nicht.«

»Ach ja«, seufzte Ida. »Mädels müssen ab und zu über die Stränge schlagen. Und junge Mädels machen nun mal Dummheiten.«

»Es sind nicht bloß junge Mädchen, die sich vollaufen lassen«, sagte Dot. Sie schöpfte emsig Eiswürfel in Gläser; das durchdringende Geräusch, wenn das Glas durch die in der Spüle aufgehäuften Eiswürfel schnitt. »Das können auch alte Männer, wie meiner«, sagte sie. »Der ist ein gutes Beispiel.«

»Du solltest ihn verlassen«, sagte Ida.

»Und wohin gehen?« fragte Dot. »Seine Rente zahlt uns die Butter auf dem Brot und das Dach überm Kopf. Ich werde schon damit fertig«, sagte Dot. Sie wienerte heftig die blitzblanke Metallfläche. »Außerdem«, ergänzte sie, »kann ich immer noch 'ne zweite Beruhigungspille schlucken.«

Ida und Hannelore polierten zweifelnd Weingläser.

Die Garderobiere war nicht Sharon-Lee Silver, aber in Hannelores Ohren hatte sie eine Stimme wie Sachertorte: dunkel, üppig und so schokoladig, daß es weh tat. Eine Stimme, die Hannelore durchs Haar fuhr und ihr die Kopfhaut massierte, mit ihrem Warmwasser-Klang durch Hannelores Gehirn rieselte.

Zuschauer rannten durch die Gänge. Wedelten mit den Armen im Foyer herum, zeterten in ihren teuren Anzügen, die teuren abgerissenen Karten in der Hand.

»Meine Frau und ich haben für Sharon-Lee Silver bezahlt«, sagte einer im grauen Anzug.

Er fuchtelte mit seiner Karte vor Hannelores Nase herum, hätte ihr die Karte beinahe in die Nasenlöcher gestopft. »Ich habe keine achtzig Dollar bezahlt, um eine Zweitbesetzung zu hören, die nicht mal so *aussieht,* wie sie sollte«, brüllte er.

»Wenn man es mir wenigstens *gesagt* hätte«, sagte eine Frau im roten Pelzmantel, die ebenfalls eine teure Karte besaß. »Aber wir wurden ja nicht einmal informiert!«

Zuschauer fuhrwerkten mit Programmen und Fingern vor den Platzanweiserinnen herum, die wie Hennen im Hühnerhof umherrannten. In der Pause stürmten Zuschauer das Büro des Managements und verlangten Sharon-Lee Silver oder ihr Geld zurück.

Nein, die Garderobiere war nicht Sharon-Lee Silver, hatte keine schmalen Füßchen und keine flötende Stimme. Die Garderobiere war zu schwer, ihre Stimme regte sich zu tief unter den blinkenden Lichtern, unter dem Trockeneis-Nebel, der gemalten Kulisse. Sharon-Lee Silvers Stimme war so lockig und hübsch wie ihre Perücke, und sie sang von einem »und wenn sie nicht gestorben sind«-Leben. Die Stimme der Garderobiere erzählte von Einsamkeit, von Armut und Tod. Diese Annie Edson Taylor war zu echt. Niemand wollte achtzig Dollar zahlen, um eine alte, verbitterte Frau zu sehen, die der Welt berichtete, wie es wirklich war, daß sie keinen Platz hatte, weil niemand ihr Platz gab. Die Frau auf der Bühne hätte jede von ihnen sein können: Bonnie, Ida, Dot, sogar Hannelore. Sogar Hannelore.

Am Ende der Vorstellung waren Hannelores Augen vor Aufregung und Enttäuschung rot und verquollen. Dot faßte sie in der Dunkelheit am Arm und fragte: »Alles in Ordnung?«

Aber Hannelore verschmolz mit der Tapete, versank im Teppich, bis alle Zuschauer und alle anderen Platzanweiserinnen gegangen waren. Sie befingerte ihre Schuhe, die Nylonstrümpfe, stand allein in ihrem Mantel am Eingang zu den Katakomben unter der Bühne. Der beigefarbene Mantel mit dem geflickten Loch in der rechten Tasche. Sie wickelte sich den Schal um den Kopf, dann einmal um den Hals, und spähte in die Dunkelheit. Ein grauer Schal. Grau und beige. Ihr weißes Haar und ihr Mantel, der Mantel mit dem geflickten Loch in der rechten Tasche. Hannelore hatte das Loch mit beigefarbenem Garn geflickt, passend zum Mantel; sie hatte großes Glück gehabt, das Garn zu finden, sonst hätte sie den Mantel weggeben müssen. Ihr beigefarbener Mantel, das silberne Haar in der Dunkelheit. Sie berührte den Schal auf ihrem Kopf, das Loch in ihrer Tasche, bohrte ihre Augen in Annies Bühnenfaß, wie eine Katze, die sich die Krallen wetzt.

»Wenn Sie die Niagarafälle runterfahren wollen, brauchen Sie schon was anderes als das«, sagte Hamish. Die Baseballmütze. Der Kilt.

»Wie bitte?« fragte Hannelore.

Elektrischer Schweiß auf Hannelores Stirn, unter den Achseln, unter und zwischen ihren Brüsten. Scheuklappen vor den Augen. Sie sah nur den Beleuchter. Die Katakomben. Hamish.

»Ich hab gesagt, wenn Sie die Niagarafälle runterfahren wollen, brauchen Sie schon was anderes als das Holzfäßchen da.«

»Aber manche haben's getan und überlebt.«

»Pures Glück. Also, *ich* hab ein Faß, das würd' über die Fälle hüpfen und dann ins Weltall abheben. Wollen Sie's mal sehen?«

»Das glaube ich Ihnen nicht – Hamish.«

Sie hätte gerne ihre Zunge um seinen Nachnamen gelegt, aber sein Vorname fiel zwischen ihnen zu Boden wie ein Karnickel ohne Ohren.

Sie streckte die Hand aus. Sie hatte zwar Angst, ihn zu berühren, aber das tat man eben, wenn man höflich sein wollte. Händeschütteln, die angemessene Reaktion in dieser Situation.

»Sind Sie eine Kraut?«

Hannelore stopfte die Hand in ihre Manteltasche zurück.

»Ich bin keine Kraut. Ich bin kein Unkraut, Sie alter Schmutzfink.«

»Ich hab 'ne Schwester in Deutschland. In München.«

»In Süddeutschland. Wie langweilig. Hier scheint jeder Deutsche aus Bayern zu kommen.«

»Sie kommen aus Süddeutschland?«

»Ganz bestimmt nicht.«

»Wollen Sie's sehen?« fragte Hamish.

»Ganz bestimmt nicht«, sagte Hannelore. Sie versuchte, ihn wie eine Fliege zu verscheuchen. Je mehr er redete, desto mehr verlor der Abend von seiner traurigen Schönheit.

Hamish zog die Plane beiseite. Nervös beäugte Hannelore seine stämmigen, haarigen Waden.

»Sehr nett«, sagte Hannelore höflich.

»Nett. Das Wort ist ziemlich nichtssagend«, meinte Hamish. »Sie dürfen sich ruhig was Besseres einfallen lassen.«

»Ein wunderschöner Ball«, sagte Hannelore.

Zeit zu gehen, dachte sie.

»Genau. Ein Ball«, sagte Hamish. »Der Niagaraball. Gebaut nach dem Plunge-o-Sphere, in dem William Fitzgerald alias Nathan T. Boya 1961 die Fälle runtersauste. Boden beschwert, 'ne Schicht Pingpongbälle unter der äußeren Gummihaut, für den Auftrieb. 'ne Klapptür. Gleitet auf und zu, sehen Sie? Wie 'n Siegel, dann kommt kein Wasser nicht rein. Gummi, nicht Hartplastik, weil Gummi nachgibt und nicht brechen kann. Der Türriegel ist in die Oberfläche versenkt, damit man nicht eingesperrt werden kann, und außerdem wird der Riegel bei einem Aufprall nicht abgeschlagen. Die Tür läßt sich von innen *und* außen öffnen. Es war ein Deutscher, der mir geholfen hat, das zu bauen. Ein Tüftler. Alle Deutschen sind Tüftler.«

Hamish ging um den Niagaraball herum. Der Ball war größer als er, breiter als er. Er fuhr mit den Händen über die glatte, leuchtend orangefarbene Oberfläche, als wollte er den Ball aufessen. Kein runder Ball, sondern eher ein Ei, die Oberfläche ein grelles Gummi-Orange. Die Tür war einen Kopf niedriger als Hannelore, an der Seite das ausgeklügelte Verriegelungssystem. Das Ei glühte in der Dunkelheit der Katakomben. Hannelore konnte den neuen Gummi-Plastikgeruch des Eis riechen. Ein nagelneues, eiförmiges Auto.

»Aber wozu haben Sie das gebaut?« fragte Hannelore. »Was wollen Sie damit?«

»Irgendwann kommt der große Tag. Dann werf ich diese Kapsel in die Niagarafälle, krieg 'ne Million Dollar und komm ins Guinness-Buch der Rekorde.«

»Wann?«

»Was?« fragte Hamish.

»Wann wollen Sie fahren?«

»*Ich* soll fahren? Der Ball fährt! Ich steck 'ne Katze rein oder so. Vielleicht 'nen Hund, wofür halten Sie mich denn? Für verrückt? Wollen Sie's mal von innen sehen? Schaun Sie mal rein.«

»Dazu gehört ja nichts, eine Katze die Fälle runterzuwerfen«, sagte Hannelore.

»Also, *ich* könnt nie fahren, mein Magen würd Purzelbäume schlagen.«

Hannelore zog den Kopf ein und trat vorsichtig durch die schmale Klapptür in die klaustrophobische Dunkelheit des Niagaraballs. Der Geruch der weichen Polsterung an den Innenwänden. Klein und dunkel, wie in einer großen Truhe. Hamish schob sich hinter ihr hinein, sein dicker Bauch drückte sich in ihre Seite, sie stieß mit dem Kopf gegen eine Wand, so daß ihre Fliege verrutschte. Dunkel, dunkel und klein, nur ein bißchen gefiltertes Licht durch das winzige Fenster über ihrem Kopf, an der Spitze des Eis.

»Schick, was?« sagte er. »Die Polsterfarbe hab ich selbst ausgesucht.«

»Es reicht«, sagte sie, von seinem Bauch, seinem Atem gegen die Innenwand gedrückt. »Ich kann nichts sehen. Ich will raus.«

»Aber Sie haben noch gar nicht die Konsole gesehen. Schauen Sie, ich hab Lichter eingebaut, und zusätzliche Luftblasen!«

Hamish drückte hinter ihrem Kopf auf einen Knopf, und ein kleines Licht flammte auf.

»Ich hab's extra superleicht gemacht, besonders leichtes Gummi, der Ball ist echt federleicht! Über die Absperrung, und ab geht die Post, lang bevor die Bullen ihren Hamburger verputzt haben!« sagte Hamish. Seine Stimme klang aufgeregt wie die eines Jungen, sein Atem roch nach altem Kohl und Zigarettenstummeln. Hannelore konnte das stechende Aroma seiner Achseln riechen, als er die Arme ausstreckte, um Knöpfe zu drücken, an irgendwelchen Schnüren zu ziehen.

»Eigens angefertigte verstellbare Gurte, damit man innen nicht rumfliegt«, sagte er. »Wie in ’nem Umzugswagen, verstehen Sie? Sicherheitsgurte. Ein Fenster, damit man sehen kann, wo man hinfährt, aus ’nem besonderen Plexiglas. Ich und mein Freund, wir wollten eigentlich selbst fahren, aber dann haben wir doch beschlossen, ’ne Katze reinzusetzen.«

»Die arme Katze«, sagte Hannelore. »Tierquälerei.«

»Von wegen. Was Besseres kriegt die Katze in ihrem ganzen Leben nicht geboten. Auf jeden Fall interessanter, als Katzengras fressen.«

Hannelore berührte einen Gurt, der von einer Seite herabhing, und stieß mit ihrem Ellbogen zufällig gegen seinen Bauch.

»Ich glaub, ich könnt sogar einen CD-Spieler einbauen«, sagte er. »Was meinen Sie? Hannah?«

Hannelore unterdrückte ihren Ekel vor seinem Geruch. Ida mußte ihm ihren Namen gesagt haben. »Sehr schön«, sagte sie.

Plötzlich hielt er sehr still.

»Wissen Sie, ich war immer in Greta Garbo verliebt«, sagte er. »Sie sehen ihr ähnlich.« Er neigte den Kopf zu ihr. Sein Atem auf ihrem Gesicht, keine Fluchtmöglichkeit.

»Ach wirklich? Sie war Schwedin. Es war nett, Sie kennenzulernen, Mr. Hamish«, sagte Hannelore und dachte daran, ihm die Hand zu geben, aber dann dachte sie, vergiß es.

»Sie müssen wohl als erster aussteigen, Mr. Hamish, Ihr Bauch ist im Weg.«

»Kennen Sie die Niagarafälle? Haben Sie mal ins Wasser geschaut? So richtig reingeschaut?« fragte Hamish. Seine Stimme war hoch, als würde er gleich in Tränen ausbrechen.

Hannelores Magen machte einen Satz. Sie konnte weinende Männer nicht leiden. Männer hatten nicht zu weinen. Weinende Männer erinnerten sie an den Krieg.

»Wahrscheinlich nicht«, sagte er. Er wischte sich die Nase mit dem Handrücken ab.

Er zwängte sich zur Tür hinaus.

»Niagarafälle?« flüsterte Hannelore im Dunkeln mit Hamish, dem Beleuchter, in den Katakomben unter der Bühne des Royal Auditorium, des größten Theaters westlich von Manitoba. »Natürlich habe ich mir das Wasser angesehen«, sagte sie. »Ich weiß alles über das Wasser.«

Hannelores Augenbraue zuckte. Plötzlich erschien Anna Edson Taylors nervöser Schweiß auf ihrer Oberlippe.

»Ich liebe das Wasser«, sagte Hamish noch leiser. Er streckte ihr die Hand entgegen, um ihr aus der Kapsel herauszuhelfen.

Hannelores Hand bewegte sich auf Hamishs Hand zu, schnell und zielsicher wie ein Frosch beim Paddeln.

Und als sie sich vorbeugte, um sich durch die Klapptür zu zwängen, küßte er sie, in der Tür des Niagaraballs. Sie küßte ihn auch.

Bis zum heutigen Tag weiß niemand genau, was William Fitzgerald dazu bewog, seine gesamten Ersparnisse in ein »Plunge-o-Sphere« zu stecken, mit dem er die Fälle bezwingen konnte ... Die Bemerkung, die er machte, als man ihn im Juli 1961 aus seinem seltsamen Fahrzeug herausholte, ist zumindest ein Hinweis auf seine Beweggründe. »Ich habe die Fälle integriert«, erklärte er. Das war das einzige Mal, daß er Bezug auf seine Hautfarbe nahm.

Pierre Berton, *Niagara: A History of the Falls*

Am nächsten Abend wirkte Sharon-Lee Silver ungefähr so munter wie ein Lachsfilet, aber sie machte ihren Job. Das Publikum bekam für seine achtzig Dollar etwas zu sehen, und die Produzenten in ihren teuren Anzügen konnten höchstens das Gesicht verziehen, als Sharon-Lee Silver sich mitten in »Meine Hände und Füße sind ee-le-ek-trisch« an die Stirn faßte, obgleich die Choreographie dies nicht vorsah. Aber das Publikum bekam das, wofür es bezahlt hatte, also war alles andere nicht so wichtig. Nicht Sharon-Lee Silvers Kater samt Kopfschmerzen und Übelkeit und auch nicht die soeben entlassene zweite Besetzung, die heulend in der Garderobe saß. Die Techniker rannten kopflos herum, wie Grashüpfer, denen man die Beine ausgerupft hat, und jeder betete um seinen Job. Selbst das Management spürte die allgemeine Anspannung und berief eine Sitzung ein, bei der das teuerste griechische Restaurant der Stadt für das leibliche Wohl sorgte. Zur Diskussion stand die Frage, wie man in Zukunft für einen reibungsloseren Ablauf im Auditorium sorgen könnte. Ein leitender Angestellter schlug vor, alle alten Frauen zu feuern und hübschere Platzanweiserinnen einzustellen. Dann verzehrte er sein Spanakopita.

»Ich finde Sharon-Lee Silver eigentlich gar

nicht so klasse«, sagte Dot. »Sie wird reichlich überschätzt. Gehn wir ins Foyer.«

»Ja«, stimmte Hannelore zu.

Sie rümpfte die Nase: Sharon-Lee Silver mit ihren spitzen Zehen und ihrem Diva-Auftritt gefiel ihr genausowenig wie der grünliche Geruch, der von Dots bestrumpften Füßen aufstieg, wenn sie wieder in ihre Sandalen schlüpfte und ihr Häkelzeug zusammenpackte.

Hannelores und Clotildes Haus, Juli 1996

Als Hannelore klar wurde, wie lange sie nicht mehr mit einem Mann zusammen gewesen war, bekam sie richtig Angst. Vielleicht hatte sie vergessen, wie Männer funktionierten, wie ihr eigener Körper funktionierte. Nicht, daß sie sich mit dem Beleuchter jemals in eine solche Lage bringen würde, nein, das war vollkommen ausgeschlossen.

Manchmal zwang ihr Gehirn sie, sich vorzustellen, was Clotilde und Frau Schnadelhuber machten, wenn Hannelore nicht zu Hause war. Auf einmal tauchten all diese Bilder vor ihrem inneren Auge auf: zuerst Clotildes leeres Bett, dann Clotilde in dem Bett, dann Frau Schnadelhuber neben Clotilde im Bett, dann beide zusammen. Schon beim leisesten Gedanken daran, was sie machten, wenn Hannelore sie nicht daran hindern konnte, rutschte Hannelore ein ganzer Stapel Programme aus der Hand, oder ein ganzer Eimer Eiswürfel landete auf dem Foyerteppich. Sie versuchte krampfhaft, an Cleopatra Maria zu denken, die jeden zweiten Tag und jedes Wochenende zu Besuch kam, auf der Suche nach Unterhaltung und jemandem, der ihr sagte, wo es langging. Hannelore versuchte, sich aufs Großmuttersein zu konzentrieren.

»Alle hassen mich«, jammerte Cleopatra Maria in ihrem Stuhl. Sie hatte sich ein Handtuch über den Kopf gelegt, ohne ersichtlichen Grund.

»Nimm dir doch noch etwas von der Wurst«, sagte Hannelore. »Dann geht's dir gleich besser.«

»Auf keinen Fall«, antwortete ihre Enkelin. »Cholesterin. Man kann gar nicht früh genug darauf achtgeben, vor allem, wenn man die Pille nimmt.«

Die Pille? dachte Hannelore. Davon will ich doch überhaupt nichts wissen.

»Du weißt schon, die Antibabypille«, erklärte Cleopatra Maria unter ihrem Handtuch hervor. »Damit ich von dem vielen Sex nicht schwanger werde. Ich habe ein ungeheuer aktives Liebesleben. Dabei fällt mir ein ...«

Cleopatra Maria kramte eine kleine Plastikscheibe aus ihrer Handtasche, drehte an dem Rädchen, und schon fluppte eine Antibabypille in ihre Hand. Cleopatra Maria steckte die Pille in den Mund.

»So«, sagte sie. »Jetzt kann ich meinen ganzen Liebhabern sagen, sie brauchen sich keine Sorgen zu machen. Alles unter Kontrolle. *Meinetwegen* brauchst du dir überhaupt keine Sorgen zu machen, Oma.«

In Wirklichkeit hatte Cleopatra Maria kein aktives Liebesleben. Sie hatte überhaupt kein Liebesleben. Eine Weile hatte sie wenigstens eine Art Liebesleben gehabt. Sie und Niven, ein Labortechniker an der Uni, hatten jede

Form von Sex ausprobiert, bei der man nicht die Hose ausziehen mußte. Vor allem im Hinterzimmer der medizinischen Fakultät hatten sie ausgiebig rumgeknutscht, dort, wo die menschlichen Leichen aufbewahrt wurden; der Formaldehydgeruch war sozusagen Cleopatra Marias spezielles Aphrodisiakum. Aber inzwischen gehörte Niven längst der Vergangenheit an. Cleopatra Maria dachte an Niven in seinem blöden Labormantel. Niven mit seinem vorzeitigen Samenerguß. Niven, der losging wie eine Rakete, wenn sie bloß kurz gegen seinen Ellbogen stieß oder aus Versehen zu nah an seinem Ohr etwas sagte.

Beispielsweise sagte sie: »Ich brauch noch eine Petrischale« und berührte dabei leicht seinen Arm, und schon glotzte er sie an wie der letzte Schafskopf, und sie wußte, daß er soeben in seine Hose ejakuliert hatte.

»Das liegt an deinem Geruch«, verteidigte sich Niven, ehe er zur Toilette abdampfte, um sich sauberzumachen.

Da bei Niven das Sperma praktisch permanent überzuquellen drohte, hatte sie sich von ihm trennen müssen, denn sie konnte es sich nicht leisten, an diesem Punkt ihrer Laufbahn schwanger zu werden. Dabei wußte sie seine Intelligenz durchaus zu schätzen. Niven war ein Genie, sie war ein Genie, und wie die meisten Genies hatten sie beide ein Brett vor dem Kopf, wenn es darum ging, sich selbst zu verstehen, ihren Körper, so banale, grundlegende Dinge wie Schnürsenkelzubinden, und sie mieden jeden Kontakt zu Leuten außerhalb ihres Fachgebiets.

Obgleich Cleopatra Maria und Niven also nie die Hose auszogen, obgleich Cleopatra Maria wußte, daß es geradezu eines Superraketenspermas bedurft hätte, drehte sie regelrecht durch bei dem Gedanken, daß Nivens Sperma vielleicht durch seine Unterhose sickerte, durch seine Jeans und ihre Jeans und in ihre Unterhose drang und sich dann auch noch vielleicht – ganz vielleicht! – in ihre Gebärmutter hineinmogelte. Von dem Tag an, als sie entdeckte, daß Niven überhaupt keine Unterhose trug, gehörte er der Vergangenheit an. Außerdem ging sie von da an nicht mehr in Salzwasserbecken oder in heißen Quellen schwimmen. Was, wenn im Wasser Sperma herumtrieb und irgendwie in sie hineingeriet? Männer wie Niven hatten ihren Körper nicht unter Kontrolle, sie schwitzten, sie spuckten, sie weinten Sperma.

Sperma im Speichel, im Rotz, im Urin, im Kot, im Schweiß, im Ohrenschmalz, und Cleopatra Maria im selben Wasser mit all diesem Zeug, in derselben Luft wie diese permanent undichten menschlichen Spermabehälter! Cleopatra Maria würde eine gräßliche Mutter abgeben; andererseits wußte sie, daß eine Abtreibung sie auch wahnsinnig machen würde. Deshalb schluckte sie die Antibabypille, für den Fall des Falles, denn man konnte ja nie wissen, was einen auf öffentlichen Toiletten oder in nicht ausreichend gechlortem

Schwimmbadwasser alles erwartete. Sie nahm die Pille, als wären es Vitamintabletten. Und jedes Mal, wenn sie ihre Periode bekam, wenn ihr Bauch weh tat und sie das dickflüssige, glitschige Blut in ihre Unterhose rinnen fühlte, war sie unglaublich erleichtert, denn das Blut, das auf ihr Laken und ins Klo tröpfelte, bedeutete, daß auch diesen Monat keine Cleopatra Maria junior in Cleopatra Marias Gebärmutter mit der Zellteilung beginnen würde.

Ihre Angst vor einer Befruchtung war nicht logisch. Aber wie jedes Genie war sie dagegen machtlos.

Es war die Hölle auf Erden, eine Frau zu sein.

Hannelore sah zu, wie Cleopatra Maria die kleine Plastikschachtel mit den Antibabypillen wieder in ihrer Tasche verschwinden ließ, und sauste mit den Tellern aus dem Zimmer.

Sicher, Hannelore legte keinen gesteigerten Wert auf solche Informationen, aber es war trotzdem gut, daß sie sich so viel erzählten. Das war echt canadisch, canadisch mit einem c, wenn man über solche Dinge miteinander sprach. Die Pille. Hannelore drehte den Wasserhahn auf.

»Hörst du mir überhaupt zu, Oma?« schrie Cleopatra Maria von ihrem Stuhl, unter ihrem Handtuch hervor. »Machst du dir keine Sorgen, daß ich eine Teenager-Nymphomanin bin, die ein bißchen moralischen Halt braucht? Wünschst du dir nicht, du hättest einen Enkelsohn statt einer Enkeltochter, die sich garantiert irgendwann ein Kind anhängen läßt, denn das passiert doch am Ende allen Mädchen? Ist das nicht eine furchtbare Belastung?« schrie sie.

Hannelore dachte über die Pille nach. Dachte darüber nach, daß sie Cleopatra Maria noch nie mit einem Jungen gesehen hatte. Kaute auf der Bratwursthaut, die Cleopatra Maria übriggelassen hatte, und ihr Kopf tat weh von dem Geschrei ihrer Enkeltochter. Sie hätte gern auch ein Handtuch über dem Kopf gehabt. Da fiel ihr ein, daß sie noch ihre Tabletten nehmen mußte, die für nach dem Essen.

Nein, Hannelore würde weiter den Umweg machen und außen um das Theater herumgehen, nicht die Abkürzung durch die Katakomben. Sie wollte ihm nicht noch einmal begegnen, auch wenn Ida ihr gesagt hatte, daß er wie immer auf sie wartete. Die Bilder, die ihr wegen Cleopatra Marias Pille durch den Kopf gingen, wegen ihrer perversen Schwester, wegen der ganzen Küsserei und den nackten Leuten im Fernsehen – sie würde all diese Bilder einfach ignorieren.

Als Hamish also zum vierten Mal in dieser Woche für sie an seine Baseballkappe tippte, als wären sie sich nie begegnet, sah er so schüchtern aus wie ein junges Mädchen, und auf einmal hatte Hannelore die Nase voll davon, daß dieser über sechzigjährige schüchterne Mann sich wie ein schüchternes junges

Mädchen benahm. Wenn das so weiterging, würde sie längst tot unter der Erde liegen, ehe er ihr die ersten richtigen Avancen machte. Als er nun schweigend seinen Gutenachtgruß an die Mütze tippte, blieb sie wie angewurzelt stehen und starrte ihn an, schwer atmend, als hätte sie gerade einen Marathonlauf hinter sich und müßte auf den verspäteten Stadtbus warten. In ihrer Jugend flirtete man anders, da baute sich die Frau nicht einfach vor dem Mann auf. So offen auf die Jagd zu gehen, war nur was für leichte Mädchen. Aber sie rief sich ins Gedächtnis, daß sie kein Mädchen mehr war und die Initiative ergreifen mußte, weil die Männer ihr Rückgrat verloren hatten und dieses Exemplar hier ganz besonders rückgratlos war. Möglicherweise war die Luftverschmutzung schuld an dieser neuen Rasse rückgratloser Männer.

»Na?« sagte sie.

»Na.« Er räusperte sich.

»Na, willst du mir nicht den Hof machen?«

»Was?« fragte er blöd.

Hannelore schob Hamish mit ihren verschwitzten Händen nach hinten. Sie schob und schob und schob ihn, bis zu seinem Niagaraball, schob ihn nicht nur mit den Händen, sondern mit ihrem dicken Altfrauenkörper und ihrem Mund, der einigermaßen außer Übung war.

»Verzeihung«, sagte er.

Dann faßte er hinter sich und öffnete die Klapptür, krabbelte in den Ball und streckte ihr die Hand entgegen. Anmutig ergriff Hannelore sie und quetschte sich neben ihn in die Kapsel.

Um die Spannung etwas zu lindern, tat sie für den Anfang so, als wäre sie eine antibabypillenschluckende Teenager-Nymphomanin mit einer eigenen Fernsehshow. Das war am einfachsten, und sofort fiel ihr wieder ein, wie Männer funktionierten.

In den Katakomben, im Dunkeln, Hannelore unter Hamishs Kilt. Die Szene war so bedeutungsvoll, daß sie eigentlich einen Platz an der Wand in Hannelores Wohnung verdient hätte, neben den ganzen anderen Familienfotos.

Nur hatte leider niemand eine Kamera dabei.

In der Leichenhalle lag der neueste Selbstmord ... Nach dem wilden Stampfen der Upper Rapids, dem Sturz über die Horseshoe Falls, den unerbittlichen Felsbrocken der Lower Rapids, von denen das Opfer schließlich in den Whirlpool geschleudert worden war, hatte es keine Haare mehr, kein Gesicht und nicht einmal mehr Finger, von denen man Abdrücke hätte nehmen können.

Andy O'Brien, *Daredevils of Niagara*

Hamish aß sein Mittagessen gern pünktlich um zwölf.

»Uhren können falsch gehen«, meinte er. »Aber mein Magen nicht.«

Hannelore war glücklich, wenn sie ihm dabei zusah, wie er eine Portion verdrückte, die für zehn erwachsene Männer gereicht hätte. Sie fingerte an einer wunden Stelle auf ihrer Oberlippe herum, die Hamishs Schnurrbart dort hinterlassen hatte, beobachtete, wie er zu essen begann, wie der Wurstsaft über die Gabel spritzte, wie sein breiter Mund sich öffnete, um den Bissen aufzunehmen, wie der Sahnekohlrabi in seiner gigantischen Gurgel verschwand.

Ich bin dabei, mich zu verlieben, dachte sie.

Oder der übelsten Begierde zu verfallen, die man sich nur ausdenken kann.

Clotilde und Frau Schnadelhuber überließen Hamish den bequemsten Stuhl, aber Hannelore merkte, wie sie den Lautstärkeregler in ihrem Kopf bis zum Anschlag zurückdrehten, wenn Hamish etwas sagte. Ihre inneren Augenlider schlossen sich wie die einer Katze, die Membranen in den Ohren senkten sich schützend herab, sobald er auch nur den Mund aufmachte. Aber sie verließen nicht das Zimmer, obwohl sie einfach hätten aufstehen und gehen können. Eigentlich hätte Hannelore sie rauswerfen sollen, damit sie ihn für sich allein haben konnte, aber andererseits wollte sie mit Hamish angeben. Zwar hatten Clotilde und Frau Schnadelhuber mit Männern nichts am Hut, aber man hatte ihnen von Kindesbeinen an beigebracht, Männer zu würdigen. Deshalb konnten sie nicht anders, sie mußten bleiben. Männer waren wichtig. Aber der Lautstärkeregler auch.

Im Haus hatte Hamish die Baseballkappe nicht auf.

Frau Schnadelhuber im Dirndl, Hamish im Kilt, und Cleopatra Maria kam seit einiger Zeit jeden Sonntag mit einem Kente-Tuch und einem aufreizenden Teenager-Schmollmund. So wurde aus dem Wohnzimmer ein Ort für ein internationales Gipfeltreffen.

»Ich mag mein Mittagessen am liebsten um zwölf«, meinte Hamish.

»Um *zwölf«,* sagte Hamish.

»Sie können's sich ja selbst kochen«, erwiderte Cleopatra Maria, ohne den Kopf vom Fernseher wegzudrehen. »Dann brauchen Sie sich nicht solche Sorgen zu machen, ob es auch pünktlich auf dem Tisch steht. Bist du etwa sein Dienstmädchen, Oma, oder was?«

Beim Fernsehen tanzten Cleopatra Marias Finger versonnen über die Tastatur ihres Laptops. Hie und da kritzelte sie mit ihrem silbernen Kuli eine Zahl in ihr Notizbuch.

»Was machen Sie da eigentlich?« erkundigte sich Hamish.

»Ich berechne die Wahrscheinlichkeit, daß

ein Raumschiff auf dem Dach landet und Sie in die ewige Vergessenheit beamt.«

»Ist sie adoptiert?« fragte Hamish. »Bestimmt hat sie ihr mürrisches Wesen von den biologischen Eltern.«

»Nein«, antwortete Hannelore.

Cleopatra Maria spuckte in Hamishs Richtung auf den Boden.

Hannelore fiel auf, daß Cleopatra Maria wenig Neigung zeigte, sich selbst Mittagessen zu machen. Sie drehte den Fernseher an, spielte an ihrem Computer herum, kritzelte in ihr Notizbuch und jammerte über ihre Pickel.

Hannelore wechselte die Bettwäsche sehr oft. Genaugenommen jedes Mal, wenn er sie besuchte. Der Geruch.

Clotildes Kommentare ignorierte sie. Sie ignorierte auch, wenn Clotilde die Zunge herausstreckte wie ein Reptil und damit in der Luft herumwackelte.

»Geh und lies eins von deinen kommunistischen Pamphleten«, sagte Hannelore. »Such dir 'ne Zeitung und laß mich in Ruhe.«

»Du bist zur Zeit so entspannt, Hannelore«, bemerkte Clotilde, und Hannelore spürte, wie ihr das Blut in den Kopf schoß und in herzförmigen Tröpfchen aus den Ohren spritzte.

»So entspannt«, wiederholte Clotilde. »Wie ausgewechselt. Du hast sogar einen anderen Gang, regelrecht beschwingt. Wie damals, 1972, als du Freddy im Konzert gesehen hast.«

»Jetzt reicht's«, brummte Hannelore, nahm ihr Hörgerät aus dem Ohr und legte es auf die Kommode.

Eines Tages sagte sie zu Hamish: »Deine Bauchuhr geht vor.«

»Nein«, entgegnete Hamish, »das Mittagessen ist zu spät.«

»Überhaupt nicht«, widersprach sie und rümpfte die Nase vor seinem Geruch, vor seinem verdrehten canadisch-schottischen Zeitgefühl. Weil sie das Gesicht so plötzlich anspannte, begann das Hörgerät zu pfeifen.

»Dabei sind die Krauts doch angeblich so pünktlich«, sagte Hamish, die dreckigen Beleuchterhände auf dem guten Leinentischtuch.

»Ich bin kein Unkraut, du alter Schmutzfink«, wehrte sich Hannelore, »aber pünktlich bin ich schon.«

Inzwischen war es haarscharf zwei Minuten nach zwölf.

Grollend sah Hannelore zu, wie Hamish kaute, und statt ihm das letzte bißchen Salat anzubieten, mit der leckeren Salatsauce, die sie selber machte, aß sie den Rest selbst: Salatblätter, Tomaten, die grünen Zwiebelringe, und mit dem Suppenlöffel löffelte sie noch den süßen Saucenrest vom Boden der Schüssel. Wer den Pfennig nicht ehrt, ist des Talers nicht wert. Aus alt mach neu.

Übrigens ein Silberlöffel, warm und stumpf in ihrem Mund, die Kanten nur ansatzweise scharf. Es war einer der Silberlöffel ihrer Mutter, also älter als Hannelore. Ihre Mutter war gestorben, bevor Hannelore und Heinrich sich kennenlernten, und plötzlich erinnerte sich Hannelore an ihre Mutter, an ihren Geruch, ihre sauberen, flinken Hände, ihre öligschwarzen Pupillen. An ihre Holzlöffel. An das krümelige Kriegsbrot, so krümelig, daß man es kaum noch Brot nennen konnte. Dreckige Schottenpranken auf einem sauberen Tischtuch? Niemals!

Hannelore leckte den Löffel sauber. Danach würde die Schüssel an die Reihe kommen, denn gutes Essen durfte man nicht verschwenden. Wenn doch nur jemand Hamish sauberlecken könnte, einschließlich seines Gehirns. Sie war zu alt, um ein Verhältnis mit ihrem Vater zu haben.

Der Sex war sowieso nicht so großartig. Irgendwie kam sie sich pervers dabei vor, denn er wollte mitten am Tag Sex haben. Ihr war die Dunkelheit lieber – im Niagaraball war es eindeutig am besten. Sie konnte nicht nackt vor einem Fremden herumspazieren, sie zog sich ja kaum beim Baden aus. Aber Hamish zerrte ihr immer die Kleider vom Leib, am liebsten alle. Hannelores Mann war da viel sauberer gewesen, effizienter, da hatte es kein Verlangen nach nackter Haut gegeben, er hatte nicht mit der Zunge an den seltsamsten Gegenden herumgemacht, und in drei Minuten war alles vorbei gewesen – nicht erst nach Stunden wie bei Hamish. Sie war doch keine neunzehn mehr! Auf gymnastische Übungen konnte sie in ihrem Alter gut und gern verzichten.

Sie hatte nicht endlos Zeit, im Bett rumzuliegen.

Sex, Schmex, sagte sie sich. Sex schmecks.

Aber dieser Sex schmeckt mir nicht, sagte sie sich und lachte. Wenn sie wollte, konnte ihr Bett für immer sauber bleiben. Jetzt, wo Hamishs schmutzige Fußnägel verbannt worden waren.

Ihr Verhältnis mit Hamish war also beendet. Aus und vorbei. Kein Hamish mehr. Jawoll. Er würde mit seiner Show von dannen ziehen, und sie würde ihn nicht mehr in den Katakomben sehen müssen (oder dürfen?), wo er rumhing, statt seinen Job zu machen. Sie war frei.

Da war also Hamish. Na schön, manchmal änderte sie eben ihre Meinung.

Wenn sie nicht zusammen im Niagaraball waren oder Hannelores gekochte Laken verunreinigten – weil sie es sich zum ersten, zweiten und dritten Mal anders überlegt hatte und sich ins Gedächtnis rufen mußte, warum –, erinnerte Hamish Hannelore an Dieter, wenn er extralange Grashalme aus dem Hintern von Waldmann dem Dackel zog. Das Problem mit Hamish lag darin, daß er sie in seinem Kilt auch an den ganz besonderen Schmelz ihres Mittendrin erinnerte, an das Brausen der Niagarafälle, an den kühlen Chlorgeruch am Sonntag morgen im Schwimmbad, an die überwältigende Wärme von heißen Quellen im Gebirge.

Wie sollte sie bloß ihren Widerwillen und die nicht abstreitbare Tatsache, daß sie bei ihm ihre Batterie wieder aufladen konnte, unter einen Hut kriegen? Ihr Instinkt sagte ihr, sie sollte ihn heiraten, nachdem sie mit ihm in seinem Faß zusammengewesen war. Die Vorstellung, in ihrem Alter noch einmal zu heiraten, brachte Hannelore zum Lachen. Oder war das etwa die Begierde, von der Clotilde schon seit Jahren faselte? Das, worüber sie sich mit Frau Schnadelhuber manchmal unterhielt, in diesen Gesprächen, bei denen

Hannelore sich die Ohren zuhalten mußte, weil sie gewisse Dinge von ihrer Schwester einfach nicht wissen wollte, weil gewisse Dinge ihrer Ansicht nach ausschließlich zwischen Partnern – oder wie man's sonst nennen wollte – besprochen werden sollten, weil manche davon Hannelore dermaßen eifersüchtig machten, daß sie am liebsten ins Wasser gegangen und sich mehrmals ertränkt hätte.

»Ich brauche Sex«, verkündete Clotilde regelmäßig. »Egal, wie alt ich werde, ich brauche Sex. Also seh ich zu, daß ich welchen kriege.«

Bei solchen Gelegenheiten nahm Hannelore ihr Hörgerät aus dem Ohr oder stellte den Fernseher lauter.

Und jetzt auch noch Ida und Dot und die anderen Platzanweiserinnen! Die kreischten wie ein ganzer Käfig voller Papageien.

»Ist er dein Freund?« flüsterte Dot und wackelte im Dunkeln mit den Zehen.

»Ich verrat es auch keinem«, flüsterte Ida. »Du kannst es mir ruhig erzählen.«

»Soll ich auf dich warten?« fragte Bonnie, den Mantel überm Arm. »Ich warte gern auf dich, dann können wir zusammen zum Bahnhof gehen. Du solltest dich nicht allein in den Katakomben rumtreiben. Ich warte gern. Oder bringt Hamish dich nach Hause?«

Hamishs Zigarren störten Hannelore nicht, auch nicht seine braunen Zähne oder daß er fünfzehn Jahre jünger war, nicht sein faltiger, ständig geröteter Hals, die Haare, die ihm aus

Nase und Ohren sprossen, sein gigantischer Schmerbauch und die großen, narbigen, geschickten Hände. Sein Geruch störte sie. Ein läppischer Grund, einen Mann abstoßend zu finden: wegen seines Geruchs. Eigentlich mußte sie doch froh sein, daß sich überhaupt ein Mann für sie interessierte.

Doch der Geruch war ihr vertraut: Gartenschuppen, die Lektionen ihres Vaters über Pünktlichkeit, wie er sich immer Söhne gewünscht hatte anstelle seiner nutzlosen, ungeschlachten Töchter. Männergerüche – wie sollte man die beschreiben? Manchmal, wenn Clotilde besonders stur war, roch sie wie ein Mann, nur nicht ganz so stark. Wie Papa die Ellbogen auf den Tisch stützte, während er darauf wartete, daß seine Töchter das Mittagessen auftrugen. Rosario blieb auch auf ihrem Allerwertesten hocken, genau wie Hannelores Vater – als wäre die Welt dazu da, hinter ihr aufzuräumen. Als Hannelore Rosario zum ersten Mal so dasitzen sah, inmitten der Essenreste auf dem unabgeräumten Mittagessenstisch, die Nase in die Fernsehzeitung gesteckt, war Hannelore einigermaßen entsetzt. Jetzt aber fragte sie sich ernsthaft, ob es nicht vielleicht ganz richtig war, daß eine Frau sich gelegentlich mal ausruhte. Andererseits waren Männer in der Küche zu nichts nütze, das war wissenschaftlich erwiesen. Dieter konnte ganz ordentliches Brot backen, aber kein feines, wie das eine Frau konnte.

Inzwischen wußte sie, was sie von Hamish

wollte, aber es hatte nichts mit dem pünktlichen Mittagessen zu tun, nichts mit dem Monster unter seinem Kilt. Es ging nur um die Feuchtigkeit in ihrem Mittendrin. Diese Feuchtigkeit konnte ihr helfen, in die Zukunft zu sehen. Wasser wirbelte um sie herum, ohne sie zu berühren, Hannelore schrie ihre Existenz in die Welt hinaus, kein Selbstmord in soundsoviel Wasser, sondern Verlangen. Das Verlangen, das Wasser zu *sein,* die Bewegung, sich ganz im Inneren ihres eigenen lebendig pochenden Herzens zu befinden.

Im Royal Auditorium, August 1996

Danke für die Tickets«, dröhnte Clotilde. Sie standen neben dem Mini-Wasserfall im Foyer, die winzigen Fäßchen tanzten auf den maschinenbetriebenen Wellen und den Unterwasserscheinwerfern.

»Ihr hattet sehr gute Plätze«, sagte Hannelore.

»Das wissen wir«, erwiderte Clotilde. »Du hast es oft genug gesagt. Wir hatten gute Plätze, und trotzdem tut mir der Rücken weh. Meine Knie sind stocksteif.«

»Eine wunderschöne Show«, meinte Frau Schnadelhuber höflich und schüttelte Hannelore die Hand. »Herzlichen Dank.«

In Wirklichkeit hatte Frau Schnadelhuber kaum etwas mitgekriegt, weil sie viel zu sehr damit beschäftigt war, die Wonneschreie zu unterdrücken, die Clotildes Hand unter ihrem Rock im Dunkeln provozierte. Selbst nach beinahe zehn Jahren wanderte Frau Schnadelhubers Gehirn noch immer im Handumdrehen zwischen ihre Beine, wenn sie mit Clotilde zusammen war. Das ist Liebe, dachte sie, während sie Clotilde betrachtete, die mitten im Sommer eine stahlgraue Strickjacke und einen Wollrock trug. Liebe war wie blubbernde Lava, die ihr aus den Augen, der Nase und zwischen den Fingern hervorquoll. Liebe war wie im schnellsten Auto made in Germany zu sitzen, Frau Schnadelhuber mit Vollgas auf dem Trans-Canada Highway, der Autobahn, den kurvigen Landstraßen, die Wärme des Lenkrads an ihren Handflächen, das Brummen des Motors und die Bewegung über Teer und Asphalt.

Mit Clotilde zusammen zu sein, war, als würde ihr der Führerschein erneuert: Klasse »L« für Liebe. Frau Schnadelhuber setzte ihre Schutzbrille auf, wickelte sich den weißen Seidenschal um den Hals und sauste mit tausend Stundenkilometern dem Horizont entgegen. Soviel Glück konnte sie kaum fassen.

Es hatte ja auch Karl gegeben. Mit ihm zusammen zu sein, war, als müßte sie einen zehn Tonnen schweren Karren mit viereckigen Rädern in Bewegung setzen.

Karls Lieblingsgeschichte handelte davon, wie er als Kind in Alberta Teer gekaut hatte. Zusammen mit seiner Schwester klaubte er das Zeug von der Straße. Beim Truthahnessen an Weihnachten erzählten sie die Geschichte immer, und dann lachten sie, bis sie beinahe platzten, als wäre es das Komischste auf der Welt. Dann verschwand Frau Schnadelhuber schnell in der Küche und fuhrwerkte mit irgendwas herum, drückte auf den Toasterknopf, ließ Wasser in den Teekessel rauschen, nur damit sie die blöde Teergeschichte nicht noch mal zu hören brauchte. Aber am schlimmsten war es, wenn er die Geschichte erzählte, während sie ihren einseitigen Sex hatten – damals, ehe sie ihn endgültig aus ihrem Bett warf –, denn dann konnte sie nicht mal in die Küche fliehen. Kein Wunder, daß er und seine Schwester so furchtbar waren – Teer von der Straße zu essen! Der Teer war ihnen in den Kopf gestiegen und hatte sich in ihrem Gehirn abgelagert.

Frau Schnadelhuber kaute keinen Teer, sie sauste nur drüber weg. Die Gefahren von Liebe und Teer waren dieselben.

»Aber habt ihr die Show denn auch verstanden?« erkundigte sich Hannelore.

»Aber natürlich!« platzte Clotilde heraus. »Hältst du uns für blöd? Wo ist denn hier ein Taxi?«

»Aber ist die Geschichte nicht hochinteressant?« Hannelore ließ nicht locker. »Ich meine, daß diese dreiundsechzigjährige Frau die Niagarafälle runtergefahren ist? Ist das nicht aufregend?«

»Dreiundsechzig? Die kann doch nicht älter als zwanzig gewesen sein!«

»Aber im wirklichen Leben war sie dreiundsechzig«, erklärte Hannelore. »Dreiundsechzig, im Jahr 1901! Das muß man sich mal vorstellen! 1901!«

In der zweiten Hälfte der Show schlief Clotilde ein. Zuviel Gesinge, das war noch nie ihr Ding gewesen. Wirklich interessant fand sie nur die Spezialeffekte. Hübsche junge Frauen, die irgendwelche idiotischen Sachen anstellten und garantiert ein Happy-End vor sich hatten – so was interessierte sie nicht. Außerdem hätte sie in der Pause ihren Gin Tonic vielleicht nicht ganz so schnell trinken sollen.

Clotilde fiel wieder ein, wie sie aus Cleopatra Marias Buch über die Niagarafälle vorgelesen hatte. »O ja, dreiundsechzig, jetzt erinnere ich mich wieder«, sagte sie. »Wo ist die Bar?«

»Die Bar ist geschlossen. Nach der Show wird sie nicht mehr aufgemacht. Bist du vielleicht Alkoholikerin?« erkundigte sich Hannelore etwas schnippisch.

»Ich hab vergessen, daß sie dreiundsechzig war«, sagte Clotilde. »Das macht die Geschichte viel besser. Warum haben die das geändert?«

»Genau!« rief Hannelore. »Eines Abends hat eine sechzigjährige Frau die Rolle gespielt, das war eindeutig die beste Aufführung.«

Sechzig, dachte Frau Schnadelhuber. Frau Schmitts Fliege sitzt schief.

»Wenn sie es kann, können wir's auch«, meinte Hannelore.

»Wir können doch nicht singen! Gute Reise«, entgegnete Clotilde barsch und reichte Frau Schnadelhuber den Arm.

»Ich finde, wir sollten hinfahren«, schlug Hannelore vor.

»Na schön«, entgegnete Clotilde. »Wir könnten sie uns noch mal anschauen. Nächstes Jahr.« Clotilde sah zu Frau Schnadelhuber. »Könntest du nächstes Jahr mitkommen?«

»Ich war noch nie bei den Niagarafällen«, sagte Frau Schnadelhuber.

»Sie sind majestätisch«, schwärmte Clotilde, und beim s in »majestätisch« schaltete Frau Schnadelhuber ihren Wagen sofort auf Supercruise Control.

»Nicht erst nächstes Jahr. Früher«, widersprach Hannelore.

»Egal«, sagte Clotilde.

Egal, dachte Frau Schnadelhuber.

»Dieses Jahr«, sagte Hannelore.

»Na gut, dieses Jahr«, stimmte Clotilde zu. »Dieses Jahr?« wiederholte sie fragend mit einem Blick zu Frau Schnadelhuber, die errötete und die Hände über der Dirndlschürze zusammenpreßte.

Da wurde Hannelore klar, daß die beiden gar nichts kapierten. Daß Anna Taylor ihnen nichts sagte. Sie war über Clotildes Begriffsstutzigkeit höchst enttäuscht. Frau Schnadelhuber war ohnehin nur eine sexbesessene dumme Gans. Hannelore konnte den Sex in Frau Schnadelhubers Gedanken riechen und hätte sich am liebsten eine Gasmaske aufgesetzt, damit sie den Gestank nicht zu ertragen brauchte.

War Hannelore denn die einzige, die verstand, warum Annie Taylor das getan hatte? Welchen Unterschied es machte, ob man eine Wahl hatte oder nicht? Was es bedeutete, die eigene Existenz in die Welt hinauszuschreien.

Ich bin nicht unsichtbar. Ich bin es wert, angeschaut und ernst genommen zu werden. Aber Clotilde benutzte auf dem Flughafen immer ihren Krückstock, selbst wenn sie ihn nicht brauchte, damit die jungen Frauen mit Rollstühlen angerannt kamen und ihr anboten, sie durch den Flughafen zu kutschieren.

Annie Edson Taylor probierte das Faß aus, ehe sie sich damit in die Tiefe stürzte: Sie setzte eine Katze hinein und ließ sie die Horseshoe Falls hinunterfahren. Die Katze starb eines grausamen Todes, Annie hatte ihr Gejaule noch Jahre später in den Ohren. Aber obwohl die Katze gestorben war, beschloß Annie, den Sprung zu wagen. Sie tat es, weil sie keine andere *Wahl* hatte. Sich mit aller Kraft festhalten, auch wenn die Arme immer länger wurden, über dem gähnenden Abgrund, in dem Armut und Altenheime und Einsamkeit lauerten, in dem Frauen weiter nichts waren als ausgeleierte Fleischsäcke, die man besser wegschloß, weil sie jedem zur Last fielen. Es war alles andere als Selbstmord; es ging darum, das Leben bei den Hörnern zu packen.

Hannelore eilte in die Katakomben, öffnete den Ball und schnallte sich an.

»Ich habe etwas getan, was keine andere Frau auf der Welt je gewagt hat ... nur um in Armut zu enden.«
Das war im Februar 1921. Sie war dreiundachtzig Jahre alt, behauptete aber hartnäckig, sie sei erst siebenundfünfzig und in der Blüte des Lebens. Nur die gräßlichen Schläge, die sie in ihrem Faß abbekommen hatte, seien daran schuld, daß sie frühzeitig gealtert war, sagte sie.

Pierre Berton, *Niagara: A History of the Falls*

Niagara Falls, Kanada:
Donnerstag, 24. Oktober 1996, 6.12 Uhr

Frau Schnadelhubers Hände haben nicht aufgehört zu zittern, seit sie in die Kapsel gestiegen ist. Das sind die Nerven, die halten soviel Leben auf einmal nicht aus. Heute also wird sie sterben. Heute ist ihr Todestag. Sie hat zwei Weltkriege überlebt, unzählige Luftalarme überstanden, eine Meisterspionin herumchauffiert, war in einem Arbeitslager eingesperrt, hat Bomben entschärft, und jetzt wird sie sterben, nur weil sie sich darauf eingelassen hat, in einem Ball über eine Klippe zu stürzen. Sie macht sich Sorgen, daß das Bestattungsunternehmen ihr die Haare verpfuscht, aber Hedwig wird schon dafür sorgen, daß sie es ordentlich machen. Natürlich geht Frau Schnadelhuber fest davon aus, daß sie noch einen Kopf haben wird, wenn man ihre Leiche aus dem Wasser zieht.

Hedwig.

Die liebe Hedwig. Ihre liebe, egoistische Hedwig würde ihre Mutter umbringen, wenn sie wüßte, wo Frau Schnadelhuber ist. Wasser und Getöse und Geschaukel. Hedwig würde schreien, daß Frau Schnadelhuber ihr Leben so kaputtmacht, daß sie soviel Zeit mit diesen verrückten Schwestern verbringt.

Frau Schnadelhuber erinnert sich an ihren achtzigsten Geburtstag, an Hedwigs Überraschung.

Frau Schnadelhuber nestelte die Schleife von der Geschenktüte und zog einen knittrigen Ball purpurrotes Seidenpapier heraus. Ihre Hände zitterten ein wenig vor Aufregung: Sie liebte Geschenke, sie liebte die Farbe Purpurrot. Vorsichtig wickelte sie das Seidenpapier ab, damit es nicht zerriß. Später würde sie es glattstreichen, sorgfältig zusammenfalten und zum übrigen gebrauchten Geschenkpapier in die Schublade legen.

»Sieh mal, Mutti, ein Lebensamulett!« rief Hedwig.

Ein Anhänger an einer Kette, die sich Frau Schnadelhuber um den Hals legen konnte, falls sie irgendwann mal umfiel und das Bewußtsein verlor. Ein Knopfdruck, schon rückt der Krankenwagen an.

»Es gibt auch ein Modell, das aussieht wie eine Uhr, falls dir die Kette nicht gefällt. Aber ich finde den Anhänger hübscher.«

Hedwig versuchte krampfhaft, die gerunzelte Stirn ihrer Mutter zu übersehen.

»So brauch ich mir keine Sorgen um dich zu machen, wenn ich nicht bei dir bin«, sagte Hedwig.

Frau Schnadelhuber strich das Papier erst mit den Fingern, dann mit den Handflächen glatt.

»Für so was bin ich nicht alt genug«, erklärte Frau Schnadelhuber. Ihre Hände waren mit dem Papier beschäftigt. »Nennst du das ein Geburtstagsgeschenk? Wie wär's statt dessen mit Belgischer Schokolade? Ich hab auch fast keine Camels mehr, das sind meine letzten vier Päckchen, siehst du, die sind in vier Tagen verbraucht. Du hättest mir eine Stange Camels kaufen können, das wäre ein viel besseres Geschenk gewesen. Lebensamulett. Das nächste Mal brichst du mir eigenhändig ein Bein, damit du mir 'nen Krückstock kaufen kannst.«

Im stillen wunderte sich Frau Schnadelhuber über Hedwig: Sie versucht, mich alt zu machen! Sie will, daß ich eine Last werde.

Hedwig verbarg ihre Enttäuschung und ihre verletzten Gefühle hinter einer flammenden Rede über Zucker, Rauchen, Blutdruck, Cholesterin und darüber, wie schlecht Schinkenspeckbrote für den Stoffwechsel waren.

»Ich würde dir ja gern eine Zigarette anbieten, wenn du fertig bist«, meinte Frau Schnadelhuber, »aber wie du selbst siehst, hab ich nur noch vier Päckchen und kann wirklich keine entbehren.«

Hedwig schnappte nach Luft. Stemmte die Hand in die Hüfte.

Wie konnte Hedwig es *wagen,* Frau Schnadelhubers Schinkenspeckbrote schlechtzumachen? Sie waren himmlisch. Das überschüssige Fett vom Schinkenspeck auf ein Stück Roggenbrot geschmiert, ein bißchen Salz drüber, fertig. Nicht zusammengeklappt. Einfach himmlisch. Engel, Harfen, Heiligenscheine und Schinkenspeckbrote. Frau Schnadelhuber hatte nicht vor, gutes Fett verkommen zu lassen.

»Ich habe Hunger«, stellte Frau Schnadelhuber fest.

Sie stopfte die Kette in die überkandidelte Geschenktüte zurück.

»Ich habe Hunger, Zeit für dich zu gehen«, brummelte Frau Schnadelhuber. Dann zündete sie sich eine ihrer knappen Zigaretten an, blies den Rauch hoch in die Luft, eine wahre Rauchsäule, die langsam emporwaberte, der Geruch von Sicherheit und Luxus.

»Aber das ist mein Haus«, entgegnete Hedwig. »Hier wohne ich.«

»O ja.«

Frau Schnadelhuber sammelte ihre Siebensachen zusammen und paffte ihre Zigarette. In fünfzehn Minuten würde sie den Mantel anziehen und zur Arbeit gehen. Heute abend würde sie bei Clotilde und Hannelore bleiben.

Es gab einfach Augenblicke, da mußte eine Mutter für ihre Rechte eintreten, vor allem für ihre Rechte als Mensch. Frau Schnadelhuber arbeitete fünf Tage die Woche, acht Stunden pro Tag, sie war kein Invalide, sie fiel keinem zur Last, sie verdiente sich ihren Lebensunterhalt, das hatte sie immer schon getan, sie würde sich von niemandem in die Schublade zu den alten Fotos stecken lassen. Niemand brauchte sich Sorgen um sie zu machen.

Jetzt würde sie erst mal arbeiten gehen und

dann mit ihrer Geliebten mengenweise guten Sex haben. Und rauchen. Ein ganzes Päckchen hintereinander weg.

»Es ist nicht gut, bei jemandem zu bleiben, nur weil er oder sie einem leid tut, Hedwig«, sagte Frau Schnadelhuber und klemmte ihre Zigarette fest zwischen die Lippen.

»Glaubst du, ich bleibe bei dir, weil du mir leid tust?« fragte Hedwig. Sie schniefte. Steif wie ein Brett, diese Tochter.

»Ich hab nicht an uns gedacht«, entgegnete Frau Schnadelhuber, »sondern an deinen Vater. Deshalb bin ich all die Jahre, durch die ganze Scheiße bei ihm geblieben. Aber dich meine ich auch. Ich will nicht, daß du auf mich aufpaßt oder dir Sorgen um mich machst, weil du dich dazu *verpflichtet* fühlst. Ich möchte, daß du wirklich da bist oder verschwindest.«

»Das gleiche könnte ich dir auch sagen«, meinte Hedwig.

Frau Schnadelhubers Augen brannten. »Sollen wir uns nebeneinander begraben lassen, ja?« schlug sie vor.

»Mit nichts an außer unseren Büstenhaltern«, antwortete Hedwig und wischte sich mit dem Handrücken über die Augen.

»So ein Mist, daß dein Vater mich dazu gezwungen hat, meine ganze Büstenhaltersammlung rauszuschmeißen«, seufzte Frau Schnadelhuber. »Weißt du, wenn ich tot bin, hättest du sie alle geerbt. Eine phantastische Sammlung, manche davon waren echte

Kunstwerke, das kann ich dir sagen. Ich hab sie immer gut gepflegt, sogar die ältesten waren noch einwandfrei. Vielleicht hättest du sie einem Unterwäschemuseum verkaufen können oder so, und wenigstens ein bißchen Geld damit gemacht. In Belgien gibt es angeblich ein Unterwäschemuseum, aber vielleicht ist das auch nur ein interessantes Gerücht. Aber dein Vater, dieses sexbesessene Arschloch.«

»Er hat dich gezwungen, sie wegzuwerfen.«

»Ja. War total verunsichert wegen seines kleinen Schniedels, also sollte ich auch kein Liebesleben haben. Aber wenigstens hab ich dich. Wenn ich tot bin, könntest du vielleicht dieses Museum finden und eine Kerze für mich anzünden.«

»O Mama, ich würd alles für dich tun.«

»Meine Tochter, meine Tochter«, sagte Frau Schnadelhuber, und sie umarmten sich, zwei exquisite Brustpaare aneinandergepreßt wie vier Pfannkuchen.

Flotten Schrittes spazierte Frau Schnadelhuber mit ihrer überdimensionalen Tasche davon, aber die Frage, wieviel der Anhänger wohl gekostet hatte, ließ ihr keine Ruhe. Zigaretten oder Schokolade wären ihr wirklich lieber gewesen. Sie machte sich Sorgen, weil Hedwig anscheinend glaubte, sie könnte nicht auf sich selbst aufpassen.

An diesem Nachmittag, am Tag nach der Niagara-Show, verlor Frau Schnadelhuber ihren Job.

Frau Schnadelhuber spürt Clotildes Körper neben sich im Halbdunkel und denkt über Clotilde nach, denkt an Clotildes großes Herz, und sie möchte Clotilde im sehr dunklen Halbdunkel küssen, aber die Sicherheitsgurte halten sie einerseits zusammen, andererseits auseinander. Im Geruckel und Geschlingere der Kapsel werden sie erst gegeneinander geschleudert, dann getrennt.

August 1996

Hamish und Hannelore starrten sich über die saubergekratzten Teller hinweg an. Mittagessensteller. Hamish leckte sich die Lippen.

»Na gut!« rief Hamish. »Ich zeig's dir.«

Er schob den Stuhl zurück, erhob sich schwerfällig, stellte sich breitbeinig hin und begann halbherzig einen Jig zu tanzen.

»Wußt ich's doch«, meinte Hannelore, den Kopf in die Hand gestützt. »Du bist kein echter Schotte. Kannst du denn wenigstens Dudelsack spielen?«

»Ich kann einen zeichnen, mit Bleistift«, entgegnete Hamish außer Atem und setzte sich wieder.

»Trink noch ein Bier«, sagte sie. »Du hast es dir redlich verdient.«

Ich hab keinen Job mehr«, sagte Frau Schnadelhuber, drückte ihre Zigarette aus und zündete eine neue an.

»Die Madame hat mir gekündigt«, fuhr sie fort. »Ich bin entlassen. Vierzig Jahre lang hab ich diesen Job gemacht, und dann teilt man mir in einem einseitigen Fax mit, daß man mich nicht mehr braucht. Keine Abfindung, nichts. Wovon soll ich jetzt leben?

Oma Hupfel darf ihre Stelle behalten, steht in dem Fax, weil sie von uns allen am deutschesten aussieht«, erklärte Frau Schnadelhuber weiter. »Die Hupfel ist irgendwann mal im Fernsehen aufgetreten, deshalb ist sie irgendwie besser als ich. Der Rest von uns – einschließlich mir, die ich am längsten hier arbeite – kann sich verpissen, und wehe, eine klaut was auf dem Weg hinaus. Der Hupfel wurde gesagt, sie soll uns *filzen* und sich vergewissern, daß wir bestimmt nichts mitgehen lassen. Wovon soll ich mir jetzt was zu essen kaufen? Wie soll ich meine Miete zahlen?«

»Haben Sie was mitgenommen?« fragte Hannelore. Wahrscheinlich erhofft sie sich ein paar Würstchen für das Abendessen morgen, dachte Frau Schnadelhuber.

Aber sie hatte nichts mitgehen lassen. Dieses Fax hatte ihr Leben gestohlen, ihr war kein Mut mehr zum Klauen geblieben.

»Ziehen Sie doch zu Ihrer Tochter«, schlug Hannelore vor.

»Ruh dich eine Weile aus«, meinte Clotilde. »Und dann suchst du dir einen neuen Job.«

»Dafür bin ich zu alt. Wer würde mich schon noch nehmen? Man hat mich abgeschossen«, erwiderte Frau Schnadelhuber und kniff fest die Augen zusammen. »Alt und nutzlos«, murmelte sie.

Frau Schnadelhuber rauchte eine Zigarette nach der anderen, steckte sie zwischen die Lippen und inhalierte die heiße Luft, aber ihre Finger zitterten, wenn sie die Asche abklopfte. Nie zuvor war ihr klargeworden, wie kompliziert Rauchen war, eine Wissenschaft, eine Kunst geradezu! Das Einsaugen des Rauchs in die Lunge, wie der Rauch in der Lunge verharrte und schließlich durch die Nase wieder ausgestoßen wurde. Sie hatte einmal eine Frau gekannt, die Rauchringe aus den Tränendrüsen blasen konnte, Luft vermischt mit Zigarettenrauch. Das war natürlich im Lager gewesen. Frau Schnadelhubers Tränendrüsen waren vom Salz zurückgehaltener Tränen total verstopft, da ging keine Luft für Rauchringe mehr durch.

Frau Schnadelhuber war Künstlerin, eine verkannte Künstlerin. Sie konnte Rauchringe produzieren, die größer waren als eine Lassoschlinge. Das Lasso legte sich um Hannelores wabbligen Hals.

Der Rauch breitete sich wie eine Decke

über das Zimmer. Spiralen und Rollen, ein langer, breiter Rauchschwaden.

Clotilde schenkte allen dreien Bier ein. Bitburger. Nicht so gut wie das Bier aus der Gegend, in der Hannelore und Clotilde aufgewachsen waren, aber durchaus trinkbar. Ein Glück, daß Dieter es für sie aufgetrieben hatte.

»Sie könnten als Platzanweiserin arbeiten«, schlug Hannelore vor.

Frau Schnadelhuber räusperte sich und trank ihr Bier, als hätte niemand einen Ton von sich gegeben.

»Ich könnt was Stärkeres gebrauchen«, sagte sie schließlich.

»Scotch? Hannelores Schotte trinkt immer Scotch«, sagte Clotilde.

»Ja, Scotch«, antwortete Hannelore. Sie holte die Flasche aus dem Schrank. Johnnie Walker.

Frau Schnadelhuber grummelte über das kleine Glas und steckte die Zigarette wieder zwischen die Lippen. Und zündete die nächste an.

Hannelore grunzte und verließ das Zimmer. Frau Schnadelhuber hörte, wie der kleine Fernseher in Hannelores Zimmer kreischend zum Leben erwachte.

Clotilde hustete, faltete die Hände im Schoß und wartete. Dann mußte sie aufstoßen. Gekochte Kartoffeln.

Clotilde pflegte Frau Schnadelhuber, die nach dem Verlust ihrer Arbeitsstelle einen Zusammenbruch erlitt. Clotilde servierte ihr Kaffee ans Bett und tat ihr Bestes, um ihr die Haare ordentlich zu frisieren.

»Es wäre viel einfacher, wenn du sie abschneidest, wie ich«, meinte Clotilde.

Frau Schnadelhuber starrte auf die Tapetensäume unter dem Anstrich und hörte nichts. Sie überlegte, welches Muster die Tapete wohl gehabt hatte, ehe jemand sie überstrichen hatte. Wahrscheinlich Clotildes Neffe, der Hundemann. So weit jenseits von Gut und Böse war Frau Schnadelhuber in dieser Phase, besessen von Dingen wie Tapeten. Mehr verkraftete ihr geschrumpftes, arbeitsloses Gehirn einfach nicht. Wenn Clotilde ihr die Haare abgeschnitten hätte, wäre es ihr wahrscheinlich nicht mal aufgefallen.

»Wie geht's ihr?« erkundigte sich Hedwig.

»Nicht gut«, antwortete Clotilde.

»Mama, komm doch mit zu mir«, flehte Hedwig. »Du kannst in meinem Zimmer schlafen. Ich übernachte auf der Couch.«

»Sie sagt, sie will niemandem zur Last fallen«, warf Clotilde aus ihrer Zimmerecke ein.

»Mama, du bist doch keine Last! Wie kommst du denn bloß auf die Idee?«

»Sie würden sie vielleicht in ein Pflegeheim

stecken, sagt sie«, erklärte Clotilde von der Seite.

»Mama!«

»Sie sagt, das würde sie nicht aushalten«, fuhr Clotilde fort. »Ich kenne ein paar Heime. Es gibt schlechte und weniger schlechte.«

Sie zuckte die Achseln unter ihrem flauschigen Pulli.

»Vielleicht beantwortet sie Ihre Fragen, wenn Sie ihr das nächste Mal eine Stange Camel mitbringen«, meinte Clotilde.

Weil Clotilde und Frau Schmitt aus Norddeutschland stammten, war es mit ihrer Kochkunst nicht allzu weit her, aber Frau Schnadelhuber schmeckte sowieso kaum etwas. Ihre Haut sackte ein und klebte an den Knochen wie Frischhaltefolie in der Mikrowelle. Sie sah aus wie ein riesiger leerer Koffer. Wenn man beruflich mit Essen zu tun hatte, verlor man angeblich das Interesse daran, aber Essen war vierzig Jahre lang Frau Schnadelhubers Lebensinhalt gewesen. Das Deli eine Art Nabelschnur. Jeden Tag aß sie ihr Mittagessen aus diesen Töpfen, Essen, das sie selbst zubereitet hatte, mit Liebe.

Bis zum Ende blieb sie resolut, stolz, ein wenig hochnäsig und stets optimistisch. »Durch Pech und anderer Leute Unehrlichkeit habe ich mein gesamtes Vermögen verloren«, sagte sie. »Es ist für mich eine ziemliche Umstellung, hier zu sein, denn in Washington bin ich bei Senatoren aus und ein gegangen und viel gereist; aber ich betrachte es nicht als Schande, und wenn ich meine Pläne in die Tat umsetzen kann, werde ich ohnehin nicht lange hier bleiben.«
Zwei Monate später, am 29. April, starb sie.

Pierre Berton, *Niagara: A History of the Falls*

Blicken wir den Tatsachen ins Auge«, sagte Cleopatra Maria ungefähr in Hamishs Richtung (sie hatte sich in einer Menge Gerichtsserien die Anwälte angesehen, und sie würde sich nie dazu herbeilassen, ihm in die Augen zu schauen. Der Schuldige durfte keinesfalls auf die Idee kommen, er wäre deinesgleichen). »Es gefällt mir nicht, wie Sie meine Oma rumkommandieren, nur damit Ihr Mittagessen pünktlich um zwölf auf dem Tisch steht, es gefällt mir auch nicht, wie Sie mich in Ihrer öligen Art dazu auffordern, daß ich ihr mit dem Geschirr helfe, das unter anderem Sie schmutzig gemacht haben. Es gefällt mir nicht, daß Sie die ganze Zeit die Fernbedienung in der Hand halten dürfen. Wenn Sie mir noch einmal im Weg rumstehen, steche ich Sie mit der Gabel ab, als wären Sie ein riesiger Hefekloß. Vielleicht waren Männer, die aussehen wie ein zu groß geratenes Plüschtier, früher mal süß, aber heutzutage sind sie bloß nervig. Sie sind so originell und liebenswert wie meine Schuppen.«

»Deine Großmutter braucht deine Hilfe garantiert nich, wenn sie sich 'n Freund aussucht«, entgegnete Hamish. »Haste denn keine Hausaufgaben oder so?«

»Außerdem hat meine Oma drei Millionen Jahre keinen Sex mehr gehabt. Sie hätte sogar mit einem Huhn geschlafen, wenn eins ihr Avancen gemacht hätte, also glauben Sie bloß nicht, Sie wären irgendwas Besonderes oder auch nur ansatzweise Permanentes. Ich hoffe bloß, daß Sie Kondome benutzen. Ich möchte nicht die Scherben aufsammeln, wenn Oma genug von Ihnen hat und Sie dahin schickt, wo der Pfeffer wächst.«

»Sie kann doch aber gar nich mehr schwanger werden!« rief Hamish und zog alarmiert die Augenbrauen hoch.

»Das weiß ich auch, aber ich will nicht, daß sie sich eine Krankheit einfängt, nur weil Sie kein Kondom benutzen.«

»Womit haste denn Probleme?«

»Mit dem Patriarchat.«

»Ach so.«

Allmählich bekam Hamish Angst vor Cleopatra Marias überdimensionalem Kopf.

Cleopatra Maria kritzelte eine Zahl um die andere, bis Hamish das Zimmer verließ, weil er überzeugt war, daß sie an einer Formel arbeitete, wie sie ihn ungestraft umbringen konnte. Damit lag er nicht ganz falsch, denn sie wollte ihn tatsächlich am liebsten von der Erdoberfläche verschwinden lassen oder zumindest aus ihrem *Leben,* und wenn sie eine Formel gefunden hätte, dies zu bewerkstelligen, hätte sie es auch getan. Genauso, wie sie das Rätsel des magischen Würfels gelöst hatte, ohne ihn auch nur einmal anzufassen. Sie hatte den Würfel nur angeschaut und etwas in ihr Buch geschrieben, hatte geschrieben und geschrieben, bis sie den Würfel entschlüsselt hatte. Ein Kinderspiel.

Schließlich verließ Hamish also das Zimmer. Erst stand er eine Weile auf dem Flur. Dann machte er einen Abstecher in die Küche, um sich einen Drink zu holen. Egal was. Nur damit er diesen Kopf vergessen konnte.

Unterdessen saß Cleopatra Maria in ihrem Schaukelstuhl und kritzelte in ihr Buch. Wie sie dieses Buch liebte!

Sie gab es höchst ungern zu, aber die Beziehung zu ihrem Notizbuch und ihrem Stift hatte eine eindeutig sexuelle Färbung angenommen, seit sie ihre kurze, aber spektakuläre Sexkarriere aufgegeben hatte. Das Gewicht des Stifts. Wie glatt er sich anfühlte. Die befriedigenden Kratzgeräusche, wenn er sich seinen Bleistiftweg über die Papierfasern bahnte. Das leise Quietschen und Schaben von Blei und Radiergummi. Ihr Buch war besser als jeder Liebhaber und das Schwangerschaftsrisiko gleich Null. Apropos Schwangerschaft!

Rasch stand sie auf und ging ins Badezimmer. Dort holte sie eine Packung aus dem Schrank, riß sie auf und zog die Hose runter. Routiniert zielte sie den Pinkelstrahl sechzig Sekunden lang auf das Stäbchen; ein bißchen Urin spritzte auf ihre Finger, der warme, gemütliche Geruch ihres eigenen frischen Urins stieg ihr in die Nase. Wenn er frisch aus dem Körper kommt, ist Urin steril. Steril.

Cleopatra Maria liebte diese Vorstellung, die Effizienz und Weisheit des menschlichen Körpers. Nur glaubte sie nicht recht daran.

Sie wischte das Stäbchen mit Klopapier ab und legte es auf den Badewannenrand. Inzwischen schwitzte sie ein wenig, Nervosität schnürte ihr den Hals mit Stahlbändern zu.

Ihre Periode war spät dran. Und nun?

Bestimmt war es passiert, als sie letzten Sonntag mit Oma und Tante Clotilde schwimmen war. Hatte sie nicht Niven aus dem Becken klettern sehen? Seinen Hinterkopf, seinen mageren Geniekörper. Sein Sperma im Wasser, das Cleopatra Maria aufspürte wie eine hitzeempfindliche Rakete.

Wie ein Regenwurm, der langsam von der Sonne geröstet wird, klebte Cleopatra Marias Zunge im Mund. Sie betete, obwohl sie nicht an Gott glaubte, denn sie konnte Seine Existenz nicht in ihrem Notizbuch bestimmen, also gab es Ihn auch nicht. Aber in panischen Momenten wurde selbst Cleopatra Maria abergläubisch.

Als sie die blaue Linie auf dem Stäbchen sah, die ein negatives Ergebnis anzeigte, stieß sie einen kleinen Freudenschrei aus, und das Stahlband um ihren Hals war verschwunden.

Im Wohnzimmer zuckte Hamish zusammen, als er den Schrei hörte. Hastig legte er das Notizbuch weg. Daraus wurde er sowieso nicht schlau.

Als Frau Schnadelhuber ihren Job verlor, erwählte sie Clotildes Bett als ständigen Wohnsitz. Am Morgen nach dem Johnnie Walker des Schotten und einer Million Zigaretten schlug Clotilde die Decke zurück und schlüpfte in ihre Schlappe-Schlappen, schlapp-schlappte zur Tür und dann weiter ins Klo, betätigte die Spülung und spritzte sich am Waschbecken Wasser ins Gesicht und unter die Arme. Frau Schnadelhuber tat, als schliefe sie, selbst als der Kaffeeduft ins Zimmer schwebte. Am Ende stellte sie sich tot. Frau Schnadelhuber öffnete die Augen, aber nicht richtig, weil sie ja wußte, was sie sehen würde, nämlich sich selbst, arbeitslos. Also starrte sie auf die Falze an der Wand, wo die Tapetenbahnen sich unter der weißen Farbe überlappten. Ihre Augen waren offen, aber eigentlich geschlossen, wie Katzenaugen. Mit der inneren Membran für Langeweile und Schläfrigkeit. Sie hörte das Echo ihres pochenden Herzens in der Matratze. Clotilde und ihre Schwester Frau Schmitt trugen Teller und Besteck hinaus, ließen Wasser ins Spülbecken laufen. Wasser in den Leitungsrohren, Wasser in Frau Schnadelhubers Blut, das durch ihre Adern pulsierte. Aber das Wasser floß nur langsam und versuchte das zentrale Ventilsystem zu finden, Frau Schnadelhubers Herz.

Diesen, den nächsten und den übernächsten Tag verbrachte Frau Schnadelhuber im Bett, nackt bis auf die Unterhose. Rock und Bluse lagen ordentlich gefaltet auf dem Stuhl, und der Geruch nach gekochtem Rotkohl erfüllte die Luft.

Sie tauschte den Dirndl-Panzer gegen den daunengefüllten Bett-Panzer, ihr weicher grauer Körper nackt und verletzlich wie ein Einsiedlerkrebs, der von einem Schneckenhaus ins nächste umzieht. Ihr neues Schneckenhaus war weicher als sie selbst, aber wärmer und sicherer. Eine verwundete sibirische Tigerin, die sich im Unterholz verkriecht, so schwach, daß sie sich nicht mal mehr die schwärende Wunde in ihrer Brust lecken konnte.

Delicatessen, flüsterte Frau Schnadelhuber in sich hinein. Delicatessen, das Liebeswort an sich. Nur daß ihr s verschwommen und unsauber klang, weil ihre oberen Zähne in einem Glas neben dem Bett allmählich versteinerten.

»Das Deli«, hauchte sie, und ihre Lider flatterten.

Frau Schnadelhuber war bereit sich aufzusetzen, aber mehr nicht. Unter keinen Umständen wollte sie nach der Johnnie-Walker-Nacht das Bett verlassen, nicht mal, um die Kartoffeln vom Herd zu nehmen, als sie anzubrennen drohten, na ja, vielleicht einmal, aber nur, wenn keiner sie beobachtete.

Ihre Fußnägel wurden so lang, daß die Füße nicht mehr bequem in die Hausschuhe paßten.

Jeden Tag nach der Arbeit kam Hedwig zu Besuch und rauchte vor den Augen ihrer Mutter Zigaretten jeder Marke, in der Hoffnung, mit dem Passivrauchen ihre Lebensgeister wieder zu erwecken.

»Sie weiß, daß Sie nur so tun als ob«, meinte Clotilde. »Das merkt sie an dem Rauch, der Ihnen aus der Lunge kommt.«

»Na ja, vielleicht ist sie immun, aber *ich* will nicht an Lungenkrebs sterben.«

»Verfluchte Lesben«, sagte Hamish von der Tür, als Clotilde sich hinunterbeugte, um Frau Schnadelhubers Kissen aufzuschütteln.

»Ich verstehe wirklich nicht, warum er andauernd hier sein muß«, rief Cleopatra Maria aus dem Wohnzimmer. »Schenkst du ihm mehr Aufmerksamkeit als mir, weil ich ein Mädchen bin? Ich kann nichts dafür, daß ich nicht als Junge auf die Welt gekommen bin.«

Hannelore krümmte sich innerlich zusammen. »Hamish, komm her«, befahl sie.

Rasch zog sie ihn ins Wohnzimmer und stopfte ihm den Mund mit Apfelkuchen. Dann brachte sie Cleopatra Maria dazu, den Fernseher abzuschalten und mit ihnen allen Kuchen zu essen.

»Davon krieg ich Pickel.«

»Du bist dünn wie eine Bohnenstange. Auf deinen Rippen kann man Klavier spielen.«

Dann gingen Hamish und Hannelore ins Bett.

»Ich hoffe, Sie tun's nicht ungeschützt!« schrie Cleopatra Maria ihnen nach, als sie die Treppe hinauf gingen. Alle hatten Sex außer ihr.

Frau Schnadelhuber lag in Clotildes Bett, die Haare offen auf dem Kissen, und beschloß zu sterben. Ihre Beine lösten sich vom Körper und marschierten zur Tür hinaus, die Knochen zersetzten sich zwischen den Bettlaken. Ihren Kopf stopfte sie in den Blumentopf auf der Fensterbank. Sie hatte ihr Leben dem Essen gewidmet, also warf sie ihre Eingeweide zum Fenster hinaus, denn sie würde nie wieder etwas zu sich nehmen.

Sie hatte nicht mal ein Testament aufgesetzt, aber Hedwig würde ohnehin alles bekommen, und so sollte es auch sein.

Jetzt, wo sie nichts mehr zu tun hatte, wurde Frau Schnadelhuber klar, daß ihr ganzes Leben ein schlechter Scherz gewesen war. Zwei Weltkriege hatte sie überlebt, Tod und Hungersnot, die Geburt ihrer Tochter, einen Ehemann direkt aus der Hölle – und wofür? Wozu das Ganze? Damit ihr jemand ins Gesicht sagte, sie nähme zuviel Platz weg, wäre zu nichts mehr nütze, würde nicht mehr gebraucht, und das alles nur, weil sie ein bestimmtes Alter erreicht hatte. Ihr Körper war alt, ihr Haar grau und schütter, ihre Haut weich und schlaff, wo sie früher elastisch und glatt gewesen war, aber im Kopf hatte sie sich nicht alt gefühlt, bis die anderen ihr sagten, sie wäre alt. Bevor sie anfingen, Sachen vor ihr zu verstecken, weil sie glaubten, sie wäre so alt, daß sie nichts mehr von der Welt mitkriegte. Im Bus wurde sie manchmal am Ellbogen gepackt und gezwungen, sich hinzusetzen, auch wenn sie gerade mal Lust hatte zu stehen, um besser aus dem Fenster sehen zu können. Oft waren die Leute schockiert, fast enttäuscht, wenn Frau Schnadelhuber sich als Mensch der Gegenwart entpuppte, wenn sie beispielsweise sagte: »Den Film hab ich schon gesehen«, und dieser Film nicht von 1945 stammte, sondern von 1996, und erst letzte Woche im Kino um die Ecke angelaufen war. Manchmal war Hedwig am allerschlimmsten.

Frau Schnadelhuber fühlte sich nicht häßlich und nutzlos, bis die Leute ihr klarmachten, daß sie häßlich und nutzlos war. Da kam sie sich vor wie eine Spinne, der man die Beine ausgerissen hatte und deren sterbender Körper jetzt zuckend im Zentrum ihres eigenen Netzes hing.

Frau Schnadelhuber zuckte im Bett.

»Geh nicht«, flüsterte Clotilde. »Geh nicht.«

August 1996

Niagara! The Musical sollte in einem Monat abgesetzt werden.

»New York«, sagte Hamish. »Das hier war nur 'n Testlauf, um die letzten Fältchen auszubügeln sozusagen. Jetzt ist die Aufführung perfekt.« Vielsagend tätschelte er sein nacktes Knie.

Hannelore hatte gleichzeitig Lust, sich zu übergeben und sich die Kleider vom Leib zu reißen, aber das Kleider-vom-Leib-Reißen klappte nicht mehr so gut wie früher. Zwar hatte sie sich auch in jungen Jahren die Kleider nicht vom Leib gerissen, aber sie wußte, daß sie damals bestimmt weniger Probleme mit ihrem Mantel gehabt hätte, oder beim Bücken, wenn sie sich die Strümpfe von den Zehen zog. Sie ignorierte Hamishs Hand, sein haariges Knie.

»Tja«, sagte sie nur.

»New York«, wiederholte er und spreizte die Beine noch mehr. Sein Bauch hing dazwischen wie ein Sack zollfreier Goldmünzen.

»Tja«, wiederholte sie. »Möchtest du noch ein Bier?«

Sie hatte sich schon Gedanken über ein Leben ohne Hamish gemacht, darüber, wie sauber ihre Laken sein würden, wie sauber ihre

Haut wäre ohne den Geruch und den Anblick seiner Dreckpfoten, die überall auf ihr herumkrochen. Dann dachte Hannelore plötzlich – der Niagaraball!

Sie schenkte ihm ein Glas Bitburger ein und stellte es ihm vor die Nase.

»Ihr geht also weg, du und deine Kapsel«, sagte sie.

»Mein Maskottchen«, entgegnete er.

»Ich könnte es für dich aufbewahren«, schlug sie vor.

»Aufbewahren? Warum soll ich es aufbewahren lassen? *Wo* würdest du es denn aufbewahren? Das Haus hier ist doch vollgestopft mit lauter Kraut-Krimskrams.«

»Du hast nicht mal versucht, mir den Hof zu machen«, sagte Hannelore.

»Willkommen im Jahr 1996«, gab Hamish zurück.

»Als ich noch ein Mädchen war, hat man sich ganz anders benommen«, sagte Hannelore.

»Ich kann Mädchen nich leiden«, verkündete Hamish.

»Oh«, machte Hannelore und zog langsam die Strümpfe aus.

Im Auditorium feierte das Management Idas Zwangspensionierung. Teil eines umfassenden Sanierungsplans: personelle Restrukturierungen Hand in Hand mit baulichen Renovierungen.

»Dabei bin ich doch erst einundneunzig«, flüsterte Ida.

Das Management führte Idas Pensionierung schon seit einigen Jahren im Schilde, und mit den ganzen Renovierungen und den Kürzungen staatlicher Gelder würde man ihren Lohn in einen neuen Getränkeautomaten neben der Garderobe stecken.

Die Platzanweiserinnen/Barkellnerinnen knabberten lustlos an den kostenlosen Donuts herum und tranken Kaffee im Gemeinschaftsraum. Ein Fotograf vom *City Herald* war auch da.

»Aber ich will gar nicht aufhören«, bibberte Ida, lächelte brav in die Kameras – schließlich war es die Stadtzeitung. Ihre Tochter würde die Bilder für sie ausschneiden.

»For she's a jolly good fellow«, sangen die jüngeren Platzanweiserinnen, die keinen blassen Schimmer hatten, und eine Vertreterin vom Management, ein Mannequin in einem teuren Kostüm, sang mit schmetternder Stimme mit, während sie einen Mandel-Schokoladenkuchen verdrückte.

»Ich bin allergisch gegen Nüsse«, flüsterte Ida. »Ich hab Diabetes. Und meine Pillen hab ich auch vergessen.«

Die Vertreterin des Managements half Ida, auf einem Stuhl Platz zu nehmen, und drückte ihr einen Teller mit Kuchen in die Hand.

Idas Haare schimmerten im leuchtenden Sonnenblumengelb frisch von der Haarfärbepalette.

Hannelore spürte, wie sich eine statisch aufgeladene Kugel in ihrem Kopf einnistete, direkt vor ihren Augen, so daß sie nichts mehr sehen konnte außer Statik, sonnenblumengelb und braun wie synthetischer Kuchen.

»Hast du nicht gehört, daß sie Diabetes hat?« fragte Hannelore die Kugel. Sie konnte Ida nicht mehr ansehen. Jahrein, jahraus hatte sie gearbeitet, und wofür? Für ein lausiges Stück canadischen Zuckerkuchen, den sie nicht mal essen konnte. Ida, eine von denen, die den Krieg nur aus reinem Glück überlebt hatten, deren Verwandte in den Lagern ermordet worden waren, die ihre Tochter ganz allein hatte großziehen müssen.

Und genauso würde auch Hannelore von hier weggehen, alle Frauen würden so gehen, ein Stück Nobelzucker ins Maul gestopft als Lohn für jahrelange Loyalität. Egal, daß Hannelore die Luftangriffe durchgestanden hat. Egal, daß sie für Lebensmittel Schlange gestanden hat, wie sie versucht hat, für ihre Familie Mahlzeiten aus der Luft zu zaubern. Egal, daß sie unter einem Himmel voller Flugzeuge stand und auf den Trümmern zerbombter Häuser. Egal, daß sie wegen Unterernährung die meisten Zähne verlor, egal, daß sie nach Kanada umgezogen ist, daß sie Englisch gelernt, eine Arbeitsstelle gefunden, einen Sohn und eine Enkeltochter großgezogen hat.

Zum ersten Mal in den fünfundsiebzig Jahren ihres Lebens warf Hannelore einen Kuchen, an dem nichts auszusetzen war, in den Müll. Es brachte sie beinahe um den Verstand.

Hannelores und Clotildes Haus, September 1996

Ich kauf ihn dir ab«, sagte Hannelore. Sie lag vollständig bekleidet auf dem Bett, während Hamish nackt unter der Decke herummachte, wobei sich die Matratze gefährlich eindellte.

»Was?« wollte er wissen.

»Ich möchte ihn dir abkaufen. Ich gebe meine gesamten Ersparnisse dafür dran.«

»Aber ich will ihn nicht verkaufen.«

Hannelores Vater, der die Rosen zurückschnitt, Rosen, die geschnitten und gepflegt wurden, bis sie Jahre nach seinem Tod unter einem Teppich von Läusen jämmerlich eingingen. Idas sonnenblumengelbe Haare, ihre zittrigen Hände, unfähig, ihr Namensschildchen zum letzten Mal abzunehmen. Schließlich mußte Hannelore ihr helfen.

»Ich will ihn aber. Er steht mir zu. Ich verstehe viel besser, was dein Niagaraball bedeutet, als du.«

»Vielleicht brauchste bloß noch'n Kuß.«

»Ich brauche den Ball.«

Natürlich machst du Witze, und ich lache nicht. Nein«, sagte Clotilde. »Keine Reisen mehr. Und die schon gar nicht.«

»Eine noch«, entgegnete Hannelore. »Die Niagarafälle runter in einem Faß wie eine Weltraumkapsel.«

Clotilde blätterte die Zeitung um und summte dabei »Seemann, deine Heimat ist das Meer«.

»Es wäre doch schön, zu verreisen«, meinte Hannelore. »Wir sind schon so lange nicht mehr rausgekommen.«

»Verreisen«, brummte Clotilde. »Ich weiß, ich hab gesagt, wir würden verreisen, aber du glaubst gar nicht, wie mich deine blöden, blöden Reisen anöden. Ich dachte, ich hätte mich klar genug ausgedrückt, als wir hierhergezogen sind: Ich werde nie wieder umziehen, nie im Leben. Hier sitze ich im kältesten Land der Welt, weil *du* unbedingt verreisen wolltest. Erzähl mir bloß nichts von Reisen. Halt am besten einfach den Mund. *Eine schöne Reise!*«

Einen Moment spielte Hannelore an ihren Fingernägeln herum. Die harten Nägel, poliert und gleichmäßig gefeilt, die weiche, kreppartige Haut auf Händen und Unterarmen. Langsam fuhr sie sich mit den Händen die Arme auf und ab, kratzte sich am Ellbogen, dann beugte sie sich vor.

»Komm mit«, sagte sie.

»Quatsch«, entgegnete Clotilde. »Geh und schwatz jemand anderem die Hucke voll.«

»Es ist kein Quatsch«, widersprach Hannelore. »Es geht darum, daß man nicht versteinert, weil man sich nicht mehr bewegt, es geht darum, sich ins Gedächtnis zu rufen, daß man lebt und eine Zukunft hat. Daß man das Leben bei den Hörnern packt und ...«

Clotilde schob die Brille ein Stück auf der Nase hoch. »Hörner?« fragte sie. »Was denn für Hörner?«

»Du hörst mir überhaupt nicht zu«, jammerte Hannelore.

Clotilde bohrte mit dem Fingernagel zwischen den letzten echten Zähnen in ihrem Mund, den unteren.

»Dir haben sie Zucker in den Arsch geblasen!« schrie Hannelore verzweifelt. »Mutter hat's gesagt! Mutter hat's gesagt!« Hektisch kratzte sie ihre Ellbogen, und die Haut auf den Unterarmen schlug vor Aufregung Falten. »Was ist mit Frau Schnadelhuber?« fragte Hannelore. »Deine Freundin, die sich weigert aufzustehen? Soll es uns genauso gehen?«

»Ah, Frau Schnadelhuber«, antwortete Clotilde. »Deshalb können wir nicht weg, ich muß mich um Frau Schnadelhuber kümmern.« Hinter ihrer Zeitung blinzelte Clotilde traurig.

Hannelore verschwand in der Küche, um ihren Platzanweiserinnenrock zu bügeln. Noch zwei Wochen.

Wieviel zahlst du mir, damit ich nichts verrate?« erkundigte sich Cleopatra Maria, während sie wie ein Metronom in ihrem Schaukelstuhl vor und zurück wippte.

»Ich heiße Patty!« rief sie jeden Morgen ihrem Spiegelbild zu. Ihr Körper ein schlafender Vulkan. Jeden Tag notierte sie Farbe und Größe ihrer Brustwarzen in ihrem Notizbuch.

»Wieviel willst du?« fragte Hannelore zurück.

»Krieg ich ein eigenes Zimmer im Hotel?«

»Willst du nicht bei deiner Oma schlafen?«

»Hast du vor, mir die ganze Zeit Vorschriften zu machen? Wenn ja, wenn du's auch nur einmal tust, dann steig ich nämlich aus. Ich will in Bars gehen und so. Ich bin alt genug, weißt du. Sechsundzwanzig, wenn auch emotional vielleicht ein bißchen zurück.«

»Du bist eine freie Frau«, log Hannelore. »Aber du mußt fahren. Du mußt uns nach der Landkarte lotsen.«

»Es wäre besser, wenn ihr zum Fahren einen Mann hättet«, meinte Cleopatra Maria. »Männer sind effizienter, Männer sind besser. Das hast du selbst gesagt, als du dir einen Enkelsohn gewünscht hast statt einer Enkeltochter.«

Hannelore ließ den Kopf hängen.

»Ich könnte den Truck fahren«, sagte Cleopatra Maria fröhlich. »Ich wollte schon immer mal 'nen Truck fahren.«

Cleopatra Maria stellte sich vor, wie sie hoch über dem Boden den Truck steuerte, mit der riesigen Gangschaltung hantierte, wie sie Hunde und lästige Kinder überfuhr. Cleopatra Maria hatte Erfahrung als Babysitter, das war der einzige Job, den sie noch kriegen konnte – auf anderer Leute Bälger aufpassen. Warum bekamen Leute Kinder, wenn sie keine Zeit mit ihnen verbringen wollten? Sie hatte so viele Rotznasen geputzt und so viel Babykotze aufgewischt, es war schon beinahe beängstigend. Aber sie jagte lieber den Kindern ein bißchen Angst ein, es gefiel ihr, wenn die kleinen Ekel kuschten.

»Hast du je einen Eintonner gefahren?«

»Einen Eintonner? Ich dachte, du meinst einen Pickup. Wann geht's los?«

»Wann fängt dein Semester an?«

»Ich geh dieses Jahr nicht an die Uni.«

»Gut«, sagte Hannelore, obwohl sie wußte, daß es höchstwahrscheinlich nicht stimmte. Sie würde Dieter fragen, wenn er mit Clotilde aus dem Coffeeshop zurückkam.

»Das Fernsehen ist auch nicht mehr das, was es mal war«, stellte Cleopatra Maria kopfschüttelnd fest. »Und moderne Bücher sind größtenteils Mist.« Hannelore vermutete, daß das Gespräch damit beendet war. Manchmal hatte sie das Gefühl, Cleopatra Maria wäre eher Clotildes Enkelin als ihre eigene.

Zur Zeit sah Cleopatra Maria Niven nur sehr selten, und sie mußte sich eingestehen, daß sie ihn vermißte. Früher hatten sie sich ständig im Schachclub getroffen – sie sprachen zwar nie miteinander, aber sie waren immerhin im selben Raum –, aber dann hatte man Cleopatra Maria wegen ihrer schlechten Einstellung rausgeworfen.

»Jetzt weiß ich, wie Kapitän Bligh sich gefühlt haben muß«, sagte Cleopatra Maria.

»Welchen Grund hast *du* denn, bitter zu sein?« fragte Hannelore. »Dein Leben fängt gerade erst an.«

»Denk doch mal beispielsweise an die jahrhundertelange Rassenunterdrückung«, seufzte Cleopatra Maria von ihrem heftig schaukelnden Schaukelstuhl.

»Was?« fragte Hannelore und ließ den Saum ihres Arbeitsrocks noch mal einen Zentimeter aus.

»Oder denk an jahrelange Ausbildung ohne Aussicht auf einen Arbeitsplatz«, antwortete Cleopatra Maria. »Ich hab nicht die Chancen, die meine Eltern hatten. Ich hab nichts, wofür es sich zu leben lohnt.«

»Was?« rief Hannelore.

»Denk doch mal dran, daß ich vernünftigerweise nicht damit rechnen kann, zu heiraten und Kinder zu haben, einen Job zu kriegen und für den Rest meines Lebens finanziell versorgt zu sein. Wie du.«

Hannelore summte vor sich hin und beugte sich über ihr Kreuzworträtsel.

»Wie ich sehe, benutzt du immer noch den Haarspray mit FCKW, obwohl ich dir doch erklärt habe, daß das nicht gut ist«, rief Cleopatra Maria, als Hannelore summend in die Küche spazierte. »Globale Erwärmung, was geht das meine Oma an?« sagte Cleopatra Maria und rollte sich in ihrem Stuhl zusammen. Die Welt ging vor die Hunde.

»Und niemand nennt mich Patty, wenn ich darum bitte.«

»Mein Schatz, weiter hast du keine Sorgen?« meinte Hannelore und schloß Cleopatra Maria in ihre salatsaucenduftenden Arme.

Hannelore wäre es ganz recht gewesen, wenn Cleopatra Maria sich nicht dazu verpflichtet gefühlt hätte, unbedingt *jedes* Wochenende herzukommen und überhaupt, wann immer sie gerade Lust hatte. Enkelkinder. Sie liebte ihre Enkeltochter, aber nicht die Einstellung, die sie an den Tag legte.

Hannelore gab Dieter und Rosario die Schuld daran. Hippies, die nicht daran gedacht hatten, daß Kinder Spielzeug brauchen, bis Cleopatra Maria fast anderthalb war, aber da hatte der Spielzeugmangel ihr Hirn schon durcheinandergebracht. Hannelore hatte jede Menge Pakete voller Spielzeug geschickt, ohne daß Cleopatra Maria je etwas damit anfangen konnte. Aber Dieter wußte ja auch nicht, was man damit machen sollte, denn er war im Krieg geboren und hatte am liebsten mit seinem Töpfchen gespielt, hatte es sich auf den Kopf gesetzt und sich stundenlang in einer

Ecke selbst etwas vorgesungen. Oder es in der Badewanne als Entchen benutzt.

Auch an Cleopatra Marias mangelhaften sozialen Fähigkeiten gab Hannelore ihnen die Schuld.

»Wohin gehst du denn?« erkundigte sich Cleopatra Maria gelangweilt.

Jeden Tag erschien Hamish zum Mittagessen und blieb Sonntag und Montag über Nacht.

»Warum muß er unbedingt hier übernachten?« wollte Cleopatra Maria wissen. »Ihr seid kein gutes Vorbild für mich.«

Hannelore, Clotilde und Cleopatra Maria gingen jeden Sonntag vormittag schwimmen. Mit noch feuchten Haaren kehrte Clotilde zu Frau Schnadelhuber zurück, die noch immer im Bett lag. Die Augen fest geschlossen, die Ohren jedoch hellwach, so stellte sie sich tot und spielte mit Inbrunst die Rolle derjenigen, die allen zur Last fiel. Sie hatte kein Deli, kein Einkommen mehr. Sie war zu nichts mehr nütze, höchstens noch fürs staatliche Pflegeheim. Es war alles sinnlos.

So lag Frau Schnadelhuber im Bett, der Star ihres eigenen Gruselkabinetts: eine Spinne ohne Beine, die immer noch lebte.

Für die Presse brachte sie nur ein paar Worte zustande: »Selbst mit dem letzten Atemzug würde ich jeden davor warnen, dieses Wagnis auf sich zu nehmen«, sagte sie. »Ich werde die Fälle nie wieder zu überwinden versuchen. Eher würde ich mich vor die Mündung eines Kanonenrohrs stellen, obwohl ich weiß, daß ich in Stücke geschossen werde, als mich noch einmal über die Fälle zu stürzen.«

Pierre Berton, *Niagara: A History of the Falls*

Zeit für eine Reise«, sagte Hannelore. Diesmal hatte sie die Hände über dem Bauch gefaltet.

»Ich kann sie nicht einfach hier allein lassen. Verdammt noch mal, nein. Wenn ich gehe, kommt sie mit, und wie du selbst siehst, geht sie nirgends hin«, erwiderte Clotilde.

»Sie kann aber *hier* nicht bleiben, sie wohnt nicht *hier!* Seit wann bist du für sie verantwortlich?«

»Sag das deinem Schweinemann, der sich jedes Wochenende im Wohnzimmer rumfläzt«, gab Clotilde zurück.

»Dann hol sie aus dem Bett«, sagte Hannelore. »Wir verreisen. Sie kann mitkommen oder hierbleiben, ganz wie sie will.«

Innerlich drückte Hannelore fest die Daumen, daß Clotilde sich entscheiden würde mitzukommen. Allein würde sie es nicht schaffen.

»Nein«, sagte Clotilde.

»Warum wäschst du sie nicht?« schlug Hannelore vor. »Ihre Haare, meine ich. Die geistige Gesundheit einer Frau liegt in ihren Haaren.«

»Ich komme nicht mit.«

»Ich hole das Shampoo«, erbot sich Hannelore. »Ich werde ihr das Leben retten.«

»Du rührst sie gefälligst nicht an!« bellte Clotilde.

Im Royal Auditorium, 1. Oktober 1996

Hannelore trat einen Schritt von Hamish weg.

»Ich brauche ihn unbedingt«, sagte sie. »Du kannst nicht einfach mit ihm abhauen.«

Hamish spreizte die Finger über dem polierten Holz von Anna Edson Taylors Bühnenfaß. Das dunkle Holz unter seinen Fingern. Der Geruch.

»Ich muß weg«, entgegnete er. »Es ist mein Job.« Er machte sich darauf gefaßt, daß sie in Tränen ausbrechen und ihm in die Arme fallen würde und daß sie dann miteinander schlafen würden.

»Ja, ja, du mußt weg«, wiederholte sie ungehalten. »Ich bitte dich doch nur darum, den Niagaraball hier zu lassen. Ich möchte ihn benutzen.«

Hamish wischte sich die Hände an seinem Kilt ab und schüttelte den Kopf.

»Auch so 'ne Frauensache«, meinte er leise.

Bei dem Wort »Frauen« verhaspelte er sich ein wenig, und Hannelore schwitzte, weil sie sich so anstrengen mußte, die Hände still zu halten.

»Meine Frau hat auch durchgedreht, als sie in die Wechseljahre kam«, fuhr Hamish fort. »Bißchen bekloppt.« Dabei tippte er sich mit dem Zeigefinger, dessen Nagel gesplittert war, an die Stirn.

»Hat mich sitzenlassen und ist an die Uni gegangen, wollte Geologie studieren. Hat gesagt, Steine wären vernünftiger als Männer.«

Mit Mühe hielt Hannelore den Mund. Sie begehrte seinen Körper, und gleichzeitig fühlte sie sich im Kopf zutiefst abgestoßen von all den sonderbaren Haaren, die aus seiner Nase und seinen Ohren sprossen, die Spur von Rosen zwischen den vergammelten Kohlköpfen. Bizarre männliche Falten und Speckrollen. Daß er der einzige war, bedeutete noch lange nicht, daß er der einzige bleiben mußte. Und momentan stand er zwischen ihr und Annie.

»Hab ich dich beleidigt? War ich zu direkt? Ich hätte dich nicht eine Kraut nennen sollen.«

Hannelore dachte daran, wie er seine Wurst aufspießte, als wäre sie ein Beluga-Wal im Fernsehen. Wie die Gabel durch die Haut piekte, das leise Pop, wenn die Haut aufplatzte, der Saft, der über die Gabel spritzte. So brachte man Tiere zum Aussterben.

»Nein bleibt nein«, sagte er und steckte seinen Hammer wieder in den Kilt.

»Wieviel?« fragte sie.

»Ist und bleibt unverkäuflich.«

Hannelore tat, als hätte sie es nicht gehört. Sie wollte nicht betteln.

Hannelores und Clotildes Haus, 2. Oktober 1996

Frau Schnadelhubers Dirndlrock samt Bluse waren ordentlich gewaschen und gebügelt und rochen wie Sonnenschein, ihre Strumpfhose lag auf dem Stuhl neben dem Bett.

Clotilde wusch Frau Schnadelhubers Haare in einer Schüssel. Wasser gluckerte durch ihr Haar, Clotildes Hände in der Schüssel. Hannelore brachte warmes Wasser und brummte irgend etwas zum Thema, daß sie immer noch im Bett rumgammelte, aber es war nicht *ihr* Zimmer, Frau Schnadelhuber nicht ihre Freundin, und nur wenn Clotilde das Shampoo kräftig einmassierte, öffnete Frau Schnadelhuber einen Augenblick ihr Riechorgan. Der Geruch nach Sonne. Der leichte Duft von 4711, das Clotilde täglich trug und auch auf die Bettwäsche sprühte.

Clotilde wedelte mit dem Fön über Frau Schnadelhubers Haare, flocht sie und küßte die Spitzen der Zöpfe.

»Ich gehe ein paar Stunden in die Bibliothek«, sagte Clotilde. »Lauf nicht weg«, setzte sie mit einem Seufzen hinzu.

Frau Schnadelhuber, der Körper im Bett.

Vom Fenster aus beobachtete Hannelore, wie Clotilde die Straße hinunterwatschelte.

Sobald sie um die Ecke verschwunden war, knallte Hannelore eine Pfanne auf den Herd und begann, Würste zu braten, als ginge es um Leben und Tod, warf Zwiebeln dazu, spülte Sauerkraut ab, löffelte delikat gewürzten Kartoffelsalat aus einem Styroporkarton auf zwei Teller. Dann grapschte sie zwei Bitburger aus dem Kühlschrank, stellte zwei Biergläser neben die Teller aufs Küchentablett. Vergaß auch nicht den Aschenbecher. Sie klopfte ihre knallroten Wangen, nahm das Tablett und trug es in Clotildes Schlafzimmer.

»Guten Tag, Frau Schnadelhuber«, säuselte Hannelore und lächelte so inbrünstig, daß ihre Augen zwischen all den Fältchen in ihrem Gesicht fast verschwanden und ihre weißen Löckchen hüpften.

Das Tablett fest in den Händen, so fegte sie durchs Zimmer. Eile war angesagt, denn sie mußte die Sache erledigt haben, ehe Clotilde aus der Bibliothek zurückkam, also stampfte sie ins Zimmer und ging sofort zur Sache.

»Geht's Ihnen immer noch schlecht?« fragte sie. »Sie brauchen ein bißchen Aufmunterung, das ist immer das beste.«

Wie der Blitz sauste Hannelore auf den Flur und brachte den tragbaren Plattenspieler herein, klappte ihn auf, knallte eine Platte darauf und drehte die Lautstärke voll auf. Bayerische Volkslieder. Sie schaltete den Apparat ein.

Das Orchester stimmte einen Rumtata-Rhythmus an, und die Musiker schlugen sich mit bayerischer Begeisterung auf die lederbehosten Schenkel.

»Ahh!« rief Hannelore und klatschte in die Hände. »Schön, schön, schön.«

»Das war die Lieblingsmusik meines Mannes!« rief Hannelore dem Zimmer und dem trägen Körper im Bett zu. Zwar war Hannelore einigermaßen entsetzt, daß Frau Schnadelhuber zunehmend den Anschein einer Leiche erweckte, aber sie verbannte jedes Entsetzen aus ihrer Stimme und schenkte flott das Bier in die Gläser. Dann zündete sie sich eine Zigarette an, inhalierte tief und legte sie in den Aschenbecher.

Nachdenklich blickte sie auf den Körper im Bett.

»Wir haben uns nie richtig miteinander unterhalten, Frau Schnadelhuber! Wir haben nie miteinander geredet!«

Leise wiegte sie den Kopf im Takt, stellte zwei gefüllte Teller auf den Nachttisch und begann zu essen, zu trinken und zu rauchen. Dazu klopfte sie mit den Fingern den Takt.

Oma Hupfel hatte gesagt, die Würstchen wären Frau Schnadelhubers Lieblingswürstchen.

»Frau Schnadelhuber mag sie lieber als Zigaretten«, so lauteten Oma Hupfels Worte. »Und das will was heißen!«

»Kommen Sie! Kommen Sie!« sagte Hannelore zu Frau Schnadelhuber. »Essen Sie doch ein bißchen, während wir reden! Wenn Sie keinen Hunger haben, ist das in Ordnung, wirklich, Sie können ja später was probieren. Aber ich habe eine Bitte an Sie«, erklärte Hannelore mit vollem Mund. »Eine große Bitte!«

Frau Schnadelhuber lag im Bett, ihre Gedanken so platt wie die Tapete.

»Ich möchte eine Reise machen, ich möchte in einem Faß die Niagarafälle runterfahren, und mein Freund hat das perfekte Faß, aber jetzt will er es mir nicht geben. Das ist doch haarsträubend, nicht?«

Die Musik plärrte von der Platte, die Bayern unter der glatten schwarzen Oberfläche wackelten mit den Köpfen, klatschten sich auf die Schenkel und wedelten mit ihren Hutfedern durch die Luft.

»Clotilde und ich sind sehr dankbar für den Laptop, den Sie für Cleopatra Maria gestohlen haben – hab ich Ihnen überhaupt je gesagt, wie sehr ich mich darüber gefreut habe?«

Hannelore zog an der Zigarette und nahm dann einen großen Schluck Bier, um das Feuer in ihrer Kehle zu löschen.

»Der Computer war wirklich wundervoll für Cleopatra Maria, und eine solide Ausbildung ist doch so wichtig«, fuhr Hannelore fort. »Ich möchte Sie um einen Gefallen bitten, Frau Schnadelhuber, ich brauche Ihre Hilfe. Ich weiß, Sie sind die einzige, die mir helfen kann.«

Hannelore stand auf, drehte die Musik leiser und beugte sich ganz nahe über Frau Schnadelhubers Gesicht. Sie machte einen langen Zug an der Zigarette und blies Frau Schnadelhuber dann ihren nach Wurst, Bier und Zigarettenqualm duftenden Atem direkt in die Nase.

»Zuerst hab ich Ihre Geschichten über die Gestapo, über die Gattin des Generals und über die Bomben nicht geglaubt. Ich hab Ihnen nicht geglaubt, daß Sie Chauffeuse waren, aber als ich den Computer gesehen habe, ohne Tüte, ohne Quittung, mit meinen eigenen Augen, da hab ich meine Meinung revidiert. Alles. Ich brauche Sie, Frau Schnadelhuber. Ich brauche Sie, um dieses Faß zu stehlen, weil Sie die einzige sind, die weiß, wie man so was anstellt. Hören Sie mich, Frau Schnadelhuber? Hören Sie mich?«

Frau Schnadelhubers Gesicht war eine Totenmaske, toter als tot.

»Frau Schnadelhuber? Frau Schnadelhuber, ich glaube, Sie haben Talente, die Sie nicht vergeuden sollten, nur wegen dieser dummen Jobgeschichte. Wenn Sie weiter hier rumliegen, ist das, als würden Sie ein ganzes frisch gebratenes Ferkel wegschmeißen. Und das wäre jammerschade!«

Hannelore starrte Frau Schnadelhuber an.

»Frau Schnadelhuber! Haben Sie mich gehört? Ich brauche Sie, um das Verbrechen des Jahrhunderts zu begehen!«

Ein einzelner Funke zischte durch Frau Schnadelhubers Kopf. Das Verbrechen des Jahrhunderts. Schinkenspeck auf Roggenbrot, ein bißchen Salz drüber. Das Verbrechen des

Jahrhunderts. Der heiße, sexuelle Geschmack von Schokolade in ihrem Mund. Das Verbrechen des Jahrhunderts.

»Oder haben Sie vielleicht ...«, fuhr Hannelore fort, verengte die Augen zu Schlitzen, so schmal, daß sie kaum noch etwas sehen konnte, und brachte ihr Gesicht so nahe wie möglich an das von Frau Schnadelhuber, ohne es zu berühren. Ihre Stimme klang sanft, fast süßlich: »Haben Sie vielleicht geschwindelt, Frau Schnadelhuber, sind Sie vielleicht eine Lügnerin, habe ich mich in Ihnen getäuscht? Wenn ich Sie mir so ansehe, wie Sie sich im Bett meiner Schwester breitmachen und ihr das Herz brechen, da fällt es mir sehr schwer zu glauben, daß Sie eine Spionin für den Widerstand waren, da denke ich eher, Sie sind eine arbeitslose Kellnerin und waren das schon immer, und außerdem eine Last und vollkommen unbedeutend. Denn eine Spionin würde sich nicht so hängenlassen wie Sie, niemand, der den Krieg überlebt hat, würde sich so hängenlassen, Punktum.«

Hannelore nahm noch einen Bissen Wurst, einen Schluck Bier, senkte den Kopf und zischte direkt in Frau Schnadelhubers Gesicht: »Als mein Mann gestorben ist und ich nichts zu essen hatte für meinen Sohn, habe ich mich da selbst bemitleidet, habe ich mich da zum Sterben hingelegt? Ich glaube Ihnen kein Wort, Sie haben uns alle an der Nase rumgeführt, Sie haben die ganze Geschichte erfunden! *Alles Schwindel!*«

Hannelore sah die Spucke nicht, die von Frau Schnadelhubers Lippen abgefeuert wurde. Die Spucke war so schnell, so tödlich präzise gezielt, ein Projektil, das mit der Wucht einer wäßrigen Pistolenkugel auftraf und Hannelores Kopf mehrere Zentimeter nach hinten warf.

»Ich miete einen Truck, der groß genug ist für das Faß«, flüsterte Hannelore durch die Spucke, die ihr übers Gesicht lief. »Sie haben gesagt, Sie sind Chauffeuse gewesen, Sie können das Ding fahren, und Sie können mir helfen, das Faß zu stehlen.«

»Fahren?« Frau Schnadelhubers Stimme klang kratzig.

»Und stehlen«, ergänzte Hannelore.

»Stehlen?« Frau Schnadelhubers Stimme erhob sich wie ein verrosteter Blechvogel.

Die Elektrizität in Frau Schnadelhubers Kopf geriet derart heftig in Bewegung, daß sie die Oberfläche durchbrach, und plötzlich setzten sich ihre Knochen ganz von alleine auf.

Frau Schnadelhuber fuhr für ihr Leben gern Auto.

Auf einmal erinnerte sich Frau Schnadelhuber an die Zeit im Krieg, als sie die Gattin des Generals herumchauffiert hatte.

»Wenn man fährt, bekommt man eine Menge Dinge zu sehen«, hatte Frau Schnadelhuber eines Nachmittags zu Clotilde gesagt, »und ich war eine *hervorragende* Fahrerin. Hab's im Krieg gelernt, als die Männer alle weg waren. Ich hab die Gattin des Generals gefahren. Nach dem Motto aller Dienstboten: Augen auf, Klappe zu. Wenn man auf seine Arbeit Wert legte. Sei wie ’ne Wand. Wie die Matratze im Hotelzimmer. Die Gattin des Generals starb bei einem Luftangriff an einem Herzinfarkt. Nicht aus Angst, im Bombenhagel getötet zu werden, sondern aus Angst, zu überleben und von der Gestapo geschnappt zu werden.«

»Quatsch!« sagte Clotilde.

»Hör lieber zu«, sagte Frau Schnadelhuber. »Lieber einen Herzinfarkt, als von der Polizei einkassiert zu werden. Aber ich bin sicher, daß der Anfall nicht echt war, sie hatte Pillen geschluckt, sie wollte Selbstmord begehen, der Zeitpunkt war perfekt. Sie benutzte ihren Mann, den General, als Informationsquelle. Wenn es je jemanden gab, der echten Widerstand geleistet hat, dann war es diese Frau. Sie hat Pläne in Umlauf gebracht, den Grundriß eines Konzentrationslagers. Ich bin nur im Arbeitslager gelandet, wegen meiner defätistischen Einstellung, aber ich hatte Glück. Verdammt viel Glück. Ich brauch ’ne Zigarette.«

»Können Sie einen Eintonner fahren?« Was für eine Frage! Frau Schnadelhuber konnte alles fahren, was Räder hatte, einmal hatte sie sogar einen Panzer gesteuert, und ihr kleines Taxi hatte sie – ehe das Benzin ausging – durch die Schuttberge chauffiert, die mal ihre Heimatstadt gewesen waren. Sie fuhr Krankenwagen, die Gangschaltung war ihr Zauberstab.

»Ich brauch 'ne Zigarette«, krächzte Frau Schnadelhuber und schlug die Augen auf.

Da hielt sich Hannelore ihre fettigen Wursthände vor den Mund und begann zu weinen – dicke, heiße Tränen, die ihren Kopf in ein großes hartgekochtes Ei verwandelten.

»Natürlich kriegen Sie eine Zigarette!« Hektisch riß Hannelore das knisternde Zellophanpapier von den schon ganz vertrockneten Zigaretten und steckte sich zur Feier des Tages gleich auch noch eine in den Mund: Aus zwei Feindinnen waren plötzlich Verbündete geworden.

An diesem kalten, windigen Nachmittag des 24. Oktober 1901 wurde ihr zwar klar, daß sie in praktischere Kleidung würde schlüpfen müssen, sie weigerte sich jedoch, bereits in Niagara Falls, New York, einen kurzen Rock anzuziehen, da »es für eine kultivierte Frau meines Alters unpassend wäre.«

Als sie das Ruderboot nach Grass Island oberhalb der Fälle bestieg, trug sie einen großen Hut, ein langes schwarzes Kleid mit eng geschnürter Taille und Puffärmeln. Auf der Insel angekommen, schickte sie die beiden Ruderer ins Gebüsch, während sie sich am anderen Ende der Insel umkleidete, einen kurzen Rock anzog und ihre schwarzen Strümpfe und den Hut ablegte.

Percy Rowe, *Niagara Falls & Falls*

Hannelore, Frau Schnadelhuber, Clotilde und Cleopatra Maria saßen um den Tisch im Wohnzimmer. Sie sahen aus, als würden sie Canasta spielen, aber es war kein normales Canasta, denn sie spielten mit den Karten, die ihnen am Tag ihrer Geburt zugeteilt worden waren.

Hannelore beschrieb den Niagaraball und die Katakomben, in denen Hamish ihn aufbewahrte.

Frau Schnadelhuber hörte zu, und in ihrem Gehirn wirbelten die Gedanken heftiger durcheinander als Obst im Mixer.

Cleopatra Maria konnte es kaum erwarten, endlich alt zu sein. Sie wollte alt sein, damit ihr Leben auch so aufregend würde. Sie hielt ihren Druckbleistift über das Millimeterpapier, als wollte sie es aufspießen, und sobald Hannelore zu sprechen begann, kritzelte sie etwas auf das Papier, so daß der Stift auf und ab hüpfte wie der Kopf eines Eistauchers, der einen Fisch nach dem anderen an die Wasseroberfläche befördert.

Clotilde schlug mit der Faust auf den Tisch und rief: »Unmöglich! Bei so einem Schwachsinn mach ich nicht mit!«

Cleopatra Marias Stift landete ruckartig auf dem Papier, und die Mine brach ab.

Frau Schnadelhuber zwinkerte, und Hannelore schob ihre Brüste vor und richtete sie auf Clotilde.

Da sagte Clotilde: »Na gut, so könnten wir's machen.«

Cleopatra Maria klickte ein neues Stück Mine aus ihrem Druckbleistift.

Im Royal Auditorium, 3. Oktober 1996

Hannelore, Frau Schnadelhuber, Cleopatra Maria und Clotilde schlichen durch die Katakomben unter dem Royal Auditorium. Hannelore führte die anderen an Stühlestapeln und Metallkisten mit nie benutzter Beleuchtungsausrüstung vorüber. Kleiderpuppen mit altmodisch ausladenden Körpermaßen, purpurrote Seidenhöschen, die eine zweite Besetzung der letzten Show nach ihrem Rendezvous mit dem Hausmeister einzusammeln vergessen hatte. Zusammengerollte Kabel, Mäuseköttel. Schwarze Käfer. Eine Puppe in Platzanweiserinnenuniform.

»Ida!« wisperte Hannelore.

Ida verkroch sich hastig hinter einem Turm aufgestapelter Stühle.

»Ida, komm raus! Was ist denn los, warum versteckst du dich?« fragte Hannelore.

»Ich hab nicht dran gedacht, was passiert ist«, erklärte Ida. »Ich bin zu meiner Schicht gekommen, und da erst ist mir eingefallen, daß das Management mich gefeuert hat.«

»Diese Schweine!« sagte Frau Schnadelhuber. »Aber gut, daß Sie da sind. Wir können noch jemanden gebrauchen.«

»Aber doch nicht Ida!« widersprach Hannelore.

»Wofür könnt ihr mich nicht gebrauchen?« erkundigte sich Ida.

»Nichts«, antwortete Hannelore.

»Für das Verbrechen des Jahrhunderts«, antwortete Frau Schnadelhuber.

»Oma will Hamishs Niagaraball klauen«, erklärte Cleopatra Maria. »Sie haben mich gezwungen mitzumachen.«

»Da ist das Ding«, sagte Hannelore, »aber ich weiß nicht, wo Hamish ist. Er ist immer in der Nähe, immer.«

»Herr des Himmels, was ist das für eine ekige Farbe«, sagte Cleopatra Maria. »Zum Kotzen! Und es ist auch kein Ball, es ist ein Ei! Mit dem Ding wollt ihr die Fälle runter? Vergeßt es! Ich sag Mummy und Daddy Bescheid!«

»*Was* habt ihr vor?« fragte Ida.

»Es hängt alles von der richtigen Einstellung ab«, sagte Frau Schnadelhuber. »Man muß einfach so tun, als gehörte es einem.«

»Es gehört mir ja auch«, sagte Hannelore.

»Da haben wir's«, sagte Clotilde.

»Wir kriegen das Ding niemals von der Stelle«, jammerte Cleopatra Maria.

Hannelore lehnte sich gegen den Niagaraball, der sich langsam rollend in Bewegung setzte.

»Hey!« rief Cleopatra Maria und stupste den Ball von vorn und hinten. Kickte ihn in die Seite. Versuchte, ihren Druckbleistift reinzustechen, womit sie jedoch scheiterte. Dann zog sie ihren Zollstock heraus, maß Durchmesser und Länge des Balls und schrieb die Maße in ihr Notizbuch.

»Mach ihn auf!« befahl sie.

»Wir müssen weg!« drängte Hannelore.

»Mach das Ding auf, oder ich steige aus. Ich will kein Omelett als Oma! Ich habe Verantwortung!« beharrte Cleopatra Maria.

Hannelore klappte die Tür auf, und Cleopatra Maria sprang hinein. Der Ball bebte. »Die Solarzellen sind futsch«, stellte Cleopatra aus dem Innern des Balls fest.

»Es gibt 'nen Lichtschalter«, sagte Hannelore.

»Hab ihn schon!«

Cleopatra Maria tippte Zahlen in den Taschenrechner ein, zog die Angaben zu Rate, die sie sich zuvor aus dem Internet geholt hatte und die über die Höhe der Fälle Auskunft gaben, über die Wassermenge, die sich im Sommer, im Herbst und im Winter über die Felsen ergoß, die Wassertiefe und den Druck am Fuß der Fälle. Emsig kratzte ihr Stift übers Papier. Der Ball geriet ins Schwanken, so heftig arbeitete ihr Gehirn.

»Sensationell«, sagte Cleopatra Maria und stieg aus dem Ball. »Ich bin echt beeindruckt. Es ist nicht gefährlicher, als von einer fünfzig Zentimeter hohen Mauer zu springen. Das gefällt mir!«

»Na immerhin!« rief Clotilde.

Hannelore klappte die Tür wieder zu. Dann rollten die Frauen den Ball in Richtung Bühnenausgang.

»Nein«, sagte Hannelore, »am hellichten Tag geht das nicht, da sieht man uns doch, und jeder weiß sofort Bescheid.«

Hannelore begann zu schwitzen.

»Einstellung!« rief Frau Schnadelhuber.

»Einstellung«, flüsterten die anderen im Chor.

»Aber warum nehmen wir ausgerechnet den Bühnenausgang?« fragte Ida.

»Um aus dem Gebäude zu kommen, ohne daß uns einer sieht.«

»Aber da muß man doch gar nicht durch den Bühnenausgang. Auf der Westseite führt eine Tür ins Freie.«

»Die Tür hab ich nie gesehen«, sagte Hannelore. »Seit Jahren arbeite ich jetzt hier und hab nie etwas von dieser Tür gehört.«

Ida leuchtete mit der Taschenlampe, die sie ebenso abzugeben vergessen hatte wie ihre Uniform, zwischen den Kleiderpuppen herum und begann, sie beiseite zu schieben.

»Die Tür ist alt, aus der Zeit vor der Renovierung«, flüsterte Ida.

Im Schein der Taschenlampe studierte Cleopatra Maria ihre Aufzeichnungen, während die anderen mit den Kleiderpuppen kämpften, die ihren Alternativfluchtweg versperrten. Sie zog den Druckbleistift aus der Tasche und zeichnete die Tür ein.

Jetzt verschwand Ida hinter der letzten Puppe, die Platzanweiserinnentaschenlampe ein Stück vor ihre orthopädischen Schuhe auf den Fußboden gerichtet. So schritt sie hinter dem Lichtkegel durch die Katakomben. Hannelore tupfte sich den Schweiß von der Stirn.

»Sie, Frau Schmitt«, sagte Frau Schnadelhuber, »warten Sie lieber draußen im Truck. Sie verbreiten schlechte Schwingungen, ich kann riechen, daß Sie die falsche Einstellung haben, und ich will nicht, daß jemand Ihre Einstellung riecht und uns folgt. Ida weiß den Weg, Sie können rausgehen und sich in den Truck setzen.«

Hannelore wischte sich den Schweiß von der Stirn, knöpfte die Bluse auf, tupfte sich mit einem Kleenex die Achselhöhlen trocken und stolperte in die entgegengesetzte Richtung davon.

Ida zeigte ihnen die Tür, und sie rollten den Niagaraball über den Parkplatz zum Truck, als wäre er ein Kinderwagen voll leerer Pfandflaschen. Cleopatra Maria klappte die hintere Tür des Trucks auf, ließ die Rampe herunter, und sie rollten den Ball hinauf.

»So«, sagte Frau Schnadelhuber.

»So«, sagte Clotilde.

»So«, sagte Cleopatra Maria.

»Kann ich mitkommen?« fragte Ida.

Edmonton, Kanada, 3. Oktober 1996

Für die Fahrt zu den Niagarafällen wollte Hannelore einen Eintonner mieten, und Cleopatra Maria würde Frau Schnadelhubers Kombi fahren. Aber jetzt mußten sie den Niagaraball irgendwo verstauen, bis Hannelores Urlaub anfing.

»Haben Sie das Unterbringungsproblem nicht bedacht, ehe wir den Ball gestohlen haben?« fragte Frau Schnadelhuber, die Hände in die Hüften gestemmt.

»Wir könnten ihn auf den Hof hinterm Haus stellen«, sagte Clotilde.

»Damit irgendwelche Teenager ihn klauen«, gab Hannelore zu bedenken. »Oder die Polizei ihn entdeckt, wenn Hamish beschließt, danach zu suchen.«

»Wir haben keinen Platz, wir haben keinen Platz«, jammerte Hannelore allein im Hausflur, während der Ball im gemieteten Truck wartete und unnötig Geld und Zeit verschwendete.

»Ach Oma«, stöhnte Cleopatra Maria. Dann ging sie in die Küche hinauf, um ein Glas Pflaumensaft zu trinken.

Alle Zimmer im Haus waren vollgestellt mit eckigen Hochzeitsgeschenk-Möbeln. Die schmale, steile Treppe in der Mitte des Hauses nahm noch mehr Platz weg. Im Keller reihten sich Regale mit Marmelade und uralten Flaschen Sekt aneinander, der schon seit 1989 sauer war, außerdem Gartengeräte, Dieters und Rosarios Hippie-Möbel und Cleopatra Marias Fahrrad, auf dem sie nie fuhr, weil der Fahrradhersteller ein Ausbeuterbetrieb war.

»Du glaubst doch nicht, daß ich das Fahrrad einfach rausschmeiße!« sagte Hannelore.

»Rausschmeißen wäre noch viel zu gut dafür«, meinte Cleopatra Maria aus ihrem Schaukelstuhl.

Hannelore schauderte angesichts solcher Verschwendung.

Dann ging sie nach oben und sah zu, wie Cleopatra Maria ihren Pflaumensaft durch einen durchsichtigen spiralförmigen Strohhalm saugte.

»Ich hab viel zuviel Zeug«, sagte Hannelore zu Cleopatra Maria. »Denk nach! Wo können wir den Niagaraball unterstellen?«

Cleopatra Maria schlürfte.

»Ich brauch das ganze Zeug nicht«, sagte Hannelore und marschierte von der Küche ins Wohnzimmer, das vollgestopfteste Zimmer von allen. Sie umkreiste den Tisch, den Fernseher, das Sofa, Cleopatra Marias Schaukelstuhl.

Cleopatra Maria wanderte ebenfalls ins Wohnzimmer und ließ sich mit ihrem Glas in den Schaukelstuhl sinken, ohne den Strohhalm aus dem Mund zu nehmen.

»Warum geben mir die Leute dieses ganze Zeug?« brummte Hannelore. »Wohin soll ich mit dem Ball, wenn dieses ganze Zeug im Weg rumsteht? Wohin soll das ganze, wenn ich nicht mehr da bin? Ich muß Platz schaffen. Hier, Cleopatra Maria, nimm doch schon mal die Kristallgläser. Für deine Aussteuer, wenn du heiratest. Und das silberne Nußknacker-Set.«

Hannelore stellte eine Schachtel auf Cleopatra Marias Schoß.

»Kann ich statt dessen das Besteck haben?« fragte Cleopatra Maria.

»Womit sollen wir dann essen?«

»Oma, was soll ich denn aus kristallenen Likörgläsern trinken? Coca-Cola? Du weißt doch, daß ich nichts von regelmäßigem Alkoholkonsum halte. Ich bin anders als ihr, ich trinke nicht ständig, auch nicht aus medizinischen Gründen. Wenn ich trinke, will ich mich besaufen, und dazu brauch ich keine schicken Gläser.«

»Und was ist mit deinen Gästen?« fragte Hannelore. »Du erwartest doch nicht etwa von deinen Gästen, daß sie mit dir aus derselben Flasche trinken, oder?«

Cleopatra Maria stierte vor sich hin. Eine dermaßen dumme Frage konnte sie nur geflissentlich überhören.

Hannelore kratzte sich an den Ellbogen und fuhr sich mit den Händen über die Unterarme.

»Ich hab keinen Platz, ich hab keinen Platz,

ich hab keinen Platz. Clotilde! Frau Schnadelhuber! *Wir brauchen Platz!*«

»Ich sag doch, stell das Ding auf den Hof«, sagte Clotilde.

»Und was ist, wenn es regnet?« gab Hannelore zu bedenken.

»Ist das Ding nicht wasserdicht? Du willst einen Wasserfall damit runtersausen, und dann ist es nicht wasserdicht?«

Einen Augenblick unterbrach Hannelore ihre Kratzerei.

»Ich will nur nicht, daß es dreckig wird«, erklärte sie.

»Na, dann wirst du es wohl zurückgeben müssen«, rief Cleopatra Maria vom Schaukelstuhl. »Das wäre sowieso das beste.«

Frau Schnadelhuber kam zur Tür hereingetänzelt. »Auf geht's«, sagte sie.

Im Deli, 4. Oktober 1996, Mitternacht

Der Ball thronte im Deli. Schwebte im Deli. Sie umringten ihn und begutachteten ihn von allen Seiten.

Cleopatra Maria war noch nie nachts in einer Shoppingmall gewesen. Sie kam sich vor wie ein Vampir.

»Das ist ja alles schrecklich aufregend«, meinte Oma Hupfel. »Ein riesiges orangenes Ei. Was haben S' damit vor? Ist es ein Raumschiff?«

»Das fällt garantiert jedem gleich auf«, murrte Cleopatra Maria. »Absolut lachhaft.«

»Alles nur eine Frage der Einstellung«, mahnte Frau Schnadelhuber.

»Was immer dieses Ei sein mag«, stellte Oma Hupfel fest, »ich mag die Farbe nicht. Viel zu grell.«

Damit wuselte sie ins Hinterzimmer und holte eine Trittleiter.

Sorgfältig breitete sie eine gelbe Tischdecke über das Ei. Dann eine kleinere Decke mit gestickten Gänseblümchen an den Ecken über das gelbe Tischtuch.

»Mir gefällt's immer noch nicht«, bemerkte sie. »Aber immerhin hat's jetzt was an.«

Oma Hupfel wischte sich die Hände an der Schürze ab. »Die Tischtücher schaun gut aus«, meinte sie. »Finden S' nicht auch, daß die gut ausschaun? Eine schöne Farbzusammenstellung, Purpur und Gelb.«

»Mit einem Kranz Trockenblumen obendrauf würde es noch besser aussehen«, schlug Frau Schnadelhuber vor.

Oma Hupfel fand es langweilig, mit Teenagern zusammenzuarbeiten, jetzt, nachdem das Fax die älteren Bedienungen und Köchinnen samt und sonders ausgemerzt hatte. Sie war nicht gerne Chefin von so viel jungem Gemüse, junge Leute waren so unzuverlässig, aber wer bemühte sich bei einem Stundenlohn von sechs Dollar schon um Zuverlässigkeit? Sie wurden einfach zu schlecht bezahlt, um zuverlässig zu sein. Sechs Dollar waren zuwenig, für den Hungerlohn kümmerte sich niemand unter fünfundsechzig um irgendwas.

»Das würde Madame bestimmt nicht gefallen«, sagte Oma Hupfel geistesabwesend und zupfte an den Ecken der gelben Tischdecke herum, bis sie einigermaßen gerade lagen.

»Aber dieses junge Gemüse kapiert überhaupt nix«, sagte Oma Hupfel. »Die kriegen nicht genug bezahlt, um was zu kapieren, die hacken bloß auf der Salami rum, kochen die Kartoffeln nicht lang genug, wiegen ihre Post auf der Fleischwaage. Ratschen mit ihren Freunden, statt den Fußboden zu schrubben. Es ist einfach nicht mehr wie früher.«

Traurig rollte Oma Hupfel eine Salami zwischen den Händen, und in ihrem Kopf pellte sie die Haut ab und schnitt die Wurst ordentlich in Scheiben.

»Und die Kunden?« fragte Clotilde.

»Solange die das Essen pünktlich und warm kriegen, fällt denen gar nichts auf«, antwortete Frau Schnadelhuber. »Bis zum Wochenende ist das Ding hier gut aufgehoben, und dann holen wir es ab.«

»Was ist es denn jetzt?« fragte Oma Hupfel noch einmal.

»Ich will damit die Niagarafälle runterfahren«, antwortete Hannelore.

»Jessesmariaundjosef!« rief Oma Hupfel und preßte sich die Schürze ans Herz. »Sie werden sich umbringen!«

Leise steckte Cleopatra Maria den Arm in den Kühlschrank mit der Glastür und zog eine zuckrige Apfelscheibe aus einem langen, noch nicht angeschnittenen Apfelstrudel. Oma Hupfel drehte blitzschnell den Kopf und sah Cleopatra Maria einen Augenblick an. Der kalte, gekochte Apfel in Cleopatra Marias Mund, ihre Finger mit Strudelteig verklebt. Wortlos wandte sich Oma Hupfel wieder an Hannelore.

»Kann ich auch mitkommen?« fragte Oma Hupfel.

Hannelore schnaubte.

Sie spürte nichts, als das Faß auf dem Wasser aufschlug, sie wußte einfach, daß es unter die Oberfläche sank. Sie fühlte sich allein, verlassen. Etwa eine Minute verging, dann spürte sie, wie das Faß wieder nach oben trieb. Dann schoß es drei, dreieinhalb Meter über die Wasserfläche empor, stürzte wieder herunter und tauchte ab, wieder in die Höhle hinter dem Wasserfall. Dort wurde es von den Wellen ergriffen, in die Luft katapultiert und landete auf dem Felsen. Sie wurde umhergeschleudert wie »Butter im Butterfaß«.

Pierre Berton, *Niagara: A History of the Falls*

Trans-Canada Highway:
Donnerstag, 17. Oktober 1996, 8.16 Uhr

Endlich sind sie unterwegs. Cleopatra Maria sitzt neben ihrer Oma, schweigend, nur der Motor brummt. Weil sie nicht die gleichen Lieder kennen, können sie nicht zusammen singen. Beide sehnen sich nach der Pufferzone von Essen oder Fernsehen, damit sie wissen, wie sie sich als Großmutter und Enkeltochter zu benehmen haben. Cleopatra Maria sehnt sich nach einer normalen Großmutter, die asexuell ist und ihre Enkelin zum Mittelpunkt ihres Lebens macht. Hannelore sehnt sich nach einem Urgroßenkel von einer Enkeltochter, die asexuell sein soll. Cleopatra Maria fährt den Highway entlang und sieht immer wieder in den Rückspiegel auf den Truck hinter ihnen und die beiden Frauen auf dem Vordersitz, die sich bei jeder roten Ampel küssen.

»Das können die doch nicht machen, hier auf dem Highway«, sagt Cleopatra Maria. »Ich glaub, bei der nächsten roten Ampel steig ich aus und sag ihnen, sie sollen das gefälligst lassen. Das ist ja verkehrsgefährdend.«

»Was?« fragt ihre Großmutter. »Wer soll womit aufhören?«

»Nichts«, antwortet Cleopatra Maria.

»Nichts«, wiederholt ihre Großmutter. »Das sagst du dauernd.«

»Na schön«, meint Cleopatra Maria. »Tante Clotilde und Frau Schnadelhuber küssen sich an jeder roten Ampel, sie schmusen in ihrem Truck rum, und irgendwann werden sie nicht mitkriegen, wenn wir losfahren, und dann verlieren wir sie.«

»Was für eine wunderschöne Gegend«, sagt Hannelore. »Sieh dir all die Kühe an. Die Kanadier kümmern sich wirklich hervorragend um ihr Land, da ist es einfach schön, mal aus der Stadt rauszukommen, nicht?«

Cleopatra Maria fährt den Highway entlang und sieht immer wieder in den Rückspiegel. Sie ist bis an die Kiemen mit Antibabypillen ausgerüstet, und der Koffer quillt über von Reservepackungen für den Notfall. Wenn sie eine fünfundachtzigjährige Lesbe wäre wie Tante Clotilde, müßte sie sich keine Sorgen machen, daß sie schwanger wird. Aber sie macht sich sogar Sorgen um ihre Oma und diesen schweinischen Hamish. Wahrscheinlich benutzen sie keine Kondome. Hamish sieht aus wie einer, der sich darüber beschwert, daß ein Kondom die Empfindsamkeit seines ach so kostbaren Penis schmälert. Aber was ist, wenn es doch mal einen Zufallstreffer gibt? Was, wenn sich in ihrer Oma doch noch eine fruchtbare Eizelle rumtreibt und eins von Hamishs blöden Spermien sie findet? Es gibt immer dumme Zufälle. Cleopatra Maria haßt das, und erst nach jahrelangem Experimentieren in allen möglichen Lebenslagen ist ihr klargeworden, daß sich die Welt nicht einfach Stück für Stück mit ihrem Druckbleistift in ihr Notizbuch übertragen läßt; man muß immer mit dummen Zufällen rechnen – die Fliege im Honig, das Haar in ihrer ansonsten delikaten Suppe. Diese ganze Reise ist nichts als ein einziges Zufallsprodukt.

Als hätte Annie Edson Taylor in ihrem schäbigen kleinen Faß aus einem anderen Grund überlebt als aus Zufall. Aber selbstverständlich wird bei ihrer Oma und Tante Clotilde und Frau Schnadelhuber alles gutgehen. Hamish mag ein Schwein sein, aber das bedeutet nicht, daß er blöd ist. Immerhin ist Cleopatra Maria selbst in der Kapsel gewesen, hat sich gegen die Wände geschmissen, hat mit einem Hammer auf die Schweißnähte und gegen die komplizierte Verriegelung gehauen, die die Tür verschließt. Sie hat die Oberfläche der Kapsel berechnet, die potentiellen Sturzwinkel, den Aufprall unter Berücksichtigung des Gewichts der drei Frauen mit ihren 74, 45 und 63 Kilo, falls Frau Schnadelhuber auch mitmacht, 182 Kilo insgesamt. Bei der Kraft des Wassers ist sie sich allerdings nicht ganz sicher. Und beim *Zufall.* Zwar glaubt Cleopatra Maria, alle Zufallsmöglichkeiten in Betracht gezogen zu haben, aber was ist, wenn sie eine vergessen hat? Sie hat ihrer Oma vorgeschlagen, die drei Frauen sollten vor der Unternehmung eine Woche fasten und sexuell abstinent bleiben, aber ihre Oma hat ihr einen derart bösen Blick zugeworfen, daß Cleopatra Maria sofort gespürt hat, wie sich ihre Nebenhöhlen mit allergischem Schleim füllten.

Cleopatra Maria blickt in den Rückspiegel. Frau Schnadelhuber hat ihre Hand auf Tante Clotildes Brust gelegt.

Dieser ganze Sex kann nicht gut sein für alte Leute – früher hat Cleopatra Maria immer gedacht, alte Leute würden sich nur küssen und umarmen, wenn sie zusammen ins Bett gehen – aber inzwischen ist sie unzählige Male in ein Zimmer geplatzt, in dem sich verschwitzte alte Verwandte eindeutig sexuell betätigten. Sie fragt sich, wie das Herz der alten Leute so was aushält. Bestimmt dank der Pillen, die sie ständig schlucken. Cleopatra Maria kann es kaum erwarten, endlich fünfundachtzig zu sein. Dann kann sie auch tun und lassen, was ihr paßt.

»Wie hast du Opa eigentlich kennengelernt?« fragt Cleopatra Maria unvermittelt.

»Beim Wanderverein«, antwortet Hannelore stolz. »Einem christlichen Wanderverein.«

»Ich weiß gar nicht, was am Wandern so romantisch sein soll. Nichts als Schweiß und Ungeziefer.«

»Damals hat man nicht geschwitzt, und Ungeziefer gab es auch nicht«, entgegnet Hannelore.

Frau Schnadelhuber fährt den Eintonner. Nach der langen Bettruhe fühlt sich ihr Körper plötzlich frisch und energiegeladen, vielleicht hat sie genau das gebraucht – einfach eine Weile nur im Bett liegen. Sie und Clotilde hören Rock and Roll im Radio. Frau Schnadelhuber ist überzeugt, daß sie vierzig Jahre zu früh geboren ist, denn sie wäre unheimlich gern Rocksängerin geworden. Negermusik hat man das genannt, und sie hat Negermusik immer geliebt. Louis Armstrong, ein begnadeter Musiker. Und später Jimi Hendrix. Sogar jetzt fährt ihr die Musik aus dem Radio, die sie gar nicht kennt, in die Glieder, und sie klopft mit dem Fuß den Takt. Derselbe Rhythmus, in dem sie und Clotilde unter der dunklen und köstlichen Last des Federbetts das tun, was sie dort am liebsten tun. Sie bewegen sich sozusagen zu einem Rocksong, den nur sie beide hören können. Frau Schnadelhuber ist süchtig nach Clotilde, wie nach Zigaretten, wie nach Gorgonzola. Gorgonzola – die delikateste Köstlichkeit auf dieser schlechten Welt! Ein Leben ohne Gorgonzola wäre Frau Schnadelhubers Tod. Sie braucht Gorgonzola ebenso wie Sauerstoff zum Atmen, wie die Liebe. Frau Schnadelhuber ist verliebt, und das hat nichts mit ihr zu tun, sondern mit den überwältigenden Bedürfnissen ihres Körpers, mit dem Schmerz, den nur Clotilde lindern kann, mit Clotildes Stimme, die so tief ist wie frischer Tabak.

»Bist du sicher, daß du nie geraucht hast?« dröhnt Frau Schnadelhuber.

»Geraucht? Also bitte«, antwortet Clotilde. »Wir waren viel zu arm, um Geld für Zigaretten zu verschwenden.«

»Wenn man schlau war, hat man die meisten Sachen hintenrum gekriegt«, meint Frau Schnadelhuber.

Clotildes und Frau Schnadelhubers Körper lieben Rock and Roll.

Das Brummen des Trucks macht Frau Schnadelhuber feucht im Mittendrin. Sie streckt die Hand nach Clotilde aus.

»Ach du«, sagt Clotilde.

»Ich war noch nie bei den Niagarafällen«, sagt Cleopatra Maria.

»Doch, als du noch ganz klein warst«, korrigiert Hannelore.

»Als ich ganz klein war, als ich ganz klein war. Als ich ganz klein war, hab ich die aufregendsten Sachen erlebt. Jetzt tu ich gar nichts mehr. Ich spiele mit meinem Computer rum, ich sehe fern, und fremde Leute verleihen mir einen akademischen Grad, weil ich angeblich so schlau bin, aber in Wirklichkeit bin ich bloß gelangweilt und hab kein Leben.«

»Du könntest öfter ausgehen«, schlägt Hannelore vor. »Dir einen Freund suchen.«

Aus Versehen stößt Cleopatra Maria mit

dem Ellbogen an die Hupe. Der Kombi schlingert auf den Seitenstreifen.

»Entschuldigung!« ruft sie der Straße zu. Ums Auto herum wirbelt der Staub von Saskatchewan.

»Ich dachte, du würdest besser Auto fahren«, stellt Hannelore fest.

»Du hast mich provoziert. Man sollte eine Autofahrerin nie provozieren.«

»Sie sind immer noch hinter uns«, sagt Hannelore. »Gut.«

»Vielleicht reden wir nicht genug miteinander«, meint Clotilde. »Vielleicht haben wir zuviel Sex. Wir reden zuviel über die Vergangenheit und über Sex.«

Zuviel Sex – ist das überhaupt möglich? denkt Frau Schnadelhuber. Sechzig Jahre lang ist sie ohne Sex ausgekommen. Wie könnte sie da je zuviel Sex kriegen?

»Worüber möchtest du denn reden?« fragt Frau Schnadelhuber.

»Na ja. Wie du dich fühlst. Jetzt, wo es dir wieder gutgeht.«

»Gut. Gut. Ich fühle mich viel besser. Und du?«

»Gut.«

Sie fahren weiter. Der Geruch nach neuem Auto in der Fahrerkabine des Trucks. Clotilde streicht mit der Hand übers Armaturenbrett. Holt ein Kleenex aus ihrer Handtasche und wischt noch mal drüber.

»Staubig«, stellt sie fest.

»Stimmt.«

»Bei der nächsten Rast sollten wir uns ein bißchen Putzmittel besorgen und hier saubermachen.«

»Gute Idee. Das nächste Mal – nein.«

»Was?« fragte Clotilde.

»Das nächste Mal will ich versuchen, dich dreimal hintereinander zum Orgasmus zu bringen. Ich hab extra Gleitmittel mitgenommen.«

»Gute Idee«, meint Clotilde. »Wenn wir die Kabine saubergemacht haben.«

»Natürlich!«

»Natürlich.«

»Daddy und Mummy würden das nicht gutheißen«, sagt Cleopatra Maria. Sie nuckelt an einem Saftpäckchen. Pfirsich- und Orangensaft, der in ihrem Magen herumschwappt.

»Dein Daddy und deine Mummy verstehen das nicht«, entgegnet Hannelore.

»Ich versteh es auch nicht«, behauptet Cleopatra Maria. »Und ich versteh auch nicht, wieso du mit diesem Hamish rumhängst. Er ist ein fauler Blödmann. Das würde Daddy und Mummy auch nicht gefallen.«

»Ein ›Lötmann‹?« wiederholt Hannelore. »Was ist denn bitte ein ›Lötmann‹?«

»Ach, vergiß es«, brummt Cleopatra Maria. »Du stellst dich doch immer taub, wenn dir nicht paßt, was ich sage.«

Immer gleich eingeschnappt, denkt Hannelore. Was kann ich denn dafür, wenn Cleopatra Maria nuschelt? Sie kurbelt das Fenster einen Spaltbreit herunter. Schließt es wieder, als der Wind ihr in die Haare fährt und ihr kalte Luft und Staub ins Gesicht bläst. Sie trinkt einen Schluck Apfelsaft. Schmatzt mit den Lippen. Apfelsaft, der so oft durchgesiebt und verwässert ist, daß er eher wie Zuckerwasser schmeckt. Bald wird sie pinkeln müssen, und Cleopatra Maria wird einen Aufstand machen.

Nicht schon wiieeder, wird sie stöhnen.

»Was hast du gesagt?« fragt Cleopatra Maria.

»Hmm?«

»Ich hab gehört, wie du mich nachgeäfft hast. Im Kopf. Ich kann Gedanken lesen, wenn ich will, weißt du, ich brauch bloß die unbenutzten neunzig Prozent meines Gehirns einzusetzen.«

»Ein schöner Tag für einen Ausflug«, sagt Hannelore und trinkt die letzten Tropfen Apfelsaft. Sie muß zugeben, daß der canadische Apfelsaft den Durst besser löscht als das dicke, trübe Zeug, das man in Deutschland vorgesetzt kriegt. In Canada ist einfach alles wunderbar, auch der Apfelsaft. Hannelore faltet die Hände im Schoß.

»In meinem Geschichtsbuch steht nichts über rein christliche Wandervereine«, sagt Cleopatra Maria. »In den Büchern steht, daß man ab einem gewissen Alter zur Hitlerjugend gehören mußte, wenn man in der Schule weiterkommen wollte.«

»Es war aber ein christlicher Wanderverein. Nicht die Hitlerjugend.«

»Dann warst du also in der Hitlerjugend«, sagt Cleopatra Maria.

»Hitlerjugend?« wiederholt Hannelore. »Es war ein christlicher Wanderverein.«

»Aber du warst im richtigen Alter.«

»Der Wanderverein war politisch unabhängig«, beharrt Hannelore mit verkniffenem Gesicht.

»Du warst eins von diesen Mädchen. Eins von diesen Mädchen in der Hitlerjugend.«

»Als ich jünger war, war ich im Bund deutscher Mädel, ja. Das mußte man.«

»O mein Gott. War Opa auch in der Hitlerjugend?«

»Oh, da ist eine Raststätte! Halt an! Halt hier an.«

»Wo?«

»Da, das Schild!«

»Die Raststätte kommt erst in zwei Kilometern.«

Auf einmal fällt Hannelore ein, was sie und die anderen Mädchen zum Sport anziehen mußten. Weiße Blusen mit einer Brosche auf der Brust, und auf der Brosche war das Hakenkreuz. Clotilde war zu alt für den Bund deutscher Mädel.

»Wenn du einen Freund hättest«, sagt Hannelore, »dann könnte er Auto fahren, und ich könnte endlich Urgroßmutter werden. Zwei Fliegen mit einer Klappe.«

Der Kombi schlingert wie verrückt.

»Deine Großnichte fährt wie eine Irre«, stellt Frau Schnadelhuber fest. »Kreuz und quer über die Straße.«

Clotilde reißt die Augen auf, die ihr gerade zugefallen sind.

»Sie kann sich nicht konzentrieren«, erklärt sie. »Sie hat keinen Sex. Das zersetzt ihr Gehirn.«

»Aber jedes Mal, wenn ich sie sehe, schluckt sie die Antibabypille.«

»Ihre Gebärmutter macht ihr angst.«

»Armes Mädchen.«

Weite Felder sausen vorbei.

»Was ist das Geheimnis einer stabilen Beziehung?« fragt Clotilde.

»Meinst du gut oder nur dauerhaft? Ich habe in einer dauerhaften Beziehung gelebt, aber gut war sie nie.«

»Ich meine gut *und* dauerhaft«, erklärt Clotilde. »Du bist meine längste Beziehung. Wir sind schon fast zehn Jahre zusammen. Du bist ein Wunder.«

»Wasch dich regelmäßig unter den Achseln, wasch dich regelmäßig zwischen den Beinen«, antwortet Frau Schnadelhuber.

»Das klingt vernünftig«, stimmt Clotilde zu. »Aber nicht zu oft. Sonst ist der Geruch weg. Cleopatra Maria wäscht und rasiert sich dauernd, davon geht ihr Geruch weg, deshalb will auch nie einer übers Wochenende bei ihr bleiben. Außerdem ist sie zu dünn.«

»Vielleicht sollten wir ihr das sagen«, meint Frau Schnadelhuber.

»Ja, und von da an würde sie uns das Leben zur Hölle machen.«

Die Fahrerkabine stinkt nach Desinfektionsmittel. Clotilde schlürft aus ihrem Saftpäckchen.

Demnächst muß Clotilde pinkeln.

»Vielleicht werden die Niagarafälle überbewertet«, sagt Frau Schnadelhuber. »Vielleicht sind sie bloß eine Touristenfalle. Ich habe Bilder gesehen mit nichts als Neonlichtern.«

»Du hast keine Ahnung, wovon du redest. Die Niagarafälle sind gigantisch.«

»Deine Schwester hat mich nie gemocht.«

»Sie mag niemanden.«

»Warum nicht?«

»Sie ist nicht glücklich, wenn sie sich nicht beklagen kann. Ihr Ehemann hat sie sehr glücklich gemacht, weil er ihr nie zugehört hat. Mit Hamish war sie glücklich, weil er immer irgendwelche Schweinereien angerichtet hat. Daß wir beide zusammen sind, macht sie auch glücklich, obwohl sie es haßt. So bleibt ihr Gehirn auf Trab.«

»Aha«, sagt Frau Schnadelhuber. »Also braucht sie mich.«

»Ganz genau«, bestätigt Clotilde. »Sieh mal, ein totes Reh.«

»Ach, was für ein Jammer«, sagt Frau Schnadelhuber. »So ein schönes, anmutiges Tier.«

»Ein totes Reh«, sagt Cleopatra Maria.

»Wo?«

»Da hinten, du hast's verpaßt.«

»Tzt, tzt. Auf deutschen Autobahnen gibt's so was nicht.«

»Wie es auch nie Schweiß und Ungeziefer gab?«

»Ich kann mich nicht daran erinnern, daß wir geschwitzt haben und daß es Ungeziefer gab.«

»Der Grund, daß es so was auf der Autobahn nicht gibt, ist ganz einfach«, sagt Cleopatra Maria. »Die Rehe sind samt und sonders abgeknallt worden, und ihre Köpfe hängen in den deutschen Restaurants.«

Cleopatra Maria erinnert sich noch gut an ihren letzten Besuch in Deutschland. Sie mußte Hirschragout essen, unter zwölf ausgestopften Hirschköpfen, die in einer Reihe an der Wand hingen. »Aber ich bin Vegetarierin!« hat sie gebrüllt.

»Iß den Rest von meinem Spargel«, sagte Rosario.

Es war nämlich Spargelsaison.

»In der Sauce ist viel zuviel Cholesterin!« schrie Cleopatra Maria.

Angeekelt säbelte Dieter ein Stück von seiner Frikadelle und stopfte es in den Mund. »Ich brauch noch ein Bier«, sagte er. »Guter Spargel«, sagte er, während er in einen riesigen weißen Spargelkopf biß.

»Du bist zu dünn«, sagte Hannelore und schaufelte noch einen Löffel Hirschragout von ihrem eigenen auf Cleopatra Marias Teller.

Cleopatra Marias Gebrüll war so laut, daß die ganzen Hirschköpfe an der Wand riesige Tiertränen zu weinen begannen.

»Das ist nicht wahr«, sagt Hannelore. »Es gibt noch Rehe in Deutschland, denen nicht der Kopf abgeschlagen worden ist.«

»Wann rufst du Daddy und Mummy an?« fragt Cleopatra Maria. Sie kurbelt ihr Fenster runter und streckt den Ellbogen in den Fahrtwind.

»Später. Beim ersten Hotel.«

»Du erzählst ihnen also, du nimmst mich auf diesen Ausflug mit, damit wir uns besser kennenlernen?«

»Richtig«, antwortet Hannelore.

»Was für ein Walt-Disney-Kitsch. Wir verbringen doch jedes Wochenende zusammen. Vergiß nicht, meine Eltern anzurufen.«

»Ich vergess' es nicht.«

»Doch, du vergißt es. Vielleicht sollte ich es machen.«

»Ich denk schon dran. Der Wind weht mir die Haare durcheinander.«

»Hoffentlich werde ich mindestens hundertfünf«, sagt Cleopatra Maria unvermittelt.

Im Auto stinkt es nach Desinfektionsmittel. Der Rückspiegel blendet.

»Zeit zu essen«, sagt Hannelore.

»Wir haben doch erst vor einer Stunde gegessen!«

Hannelore steckt ihre Haarnadeln neu fest und streicht die Haare zurecht. »Zeit zu essen«, wiederholt sie.

Cleopatra Maria betätigt den Blinker und biegt rechts ab.

»Wahrscheinlich bin ich fünfundvierzig, bis wir endlich ankommen«, brummelt sie.

»Ich weiß noch, wie ich fünfundvierzig war.«

»Ich will es aber nicht hören«, sagt Cleopatra Maria.

Hannelore beschließt, daß sie hier übernachten wollen. Egal, wo *hier* ist.

»Maple Creek, Saskatchewan«, sagt Cleopatra Maria. »Am Arsch des Universums.«

Cleopatra Maria steckt die ganzen kleinen Seifen des Maple Creek Motel in ihre Anoraktaschen. Im Liquorstore überlegt sie lange, welchen Rum sie für ihre Cola nehmen soll. Sie hat noch nie selbst Rum und Cola gemischt, immer nur bestellt und dann serviert bekommen. Weißen Rum? Dunklen Rum? Vielleicht möchte sie ja auch 7-Up-Rum. Warum gibt es keinen Drink namens Rum und 7-Up? Für alle Fälle kauft sie eine Flasche 7-Up. Sie wird sich Rum in ihre Dreiliterflasche 7-Up mogeln und sich still und heimlich im Motelzimmer vollaufen lassen, während ihre Oma fernsieht. Sowohl Cleopatra Maria als auch ihre Oma werden versuchen, das rhythmische Knarren des Betts im Nebenzimmer zu ignorieren, in dem Frau Schnadelhuber und Tante Clotilde sich vergnügen.

Cleopatra Maria geht vor dem Regal mit den verschiedenen Rumsorten auf und ab.

»Möchten Sie gern mal kanadischen Sekt probieren?«

Cleopatra Maria nippt an einem Plastikbecher mit Sekt, den die alte Frau am Probestand des Liquorstore ihr anbietet. Die Frau hat ein Gesicht wie Pudding. Schlammfarbene Haare und sehr schmutzige Fingernägel. Die Frau erinnert Cleopatra Maria an einen Regenwurm.

»Ich nehme zwei Flaschen *davon«,* sagt Cleopatra Maria, während ihre Zunge noch im Geschmack des sprudeligen Alkohols schwelgt.

»Denken Sie dran«, sagt die Frau, »von wegen Alkohol am Steuer und so.«

»Ja, ja«, sagt Cleopatra Maria. Sie trägt die Flaschen in ihrer Tasche unterm Arm zum Kombi. Dann leert sie die riesige Flasche 7-Up in den Staub des Parkplatzes und sieht zu, wie sich die vulkanische Limo in den Schmutz ergießt. Dann schüttet sie langsam eine Flasche Sekt in die leere 7-Up-Flasche und legt den zweiten Sekt in den Kofferraum des Kombis.

»Was trinkst du denn da?« fragt Hannelore im Motelzimmer.

»7-Up«, antwortet Cleopatra Maria. »Willst du 'nen Schluck?«

»Nein, ist mir zu süß«, sagt Hannelore.

»Natürlich komme ich mit«, sagt Frau Schnadelhuber.

»Wirklich?« versichert sich Clotilde.

»Ohne dich habe ich jetzt, wo ich arbeitslos bin, nichts mehr, wofür es sich zu leben lohnt. Da ist es doch egal, ob ich lebe oder sterbe.«

»Wir werden nicht sterben«, entgegnet Clotilde stirnrunzelnd. »Die Kapsel ist garantiert hundertprozentig sicher.«

»Wer sagt das?«

»Du hast doch gesehen, wie Cleopatra Maria die physikalischen Berechnungen gemacht hat. Wenn ich könnte, würde ich dir deinen Job zurückkaufen«, meint Clotilde großspurig. »Ich würde das Deli für dich kaufen, wenn ich könnte. Ich habe die Nase dermaßen voll von Hannelores Ausflügen. Aber sie braucht mich, ich muß mich um sie kümmern.«

Cleopatra Marias Zunge ist von dem ganzen Sekt so schwer, daß sie fast glaubt, sie hat ein Gila-Monster verschluckt. In Gedanken konjugiert sie das Verb »trinken« auf lateinisch: bibo, ich trinke, bibis, du trinkst, bibit, er/sie/es trinkt, bibimus – Cleopatra Maria rülpst.

Sie schlägt sich die Hand vor den Mund und kichert in die Dunkelheit.

Gemächlich durchqueren sie Saskatchewan. Schneeregen verwandelt die Prärie in eine Schlammwüste und tropft über die beschlagene Windschutzscheibe. Der Kombi und der Eintonner fahren über Asphalt und durch Schlammlöcher auf Umleitungsstraßen.

Schlamm saugt an den Reifen, spritzt auf die Scheiben. Cleopatra Maria wird immer trauriger – diese ganze Unternehmung, diese alberne Oma-Idee. Außerdem fällt ihr ein, daß man von Alkohol deprimiert wird, kein Wunder, daß sie sich so schlecht fühlt, daß sie am liebsten heulen möchte, daß der Schlamm ihr auf der Seele lastet, daß ihre Hände am Steuer zittern vom Kater, daß sie am liebsten umdrehen und heimfahren möchte. Cleopatra Maria ist sechsundzwanzig Jahre alt, sie sollte es besser wissen, sie hätte nicht mitmachen sollen, ihre Eltern werden sie umbringen. Wie kann nur jemand auf die Idee kommen, in einem Faß die Niagarafälle runterzufahren?

Das Flip-flap der Scheibenwischer, die schlammigen Felder und der schlammige Himmel verschmelzen miteinander.

Cleopatra muß sich eingestehen, daß sie hauptsächlich deswegen mitgekommen ist, weil sie ihren Eltern entwischen wollte. Sie hat nicht darüber nachgedacht, was sie *wirklich* tut. Sie hat nicht darüber nachgedacht, was ihre Oma da eigentlich vorhat. Warum dieser Plan in die Tat umgesetzt wird. Cleopatra Maria beschließt, die Gedanken ihrer Oma zu lesen.

Sie klinkt sich ins Gehirn ihrer Oma ein, fährt mit ihren Gedankenfingern über die Windungen und Beulen im Gehirn ihrer Oma wie ein Blinder über Blindenschrift. Gleitet in Täler, über die glatten grauen Zellen. Natürlich sieht sie zuallererst die Niagarafälle. Sie sind still – sinnlich und träge wie Öl. Niagarafälle im Gehirn. Cleopatra Maria hört Hannelores leeres Haus in Deutschland, den Klang ihrer Schritte auf der Treppe zum Schlafzimmer mit den leeren beiden Einzelbetten. Sieht Hannelores Arbeitsschuhe auf dem Teppich des Royal Auditorium, das Leder gemütlich ausgelatscht und entsprechend geruchsintensiv. Einen Teller frischen weißen Spargel mit gelber Sauce. Ein eisgekühltes Kristallglas mit Kirschwasser. Dann hört sie eine Sirene, Luftalarm, und sieht, wie ein amerikanischer Panzer durch die Gartenhecke brettert. Sieht einen gesunden Stuhlgang und ist stolz auf seine Qualität. Besichtigt die chaotische Garderobe einer Operndiva. Sieht noch mehr Betten. Sieht einen erigierten Penis unter einem Kilt -

Cleopatra Maria bricht die Übertragung ab. Genau das ist das Problem mit dem Gedankenlesen. Sämtliche Gehirnwindungen deuten in die gleiche Sexrichtung. Ob man ihn kriegt oder nicht, ob man ihn haßt, sich danach sehnt, ihn verabscheut, ihn hat, sich darüber beschwert. Ekelhaft, dieses eingleisige Denken der Menschen in ihrer Umgebung.

Ja, Cleopatra Maria möchte Sex haben. Wäre Niven imstande gewesen, sich zu beherrschen, hätte sie inzwischen vielleicht sogar mit ihm geschlafen. Aber nur, um sagen zu können, ich hab's getan, und endlich nicht mehr abnormal zu sein. Um sich nicht mehr damit verrückt zu machen und in Ruhe weiterzuleben. Der arme, süße, vorzeitig ejakulierende Niven. Vor zwei Wochen hat Cleopatra Maria ihn in der Uni gesehen, an einem Tisch im Aufenthaltsraum der graduierten Studenten, in der Hand ein belegtes Baguette. Sie wußte, daß er mit sich diskutierte, an welchem Ende er hineinbeißen sollte – das war schon immer sein Dilemma bei belegten Baguettes gewesen, und es dauerte gewöhnlich gut vier Minuten, bis er sich zu einer Lösung durchrang. Es sei denn, sie war bei ihm und sagte ihm, an welchem Ende er anfangen sollte. Cleopatra Maria sah den armen Niven an, und er und sein Baguette taten ihr leid. Gerade hatte sie beschlossen, das Risiko einzugehen, daß er ejakulierte, und ihn anzusprechen, als sie plötzlich das Bild hinter ihm entdeckte: ein Bild von Athene, der Göttin der Weisheit. Die klügste, erbittertste, professionellste Jungfrau aller Zeiten, eine Jungfrau, die nicht geboren wurde, sondern in voller Rüstung dem Schädel ihres Vaters entsprang. Auf ihrer Suche nach einem Rollenvorbild kam Cleopatra Maria zu dem Schluß, daß Athene genau die Richtige war. Auch Cleopatra Maria wäre gern in voller Rüstung einem Schädel entsprungen. Sexuell abstinent, kein Gedanke an Sex verschwendet, ausschließlich darauf konzentriert, ihr Gehirn noch weiter zu entwickeln. Dann brauchte sie ihren Körper auch nicht mehr mit Pillen vollzustopfen und könnte etwas Nützliches mit ihrer Zeit anfangen. Sie brauchte auch nicht mehr an Niven zu denken – an diesen vorzeitig ejakulierenden Idioten – und könnte endlich das Heilmittel gegen Krebs entdecken. »Ich liebe dich, Oma«, sagt Cleopatra Maria auf einmal.

»Was?«

»Ich liebe dich!«

»Oh, ich liebe dich auch, mein Schatz«, sagt Hannelore und tätschelt glücklich Cleopatra Marias Arm. Ihr Atem riecht nach Fruchtsaft.

Hannelore fragt sich, ob sie Hamish vermißt. Eigentlich glaubt sie es nicht. Sie hat kaum an ihn gedacht, seit sie ihn das letzte Mal zum endgültigen Abschied umarmt hat. Er konnte auf Kommando anfangen zu weinen, erzählte er ihr später und behauptete, sie hätte sich von ihm rumkriegen lassen, weil er so tat, als müßte er weinen, und das hätte funktioniert, weil sie so sentimental war.

»Es gibt nichts Besseres, sich an eine Frau ranzumachen, als auf die Tränendrüse zu drücken«, sagte er.

Sie war wütend, weil er sie manipuliert hatte. Außerdem – wer hat sich hier eigentlich an wen rangemacht?

Aber er wäre bestimmt stinksauer, wenn er wüßte, daß sie nur wegen des Niagaraballs mit ihm geschlafen hat. Na ja, jedenfalls hauptsächlich. Vielleicht vermutet er ja was.

Aber sie glaubt das eher nicht.

Sie folgen den Schildern des Trans-Canada Highway und übernachten in Swift Current,

Moose Jaw und Virden, wenn der Regen und der Schlamm allzu deprimierend werden oder wenn ihnen der Hintern zu weh tut oder sie zu dringend pinkeln müssen oder wenn alle einfach die Nase voll haben. Im Motelzimmer in Virden, Manitoba, fährt Cleopatra Maria mit ihrem Druckbleistift die Landkarte nach. Ihr Gehirn pulsiert. Navigation ist aufregend.

»Was denn für eine Navigation?« fragt Frau Schnadelhuber. »Wir müssen doch nur den Schildern folgen und die ganze Strecke auf derselben Straße bleiben.«

Cleopatra Maria dokumentiert die Reise genauestens in ihrem Notizbuch. In welchen Abständen gerastet wurde, Benzinverbrauch, Lebensmittelkonsum, Anzahl der Pinkelpausen.

»Sieh mal, Oma, wenn wir nicht so oft anhalten, wenn wir im Auto in einen Eimer pinkeln und nicht an jeder Raststätte Pause machen, sondern den Eimer einfach beim Fahren zum Fenster rausschütten, dann würden wir wesentlich schneller vorankommen«, sagt Cleopatra Maria.

»Das ist eine wundervolle Idee, mein Schatz«, erwidert Hannelore und starrt auf die Gebrauchsanweisung der Kaffeemaschine, die zwischen ihrem und Cleopatra Marias Bett steht. Sie öffnet ein Päckchen Kaffee und schnuppert daran.

Hannelore macht noch eine Tasse Kaffee. Verdrückt noch ein klebriges Buttertörtchen vom Lebensmittelgeschäft der Tankstelle. In einen Eimer pinkeln! Hannelore pinkelt nicht mal in einem Außenklo, von einem Eimer ganz zu schweigen.

Frau Schnadelhuber späht durch ihre Zweistärkenbrille auf Cleopatra Marias hochkomplizierte Bleistiftzeichen, auf die vielfarbigen Venen, die die Karte überziehen und Straßen und Flüsse darstellen.

»Dieses Land ist zu groß, um es mit dem Auto zu durchqueren«, sagt Frau Schnadelhuber.

»Diese Motelbetten sind schrecklich«, sagt Clotilde.

»Man kann es auch auf dem Boden tun«, sagt Cleopatra Maria.

Hannelore macht Kaffee in der Maschine in dem gemieteten Zimmer.

»Der Kaffee schmeckt nicht schlecht«, sagt Hannelore. »Aber auch nicht besonders.«

In Portage la Prairie schrubbt und wäscht Hannelore ihre verschwitzten Anziehsachen in der Badewanne mit heißem Wasser und Waschpulver. Sie drückt die ausgespülte Wäsche einmal ins warme, dampfende Wasser und geht dann frische Sachen holen. Clotilde sieht den Berg Zeitschriften durch, die sie an den Tankstellen erworben haben.

»Die Sachen in der Badewanne müssen nur ausgewrungen werden und trocknen«, verkündet Hannelore, die Hände in die Hüften gestemmt. »Cleopatra Maria, komm und hilf deiner Oma.«

»Uff«, brummelt Cleopatra Maria und schmollt sich zur Badewanne und den eingeweichten Kleidungsstücken durch.

»Hast du noch andere Sachen, die gewaschen werden müssen?« erkundigt sich Hannelore bei Clotilde.

»Oma!« schreit Cleopatra Maria aus dem Badezimmer.

»Wring die Sachen einfach aus und häng sie auf, Cleopatra Maria!« ruft Hannelore zurück. »Nur auswringen und dann aufhängen.«

»Aber Oma!«

»Was?« Hannelore stampft ins Bad, ihre Enkeltochter ist wirklich unglaublich faul.

Beinahe hätte Hannelore laut geschrien, als sie die Bescherung sieht. Die Wanne ist randvoll mit schwarzem, flüssigem, stinkendem Schlamm.

»Cleopatra Maria!« ruft Hannelore. »Das ist nicht komisch. Das ist überhaupt nicht komisch.«

»Ich hab das nicht getan! Ich hab das nicht getan!«

»Schlamm«, stellt Clotilde von der Tür her fest. »Die ganze saubere Wäsche. Liegt im Schlamm. Sind das da Algen am Duschschlauch? Nein, ich glaube, das ist deine weiße Lieblingsbluse, Hannelore. O ja, und dazu ein paar Algen.«

Hannelore schreit.

»Zeit heimzufahren«, sagt Cleopatra Maria. »Irgend jemand möchte, daß wir heimfahren.«

In Kenora, Ontario, trinken sie zuviel. Sie feiern ihre Ankunft in Ontario, der Provinz der Niagarafälle. Ihre Kleider haben vom Schlamm einen permanenten Grauschleier, aber wenigstens sind sie jetzt in Ontario.

»Glauben Sie an Gespenster?« fragt Cleopatra Maria Frau Schnadelhuber. »Ich nicht. Aber ich verstehe nicht, wie der Schlamm in die Badewanne gekommen ist. Es gibt keine wissenschaftliche Erklärung dafür, und ich kann im Internet auch nichts darüber finden.«

»Natürlich gibt es Gespenster«, antwortet Frau Schnadelhuber. »Aber irgendwann müssen Gespenster der Tatsache ins Auge blicken, daß sie tot sind, und das war's dann. Wer das mit dem Schlamm gemacht hat, braucht jetzt einen guten Therapeuten, der ihm hilft, weiter tot zu sein. Und aus dem schäbigen Motel zu verschwinden. Dort auf Dauer zu hausen, würde ja jeden depressiv machen.«

»Aber vielleicht sollten wir heimfahren, Frau Schnadelhuber. Vielleicht ist es gefährlich«, sagt Cleopatra Maria.

»Von so einem bißchen Schlamm lass' ich mich bestimmt nicht aus der Fassung bringen«, entgegnet Frau Schnadelhuber. »Im Krieg konnte man froh sein, wenn man eine Schüssel Schlamm zum Frühstück bekam. Stimmt's nicht, Clotilde?«

»Schlamm!« schwärmt Clotilde. »Da hattest du wirklich Glück, wenn du Schlamm zum Frühstück hattest, Friedl. Wir hatten nur Steine, auf denen wir rumkauen mußten!«

»Ihr lügt«, stellt Cleopatra Maria fest.

»Etwas mehr Respekt vor älteren Leuten«, erbittet sich Frau Schnadelhuber. »Ende der Geschichtsstunde.«

In Kenora ist die große Touristenattraktion ein Riesenfisch auf einem Podest. Aus dem Fenster des Kombi betrachtet Hannelore den Riesenfisch und versucht, sich in ihn hineinzuversetzen. Unter Wasser schwimmen, im Wasser zu Hause sein. Als sie ein Motel finden, kann Hannelore vor Aufregung nicht schlafen. Sie holt ihren nagelneuen Fahrradhelm, den sie sich eigens für die Niagarafälle gekauft hat, aus dem Koffer, setzt ihn auf und schnallt ihn fest. Dann geht sie mit ihrer Platzanweiserinnentaschenlampe zum Truck, öffnet die Klapptür und betrachtet den Niagaraball. Sie macht die Tür auf. Schnallt sich in der Kapsel an. Sie ist ein riesiger Fisch.

Während sie in einem Motel-Restaurant in Thunder Bay den Schinkenspeck aus dem achtmillionsten trans-canadischen Club Sandwich pult, bemerkt Cleopatra Maria, daß sie beobachtet wird. Sie spürt den Blick, der sich ihr in den Rücken bohrt, so tief, daß es weh tut, und sie weiß, daß jemand versucht, ihre Gedanken zu lesen. Vorsichtig läßt sie ihren Blick von ihrem Teller zum Ursprung des Blickes wandern, den Mund noch voll Hühnchenfleisch, Salat und Vollkorntoast, und entdeckt einen pickeligen Teenagerknaben an einem anderen Tisch, der sie mit seinen Blicken regelrecht durchbohrt. Der starrt und starrt und starrt.

»Der Junge macht Ihnen Sexaugen«, flüstert Frau Schnadelhuber in Cleopatra Marias Ohr.

Cleopatra Maria sieht den Jungen an. Ihr Mund macht eine einzige Kaubewegung, eine gedankenversunkene Kuh.

»Ganz so dreckig geht's mir auch wieder nicht«, sagt sie und wendet sich wieder ihrem Sandwich zu. Während sie ein weiteres Stück Schinkenspeck auf dem Tellerrand deponiert, hört sie das Klirren ihrer Phantasierüstung. Sie braucht keinen Sex mehr, sie ist die größte, erbittertste, klügste Jungfrau aller Zeiten. Niven gehört samt allen Vertretern seiner Gattung der Vergangenheit an.

New York, New York:
21. Oktober 1996, 16.45 Uhr

Hamish reist mit dem Ensemble. Er ist von Herzen froh, wieder Junggeselle zu sein, aber unter seinem Kilt spürt er einen traurigen Schmerz. Keine Zigarre ersetzt ihm seinen Niagaraball, der ihn nun schon seit Jahren begleitet, sein Maskottchen, sein kleiner Bruder, den er nie hatte, seine transportable Verführungshütte. Er hat Hannelore und die anderen verrückten Weiber gesehen, auf dem Parkplatz, als sie den Ball aus den Katakomben gestohlen haben – er war ziemlich von den Socken, wie nachlässig sie zu Werk gingen. Sie taten, als gehörte der Ball ihnen, als wäre es das natürlichste Ding der Welt, daß sie ihn über den Parkplatz rollten. Während er ihnen so zuschaute, glaubte er fast selbst, daß der Ball ihnen gehörte. Er wollte sie verfolgen, aber er wußte, daß Hannelore ihn zu dem Zweck benutzen würde, für den er gebaut war, und er wußte auch, daß die Produzenten der Show ihm die Hölle heiß machen würden, wenn er wertvollen Stauraum für einen riesigen, aus stibitztem Theatermaterial zusammengeschusterten Ball verschwendete. Deshalb legte er den Hörer wieder auf, nachdem er die Notrufnummer gewählt hatte.

»Fehlalarm«, sagte er der Frau von der Vermittlung traurig und kratzte sich unter der Baseballkappe.

Im Grund müßte er froh sein, daß sein Baby endlich gebraucht wird. Er weint drei Sekunden lang, kurz und schmerzlos wie ein echter Macho, dann klettert er weiter seine Beleuchterleiter hinauf.

Ontario, Kanada, 23. Oktober 1996

St. Catherines«, liest Cleopatra Maria das grüne Schild mit lauter Stimme vor. »Wir sind fast bei den Fällen, Oma. Nur noch fünfzehn Minuten oder so, schätze ich.«

Cleopatra Marias Haare stehen wie ein Heiligenschein um ihren Kopf, denn sie hat vergessen, ihre Lockenwickler und den Fön mitzubringen, und ihre Haarspange hat sie im letzten Hotelzimmer verloren. Ihre Haare sind frei wie der Wind, frei wie sie selbst.

»Wir sind fast da?« vergewissert sich Hannelore. »Wir sind fast da!« wiederholt sie, und ihr Magen macht einen Satz. Sie trägt die Bluse, die sie bei der Abfahrt vor einer Woche anhatte, weil sie am Ziel ihrer Wünsche möglichst schön sein will. Die Bluse riecht fast wie neu.

»St. Catherines«, verkündet Frau Schnadelhuber. »Der Tag der Abrechnung ist gekommen.«

»Warum mußt du immer so dramatisch sein?« nörgelt Clotilde. »Es stört mich, wenn du so dramatisch bist.«

»Du hast wohl Verdauungsprobleme von der ganzen Hockerei, was? Schieb mir nicht die Schuld für deine Verstopfung in die Schuhe, ich hab dir meinen Abführtee angeboten.«

»Ich habe die Nase voll davon, im Auto zu sitzen, ich muß mich bewegen. Ich muß rumlaufen! Wo ist mein Stock, ich steig jetzt aus und geh spazieren! Halt an«, sagt Clotilde gebieterisch. »Ich brauche Bewegung!«

Frau Schnadelhuber drückt auf die Hupe, damit die anderen merken, daß sie anhalten wollen.

»Grrrr!« macht Cleopatra Maria. »Nicht schon wiiieder! Wir sind doch in fünfzehn Minuten da!«

»Grr!« macht auch Hannelore. »Nicht schon wiiieder! Clotilde hat garantiert Verdauungsprobleme. Wenn sie Verstopfung hat, benimmt sie sich immer so. Ich hab ihr gesagt, ich hab Tee dabei. Und sie hätte ruhig mehr Magenbitter mitnehmen sollen. Ich weiß wirklich nicht, warum sie nur eine Flasche Jägermeister eingepackt hat.«

»Der Tee war echt gut«, sagt Cleopatra Maria. »Hat echt durchgepfiffen.«

»Ich fahr nicht weiter«, erklärt Clotilde. »Laßt mich allein, fahrt ohne mich. Ich weigere mich, noch mal in ein Fahrzeug zu steigen. Mein Hintern fühlt sich an, als wäre er mir in den Schädel gestaucht, meine Knie sind steif wie Besenstiele, meine Wirbel sind miteinander verschmolzen.«

Clotilde humpelt an ihrem Stock im Kreis herum.

»Seht doch!« ruft sie. »Ich hab vergessen, wie man richtig läuft!«

Frau Schnadelhuber schiebt ihre Brüste vor und richtet sie auf Clotilde.

»Steig in den Truck«, sagt Frau Schnadelhuber.

»Okay«, sagt Clotilde.

Cleopatra Maria hilft Clotilde beim Einsteigen und reicht ihr den Stock in die Fahrerkabine nach.

Sie fahren weiter.

Niagara Falls, Kanada, 23. Oktober 1996

Und als Cleopatra Maria die Fälle sieht, denkt sie, *ja hallo!*

Die Fälle sind phänomenal, die Wassermassen, die über die Felsen stürzen, nicht wie Wasser, sondern wie ein riesenhaftes Tier. Die Stadt Niagara Falls, nichts als Nepp-Hotels, absurd überteuerte Museen und Neongeglitzer. Cleopatra Maria haßt alles auf Anhieb.

Als Frau Schnadelhuber die Fälle sieht, denkt sie, *was will ich bloß hier?*

In den Tunnels unter dem Fluß tragen sie ihre gelben Plastikcapes, wie echte Deutsche und nicht wie die Gesetzesbrecher, die sie demnächst sein werden, und Frau Schnadelhuber starrt unter ihrer Kapuze auf das Wasser, das vor ihnen herabfällt und überhaupt nicht wie Wasser aussieht. Man kann es unmöglich als Wasser begreifen, dieses graue Licht, die wabernden Dunstschwaden. Für Frau Schnadelhuber ist Wasser etwas Kontrolliertes, in Becken, Wannen und Eimern isoliert. Wasser soll beherrscht und genutzt werden, nicht irgendwelchen eigenen Impulsen folgen. Dieses Wasser jedoch, das natürlichste Wasser, das sie je zu Gesicht bekommen hat, ist gleichzeitig das unnatürlichste Wasser, das sie je zu Gesicht bekommen hat.

In ihrer dünnen gelben Plastikausrüstung, umgeben vom tosenden Wasser, müssen sie sich anschreien und können einander trotzdem nicht verstehen. Hannelore jedenfalls versteht während des Aufenthalts in den Tunnels kein Wort von dem, was die anderen sagen. Die Warnschilder sind rot und schwarz und weiß, mit gemalten Figuren, die übers Geländer klettern. Bald werden auch Hannelore, Clotilde und Frau Schnadelhuber übers Geländer klettern.

Hannelore lächelt so sehr, daß sie beinahe schreien möchte. Endlich ist sie *am Ziel!*

Ja hallo, denkt Cleopatra Maria und steckt, ohne es zu merken, den Daumen in den Mund.

Ich brauch 'ne Zigarette«, sagt Frau Schnadelhuber. »Gehn wir in eine Bar und genehmigen uns eine. Gibt es hier irgendwo eine Bar, in der ich eine rauchen kann?«

Mit zittrigen Händen sucht sie in ihrer Tasche nach Zigaretten. Sie braucht wirklich dringend eine.

Cleopatra Maria fährt den Kombi, ihre Oma auf dem Beifahrersitz, Tante Clotilde und Frau Schnadelhuber hinten, und so fahren sie kreuz und quer durch die Stadt Niagara Falls, durch die Straßen mit den Neonschildern und Wachsmuseen und Spukschlössern, hoch wie ein Haus. »Das ist ein Scheißkaff«, stellt Cleopatra Maria fest. »Es widert mich an. Ich möchte nach Hause.«

»Da!« ruft Frau Schnadelhuber. »Da drüben, das Capri. Das sieht aus, als wär's was für mich.«

Im Capri sitzen sie an einem Tisch mit einem fleckigen orangefarbenen Frotteetischtuch. Die Kellnerin ist schon etwas älter und reichlich mürrisch.

»Wir sind quer durchs Land gefahren«, zwitschert Cleopatra Maria.

»Na so was«, brummelt die Kellnerin.

»Sie sind verbittert«, sagt Cleopatra Maria, die eine verwandte Seele sofort erkennt. »Wie lange arbeiten Sie schon hier?«

»Seit 1901«, antwortet die Kellnerin und knallt eine Flasche Bier auf den Tisch.

»Konnte nix anderes finden«, erklärt sie. »Hab versucht, Postkarten zu verkaufen, aber davon kann man nich leben.«

»Ihr Kleid sieht aus wie von 1901«, bemerkt Frau Schnadelhuber, die plötzlich wieder guter Laune ist, jetzt, wo sie rauchen kann und ein Glas Bier vor sich stehen hat.

»Kann ich mal deinen Ausweis sehn?« sagt die Kellnerin zu Cleopatra Maria.

»Ich bin sechsundzwanzig!«

»Raus hier! Verschwinde!«

»Was?«

»Raus hier, du bist minderjährig. *Schert euch aus meiner Bar, ihr alle. Raus aus der Stadt!«*

»Wir trinken nur noch schnell aus«, sagt Clotilde.

»Nichts da«, widerspricht die Kellnerin, glotzt Cleopatra Maria direkt ins Gesicht und schreit mit Unterwasserstimme: *»Ihr Scheißtouristen, bleibt weg von meinem Fluß!«*

»Ein Jammer«, sagt Frau Schnadelhuber, als sie vor dem Capri auf der Straße stehen. »Das war eine wirklich gute Kneipe.«

Cleopatra Maria denkt an die wäßrig grauen Augen der Kellnerin, und plötzlich versteht sie alles, versteht viel zuviel. Die Augen hatten keine Pupillen. Wie bei einer Wasserleiche.

»Weißt du, wer das war, Oma?« fragt Cleopatra Maria, und ihr steht der Schweiß auf der Stirn, so hat ihr diese Offenbarung eingeheizt, und ihr Magen verknotet sich mehrfach. »Weißt du, wer das war?«

»Wer denn?« fragt Hannelore zurück. Im Moment ist es ihr wichtiger, ihre Cholesterinpillen aus dem Lederbeutel zu kramen, der ihr um den Hals hängt.

»Das war sie«, sagt Cleopatra Maria. »Das war *sie! Sie* hat den Schlamm in die Badewanne gefüllt, damit wir abhauen. Sie hat gehofft, ich würde betrunken Auto fahren. Sie will nicht, daß wir das machen. Sie will nicht, daß ihr die Fälle runterfahrt.«

Cleopatra Maria beginnt mit den Zähnen zu klappern, und ihr Körper schmerzt höllisch von der Unterkühlung, die Annie seit fünfundneunzig Jahren ertragen muß.

Die letzten Worte der Kellnerin vor dem Rausschmiß waren: *»Der Fluß gehört mir. Ich bin die erste und die letzte.«*

Bei Sonnenaufgang fahren sie mit dem Niagaraball zu den Fällen. Cleopatra Maria holt den Sekt, der die ganze Zeit im Kofferraum herumgerollt ist, aber sie selbst trinkt nichts davon – seit ihrem Erlebnis vor vier Tagen kann sie nicht mal mehr den Geruch ertragen. Seit gestern weiß sie, wer ihr den Sekt verkauft hat. Das meiste davon schäumt sowieso auf den Boden, aber ein bißchen landet doch in den Zahnputzbechern.

Niemand bemerkt die drei alten Frauen und das unscheinbare Mädchen mit dem großen Kopf am Flußufer neben dem Truck. Sie sind so unsichtbar wie die Platzanweiserinnen im größten Theater westlich von Manitoba.

Sie prosten sich zu. »Prosit«, sagen sie, und Hannelore weint, und Cleopatra Maria weint, und Frau Schnadelhuber weint. Cleopatra Maria hilft einer nach der anderen beim Einsteigen.

»Du brauchst deinen Stock wohl nicht, Tante Clotilde«, sagt sie zu Clotilde. »Ich liebe dich, Oma. Ich liebe dich, Tante, ich liebe Sie, Frau Schnadelhuber.«

Cleopatra Maria schließt die Klapptür. Hannelore verriegelt sie von innen.

Hannelore grinst so breit, daß sie kein Wort herausbringt. Sie knipst das Licht an. Die winzige Glühbirne flackert und brennt aus. Gottverdammter Hamish.

Hannelore hat ihr Hörgerät im Koffer vergessen.

Ein paar freundliche Touristen mit Turbanen, leuchtenden Saris und Krawatten bemerken, wie Cleopatra Maria sich mit dem riesigen Ei voller Frauen abmüht, und helfen ihr, den Ball über das schmiedeeiserne Geländer zu rollen. Der Niagaraball hopst in den Fluß und macht sich auf den Weg, schaukelt und schlingert auf den Abgrund zu. Cleopatra Maria setzt sich auf den Fahrersitz hoch oben im Eintonner. Sie will zum Fuß der Fälle fahren, um die anderen zu begrüßen, wenn sie aussteigen. Sie wollte schon immer mal einen Eintonner fahren. Unten will sie den Krankenwagen anrufen, aber nicht die Polizei.

Die Fälle weigern sich, bloß ein Symbol zu sein. Die Fälle fallen, weil es ihnen vollkommen gleich ist – wer springt, wer weint, wer stirbt, ist absolut unwichtig. Das Wasser schwappt über den Rand der Klippen, ein gewaltsames Ende, die glatte Haut des Wassers, glatt wie Schwimmen am Sonntag vormittag.

Der Niagaraball mit den Frauen treibt den Fluß entlang und über den Rand und stürzt hinunter, und den Fällen könnte es gar nicht gleichgültiger sein.

Die Touristen am Ufer schreien, als der grellorangene Ball aus dem Wasser springt, heller als die Sonne, heißer und gefährlicher. Die Sanitäter kleben Cleopatra Maria die braune Papiertüte über Nase und Mund.

Wasserschauer, hüpfende Bälle, die Luft frisch und oktoberrein. Nachsaison. Factotum Alvarez setzt seine Putzrunde in den Tunnels fort.

Die grellen Blaulichter von Polizei und Krankenwagen wünschen bombastisch einen Guten Morgen, und das Licht reflektiert auf der glänzend nassen Kapsel.

So ein wunderschönes Land, so ein unglaubliches Wassergeglitzer.

Wenn andere Draufgänger die Fälle oder die Stromschnellen in Angriff nahmen, erinnerte man sich an Annies Großtat wie an ein historisches Ereignis, aber niemand kam auf die Idee, sie aufzusuchen und nachzusehen, ob sie noch lebte. Erst als sie ins Hospiz (das heißt, ins Armenhaus) eingeliefert wurde, gab es etwas Wirbel, aber er erstarb schnell wieder. Bis zuletzt wehrte sich Annie gegen die Demütigung. »Ich habe etwas getan, was keine andere Frau auf der Welt gewagt hat«, sagte sie Louis Elmer, dem Leiter der Wohltätigkeitskommission, »nur um in Armut zu enden.«

Pierre Berton, *Niagara: A History of the Falls*

Die Liste der Todesfälle:

Hannelores Gaumenplatte. Mittendurch gebrochen, weil Hannelore die Zähne so heftig zusammenklappten, als der Niagaraball auf dem Grund aufprallte. Im Hotel »Nous parlons français & Wir sprechen Deutsch« bestellt sie Porridge und Kaffee. Das etwas zähe Weißbrot mit Pflaumenkompott muß sie leider zurückgehen lassen. Innen an der rechten Wange blutet sie ein wenig, deshalb trinkt sie auch nicht sehr viel von dem heißen Kaffee.

Frau Schnadelhubers Dirndl. Der Rock ist rundum abgerissen. Zwar wissen die drei Frauen nicht recht, wie das passiert ist, aber als sie wieder zu sich kommen, hält Clotilde den größten Teil des Rocks in der Hand. Das Oberteil ist zerfetzt und eine Brust nackt, hängt wie eine fleischige grüne Bohne in die Weltgeschichte. Die Polizei und die Sanitäter helfen Frau Schnadelhuber ans Ufer. Zuerst kann sie sich wegen des Schocks kaum bewegen – die unglaubliche Kälte, die Blitzlichter der Kameras, die huschenden Lichter der Polizeiwagen. Aber dann sieht sie an sich hinunter, sieht ihre nackte Brust, ihre nackten Beine, ihre Unterhose und ihren Hüfthalter, und plötzlich hat sie Lust, einen Can-Can hinzulegen wie bei den Folies-Bergère. Sie versucht es tatsächlich, die Beine schwingen zwar nicht mehr ganz so hoch, aber immerhin ist es ein Can-Can – so abgehoben fühlt sie sich –, doch dann packen zwei Polizisten sie am Arm und führen sie zum Streifenwagen.

Frau Schnadelhubers Gaumenplatte. Sie ist zerbrochen, weil Frau Schnadelhuber so laut geschrien hat, als Factotum Alvarez sie aus dem Tunneleingang getreten hat. Sie bestellt Haferbrei und einen Aschenbecher und Kaffee. Dazu eine reife Banane, die sie zermantschen und löffeln kann. Sie hat sich auf die Zunge gebissen, nicht sehr schlimm, aber es hat geblutet. Deshalb wartet sie ab, bis der Kaffee fast kalt ist, ehe sie ihn trinkt.

Clotildes Hörgerät. Sie hätte es nicht tragen sollen, Hannelore hat ihr gleich gesagt, das wäre dumm. Clotilde hat sich taub gestellt, sie wollte das Dröhnen des Wassers nicht verpassen, wenn sie so richtig drin waren. Den ganzen weiten Weg durchstehen und dann nicht mal hören, was los ist? Also wirklich!

Hannelore hat nichts mitgekriegt, denkt Clotilde, hat den ganzen Ausflug verpaßt, hat sich im Kopf Gespräche ausgedacht und sich so mit den anderen unterhalten.

Clotildes Gaumenplatte. Vor lauter Nervosität und Aufregung hat sie das Ding zerbissen und wäre fast an einem Bruchstück erstickt. Im

Hotel ißt sie gedünstete Backpflaumen – das Beste, was ihr seit Jahren über die Lippen gekommen ist, und das ausgerechnet heute, an ihrem Todestag. Sie könnte Luftsprünge machen, so lebendig fühlt sie sich. Später hält sie ein Schläfchen von fast vierundzwanzig Stunden.

Karl. Versucht es mit seinem eigenen Faß, als er von dem Unternehmen seiner Ex-Frau Friedl erfährt und ihr Bild in der Zeitung sieht. Doch der Niagara River geht mit Karl nicht so gnädig um, das tobende Wasser verwandelt ihn und sein schlecht gebautes Faß am Fuß der Fälle in Karl-Porridge. Als er und das Faß den Strudel am Whirlpool erreichen, ist es sogar eher Karl-Minestrone. Von seinen Eingeweiden müssen die Möwen kotzen. Vollkommen verrottet. Das alte Schwein.

Hannelores Haar. Die Sanitäter und die Polizei sind so bemüht, die Frauen aus der Kapsel zu holen, daß sie die drei mehrmals versehentlich untertunken, und das tut Hannelores Dauerwelle natürlich gar nicht gut. Zwar war sie schon vorher ziemlich ramponiert, weil Hannelore so geschwitzt hat und die Locken vom Fahrradhelm ganz plattgedrückt sind (natürlich war sie vor der Expedition eigens beim Friseur), aber trotzdem sah sie einigermaßen anständig aus, ehe die Polizei sich einmischte. Hannelore ist wütend. Durch die feuchten weißen Strähnen sieht man ihre

Kopfhaut, ganz rosarot! Für den Frühstückstisch bindet sie sich ein beiges Tuch um und stopft die Haare drunter. Gleich nach dem Frühstück will sie zum Friseur – sobald sie ihre Geldstrafe entrichtet haben. Sobald Dieter mit der Kaution anrückt. Eigentlich hätten sie kein zweites Frühstück bekommen dürfen, aber alte Leute müssen essen, sonst geraten sie aus dem Gleichgewicht. Hannelore hat ihr ganz spezielles Gejammer angestimmt, das sich gnadenlos in den Schädel bohrt und das zarte Gehirnfleisch wegätzt. Ihr Porridge ist lecker. Ihre Zähne sind weg. Die stumpfe Löffelkante reibt an ihrem Zahnfleisch. Sie hat das Gefühl, einer ihrer unteren Zähne ist locker.

Hannelore. Sie stirbt tausend Tode, nachdem Dieter sie verzweifelt, verärgert und voller Sorge in die Arme geschlossen und die Kaution entrichtet hat, für die er mehrere *Canada Savings Bonds* einlösen muß. »Ja, Mutti, die hatte ich gespart, um Cleopatra Maria nächsten Sommer ins Latein-Camp schicken zu können«, sagt er.

Rosario bittet Hannelore, für eine Niagara-Skulptur Modell zu stehen, die sie ganz aus Kunstpelz arbeiten will.

Außerdem. Einer von Factotum Alvarez' Schuhen, die er letzte Woche verloren hat. Hundertundzwölf benutzte Kondome. Ein Amulettkettchen. Sechs Tennisbälle. Zwei Büstenhalter. Ein Ringfinger. Ein wertvoller Ohrclip. Zwölf Verlobungsringe: sieben mit Zirkonia, vier mit Diamant, einer aus Plastik. Drei Jungfernschaften. Mikroskopische Fragmente der Supergummi-Beschichtung von Hamishs Niagaraball.

Die leere Champagnerflasche. Cleopatra Maria weiß, daß es Umweltverschmutzung ist, die leere Flasche in den Fluß zu werfen, aber sie will die Kapsel taufen, wenn auch nur symbolisch. Die Flasche bleibt auf dem Grund des Flusses hängen, ehe sie die Klippe erreicht; die Strömung reißt das Etikett ab und treibt es fort.

Noch eine Liste der Todesfälle:

Frau Hannelore Schmitt, Fräulein Clotilde Starfinger, Frau Friedl Schnadelhuber, im Wasser der Niagarafälle an den Felsen zerschellt.

»Ich sag euch«, meint Clotilde, »man kann es nur so beschreiben: Gerade bin ich noch tot, und eh ich's mich versehe, bin ich lebendig. Mehr hab ich nicht zu sagen. Keinerlei Ähnlichkeit mit Butter im Butterfaß.«

Mrs. Anna Edson Taylor, an Altersschwäche und Armut. Ihr dreiundsechzigjähriger Körper hat das Tosen der Fälle überlebt und wurde »Königin der Nebel« getauft. Doch die Welt außerhalb der Fälle hat sie schließlich umgebracht, und sie starb im Alter von dreiundachtzig Jahren mittellos und einsam. Man hat sie vergessen, und das hat sie zugrunde gerichtet.

Während Hannelore, Clotilde und Friedl ihren Porridge und ihren Obstbrei mümmeln, hören Annies Knochen auf, sich im Grab nach Norden zu drehen, und fluchen. Wütend zermahlen sie die Friedhofserde, wie die Schneidemesser eines Mixers. Schon wieder ist sie betrogen worden! Sie war die erste und die letzte, die erste und die letzte, die erste und die letzte, die erste und dieletztedieersteunddieletzte!

Annie war die erste, die Älteste, die Tapferste, die Beste. Und fast hundert Jahre lang haben irgendwelche angeberischen, dahergelaufenen, nicht ganz dichten Draufgänger versucht, ihr den Titel wegzunehmen, mit ihren schicken, teuren Fässern und Maschinen. Dahergelaufene Parvenüs, die nur den Nervenkitzel suchten, damit sie bei der nächsten Party damit prahlen konnten. Annie hat es getan, weil sie keine andere Wahl hatte. Aber sie wird in den Hintergrund gedrängt. Für immer. Betrogen.

Cleopatra Maria hört das helle Zischen von Annies Knochen trotz des beständigen Mümmelns und Murmelns, und plötzlich bringt sie keinen Bissen mehr hinunter, soviel Trubel veranstaltet Annies Geist.

»Nimm doch noch von dem French Toast, Cleopatra Maria«, nuschelt Hannelore. »Damit du ’n bißchen Fleisch auf die Knochen kriegst.«

»Und Haare auf die Brust«, brummelt Friedl. »He, Clotilde, Cleopatra Maria hört dir nicht zu. Sie hört schlecht, dabei ist sie noch keine dreißig.«

Dann fällt Friedl ein, daß Clotilde ihr Hörgerät im Niagaraball verloren hat.

Cleopatra Maria bereitet sich auf die Begegnung mit Annie vor. Endlich ein konstruktiver Dialog, nicht mehr die Nummer mit den schauerlichen, nöligen Kellnerinnen oder dem Schlamm in der Badewanne. Cleopatra Maria ist keine Therapeutin, aber sie bereitet sich so gut wie möglich auf die Begegnung mit einer deprimierten, wütenden hundertachtundfünfzigjährigen Frau vor. Sie legt ihre Rüstung an, die der wiedergeborenen Jungfrau, von ihr persönlich entworfen, schlüpft aus ihrem Körper im Hotel-Restaurant und macht sich auf den Weg zu Annies wütenden Knochen jenseits der kanadisch-amerikanischen Grenze.

»He«, sagt Friedl, »he!« und schüttelt Cleopatra Marias Schulter. »Komm zurück und iß dein Frühstück auf!«

Cleopatra Maria landet auf dem Friedhof, platzt mitten in Annies Aufstand hinein. Einen Moment bleibt sie stehen und sieht zu, wie die Erde blubbert, und als die Knochen an die Oberfläche kommen und die Erde sich aufwölbt, tritt Cleopatra Maria vor.

»Entschuldigung!« ruft sie. Die Knochen unterbrechen ihr wütendes Treiben, mit dem sie sich durch die Erde nach oben arbeiten, halten einen Augenblick inne und lauschen.

»Ich weiß, wer Sie sind«, sagt Cleopatra Maria.

Die Knochen fangen wieder an zu wirbeln, bis sie sich ganz aus der Erde befreit haben und anfangen, wahllos auf alles einzudreschen, was ihnen in die Quere kommt.

Sie ziehen Baumwurzeln aus der Erde, zertrümmern Grabsteine, zerquetschen Regenwürmer zu fleischigen kleinen Puddingportionen.

»He!« ruft Cleopatra Maria. »Ich rede mit Ihnen! Ich glaube, eine Aussprache würde uns beiden guttun!«

Ein Oberschenkelknochen saust auf Cleopatra Marias Kopf zu, sie duckt sich gerade noch rechtzeitig, und der Knochen knallt auf die Erde. Cleopatra Maria wirft sich auf ihn, damit er ihr nicht den Schädel einschlagen kann. Der andere Oberschenkelknochen kommt von hinten angeschwirrt und fängt an, auf Cleopatra Marias Beine einzuprügeln.

»Bist du bei dem Gespenst?« fragt Friedl. »Cleopatra Maria, antworte mir!«

Cleopatra Maria nickt. Hannelore und Clotilde kauen in ihrer hörgerätfreien Stille.

»Ist das die Frau?« fragt Friedl weiter. »Annie?«

Cleopatra Maria nickt.

Während Cleopatra Maria mit den Oberschenkelknochen kämpft, versuchen Annies Rippen, sie in den Rücken zu stechen, und mehrere Knöchelbeine zielen auf ihre Augen. Annies Knochen trommeln auf Cleopatra Marias metallene Rüstung, und Cleopatra Maria legt schützend die Arme über den Kopf. Es ist ein Lärm wie von tausend Blechdosen.

»Annie«, japst Cleopatra Maria, »was ist Ihr Problem? Sie werden immer die erste sein. Nicht die Älteste, nicht die letzte, aber immer die erste. Die Beste. Die Tapferste.«

Ein Fingerknochen hackt wie wild auf Cleopatra Marias Helm ein, klopf, klopf, klopf.

»Mrs. Taylor!« schreit sie. »Hören Sie mir zu!«

Ein Schulterblatt segelt direkt in Cleopatra Marias Rücken, prallt ab, schwirrt in die Luft und landet einen Zentimeter neben Cleopatra Marias nackter Kehle.

»Sag ihr, sie soll mit uns frühstücken«, sagt Friedl, »sag ihr, es gibt genug für alle. Ich bitte die Kellnerin, noch einen Teller zu bringen.«

Friedl sucht mit ihren Blicken nach der Kellnerin, aber die ist in der Küche und küßt den Koch. Friedl steht auf, noch etwas mitgenommen von der Reise, humpelt zur Theke. Dort sammelt sie eine Gabel, ein Messer, einen Löffel, eine Schüssel und einen Teller ein, dazu eine Kaffeetasse. Sie gießt Kaffee in die Tasse und stellt alles auf ein Tablett.

»Sag ihr, sie soll essen kommen«, ruft Friedl Cleopatra Maria zu. »Mit Freunden essen ist gut für die Seele.«

»Wir möchten Sie einladen, mit uns zu frühstücken«, erklärt Cleopatra Maria dem Schulterblatt. »Der Kaffee ist ausgezeichnet, sagt meine Oma.«

Das Schulterblatt macht eine ruckartige Bewegung. Und noch eine. Sämtliche Annie-Knochen ruckeln, wie Fische auf dem Trockenen.

Friedl legt ein zusätzliches Gedeck auf und zieht von einem anderen Tisch einen Stuhl heran.

»So«, sagt sie.

Cleopatra Maria wartet, um ganz sicherzugehen, daß die Knochen sie nicht austricksen. Dann streckt sie ganz langsam die Hand aus und fängt einen von ihnen ein, streichelt ihn beruhigend mit dem Daumen, greift sich dann einen weiteren Knochen mit der anderen Hand. Sie setzt sich auf, nimmt einen der herumliegenden ruckenden Knochen nach dem anderen und streichelt ihn. Als der Schädel endlich aufhört herumzurollen, tätschelt Cleopatra Maria ihn wie einen Hund und senkt den Kopf, um zu horchen, was der Beckenknochen zu sagen hat. Man kann ja nie wissen.

Sie legt sich zu den Knochen.

»Du hast ihnen das Leben gerettet«, flüstert sie.

Jetzt liegen die Knochen ganz still.

Friedl sieht zu, wie die Frau ihre Röcke rafft, von denen dicker Schlamm, tote Fische und Niagara-Abfall triefen. Dann setzt sich die Frau vor das zusätzliche Gedeck. Hannelore und Clotilde sind mit dem Essen beschäftigt, sie merken nichts von alledem.

Friedl grinst breit. Blinzelt nur ein einziges Mal wegen des Gestanks.

»Kommen Sie«, sagt Friedl. »Essen Sie was.«

»Puuuh«, brummt Clotilde in ihren Teller. »Friedl, du hast einen fahren lassen.«

»Das ist besser, nicht?« sagt Friedl zu der Frau. »Alles in Ordnung. Probieren Sie mal den Kaffee. Der ist erstaunlich gut, finden wir.«

Friedl schiebt die gefüllte Tasse über den Tisch.

Cleopatra Maria zieht ein Stofftaschentuch aus dem Ärmel – umweltfreundlicher als Kleenex – und streckt es Annies pusteligen und aufgeblähten, jedoch gut gekleideten Überresten entgegen. Damit sie die Tränen abwischen und endlich ihr Frühstück essen kann.

Hannelore, Clotilde und Friedl können das Deli kaufen, weil sie das tun, was Annie Taylor 1901 um keinen Preis tun wollte.

»Ich bin zweiundvierzig«, sagte Annie Taylor. »Keine Minute älter.«

Später bekam sie Streit mit ihrem Bruder Montgomery, weil er in der Öffentlichkeit bekanntgeben wollte, daß Annie in Wirklichkeit dreiundsechzig war. Keine Minute jünger. Der Streit dauerte bis zu Annies Tod.

»Zweiundvierzig«, wiederholte sie.

Eine Weile freute sich Nordamerika an ihr, dann vergaß es sie. Um ein bißchen Geld zu verdienen, posierte sie für Touristen mit einer Nachbildung ihres Fasses – das Original stahl ihr Manager unmittelbar nach dem großen Wagnis – und verkaufte Postkarten von sich auf der Straße. Später bot sie ihre Dienste als Hellseherin an, was aber auch nicht sehr einträglich war. Sie sagte, sie wolle noch einmal die Fälle hinunterfahren, doch dazu kam es nie. Schließlich starb sie. Sie verkaufte nicht genug Postkarten von sich und der Nachbildung ihres Fasses, das um ein Haar ihr Sarg geworden wäre.

»Ich bin fünfundsiebzig Jahre alt«, sagt Hannelore. »Mein Name lautet Mrs. Heinrich

Schmitt, und ich muß meinen Sohn und meine Schwiegertochter anrufen.« Hannelores Haare sind strähnig, ihre Hände zittern, sie blutet am Mund.

»Ich bin fünfundachtzig«, sagt Clotilde, zieht die Decke enger um sich und brummelt zahnlos vor sich hin.

»Ich werde im September hundertvierundzwanzig«, sagt Frau Schnadelhuber, klatscht in die Hände und beginnt zu tanzen. »Ich rauch 'ne ganze Packung pro Tag. Das glaubt keiner, wenn er mich sieht!«

Der Buchvertrag bringt ihnen genau zwanzigtausend Dollar ein, und Frau Schnadelhuber erklärt sich bereit, für ein Kunstmagazin aus Toronto und eine Lesbenzeitung aus San Francisco nackt zu posieren. Die rechtsgerichtete Stadtzeitschrift druckt das Foto nach, mit einem schwarzen Balken über Frau Schnadelhubers nackter Brust, und nennt sie eine »Nympho-Oma«. Hedwig kauft zwanzig Exemplare der Zeitschrift und verteilt sie an ihren Freundeskreis. Ihre Mutter, die Draufgängerin.

Frau Schnadelhubers Brüste, noch feucht und glänzend vom Wasser des Niagara River, gehen in die Annalen ein.

Edmonton, Kanada, 1996

Clotilde hält ein Fax von Madame in den Händen und legt es auf die Theke des Deli.

»Diese Madame«, sagt Clotilde. »Ist sie verrückt oder einfach nur blöd?«

»Nein«, widerspricht Oma Hupfel. »Ihr ist bloß langweilig, und sie ist alt. Sie hat keine Familie. Sie sagt, sie hat keine Lust mehr, soviel zu besitzen. Sie möchte, daß sich jemand um ihre Sachen kümmert, wenn sie nicht mehr da ist.«

»Aber der Niagaraball? In dem Fax steht, sie tauscht das Deli gegen den Niagaraball.«

»Was passiert mit mir?« fragt Oma Hupfel. »Darf ich hierbleiben, Frau Schnadelhuber?«

»Sie arbeiten nicht gern. Geben Sie's zu.«

»Ja, ich bin schrecklich faul.«

»Und ich klaue nicht. Geben Sie's zu.«

»Sie klauen nicht, Sie haben nie etwas geklaut, Ihr ganzes Leben nicht. Ich war die, die gestohlen hat.«

»Also gut, Sie können bleiben.«

Hannelore hängt Tagträumen darüber nach, welche Köstlichkeiten sie im Deli zubereiten werden. Ida soll auch bei ihnen arbeiten. Nicht als Bedienung, da wäre sie schrecklich. Vielleicht als Hosteß. Hannelore wird dafür sorgen, daß Cleopatra Maria mindestens drei anständige Mahlzeiten pro Tag zu sich nimmt.

Der Engländer John Maude berichtet von einem New Yorker Anwalt, der 1800 ankam, sich einmal umsah, sagte: »Ist das alles?« und weiterreiste, ohne auch nur von seinem Pferd zu steigen.

Gordon Donaldson, *Niagara! The Eternal Circus*

Die Shoppingmall ist wunderbar, das Deli ist wunderbar, alles ist wunderbar, alles ist zu wunderbar.

»Ich brauche ein Fenster hier drin«, sagt Clotilde. »Ohne Fenster ersticke ich.«

»Wir sind in einer Shoppingmall«, entgegnet Frau Schnadelhuber, »da gibt's keine Fenster.«

Frau Schnadelhuber trägt einen purpurroten Push-up-BH und Jeans. Und eine Fleischerschürze.

Clotilde humpelt an ihrem Stock zum Fachgeschäft für Künstlerbedarf auf der anderen Seite der Mall, um Leinwand und Acrylfarben zu erstehen.

Sie ruft Rosario an. »Gib mir Unterricht«, sagt Clotilde.

Rosario versucht, Clotilde die Grundlagen der Landschaftsmalerei beizubringen: »Nein, nein«, sagt Rosario, »sieh doch mal, deine Bäume sind größer als die Berge!«

Aber Clotilde malt trotzdem weiter: Landschaften, deutsche Felder mit gelben Blumen und in der Ferne die Rocky Mountains. Auf ein paar Gemälden sind winzige Sasquatches in den Bäumen versteckt. Clotilde hängt ihre Landschaften im Deli auf. Sie sind schauderhaft, aber den meisten Frauen, die zum Essen kommen, ist das völlig gleichgültig. Sie trinken ihren koffeinfreien Kaffee (der ist besser für den Blutdruck, sagt Ida), oder sie trinken Abführtee (köstlich! sagt Dot) und sehen jetzt durch die falschen Fenster auf die unförmigen Bäume und klumpigen Wolken. »Sehr gutes Essen«, sagen die Kundinnen. »Und sehr gemütlich.«

Die Frauen, die herkommen, wollen die Füße hochlegen, ihren Familien entfliehen und in dieser Gruppe sehr unübersehbarer Frauen sichtbar sein. Das Essen ist billig und deutsch und macht angenehm satt, Restetüten sind Pflicht, selbst wenn es keine Reste gibt. Frau Schnadelhuber, Clotilde und Hannelore taufen das Deli um und nennen es »Königin der Nebel.«

»Ein blöder Name«, findet Cleopatra Maria. »Klingt wie ein Massagesalon. Oder ein Dampfbad.«

»Iß deinen Rotkohl«, sagt Hannelore.

»Iß ihn doch selbst«, kontert Cleopatra Maria und fingert an dem Knochen herum, den sie an einer Kette um den Hals trägt. Ein menschliches Knöchelbein, aber das braucht ja niemand zu wissen.

Hannelore und Cleopatra Maria starren einander an. Hannelore ist sonnenklar, daß sie für sich irgendwann ein bißchen Sex finden muß, leidenschaftlichen, überwältigenden Niagarafall-Sex. Und zwar bald.

Cleopatra Maria hat sich für morgen mit Niven verabredet. Sie wird ihn ins Deli einladen, damit er die Frauen kennenlernt, dann wird sie ihn im Hinterzimmer verführen – das wird ihre spezielle Draufgänger-Aktion, hat sie beschlossen. Friedl hat Cleopatra Maria mit Hilfe einer Karotte ein paar Tricks gezeigt, wie man vorzeitigen Samenerguß verhindern kann. Cleopatra Maria, Hannelore, Clotilde und Friedl werden Cleopatra Marias Entjungferung mit einem riesigen Apfelstrudel und viel Musik feiern.

Und die Sasquatches in den Bäumen, die Königin in ihren Nebelschwaden und Cleopatra Marias aufgegebene Jungfernschaft – sie alle werden im Rumtata-Rhythmus dazu nicken und in die Hände klatschen.